Lupo Lito
#Glückskinder
I. Habgier

AF210686

Lupo Lito

Hashtag Glückskinder

I. Habgier

Roman

Bibliografische Information der Deutschen Nationalbibliothek: Die Deutsche Nationalbibliothek verzeichnet diese Publikation in der Deutschen Nationalbibliografie; detaillierte bibliografische Daten sind im Internet über http://dnb.dnb.de abrufbar.

Die automatisierte Analyse des Werkes, um daraus Informationen insbesondere über Muster, Trends und Korrelationen gemäß §44b UrhG („Text und Data Mining") zu gewinnen, ist untersagt.

Lektorat + Korrektorat: Buchstabenbüro - Katrin Hatzl-Dürnberger
Coverbild: © Lupo Lito – gemalt und entworfen von Esther Mair mit Nutzung von ChatGPT für die Kuppel

Verlag: BoD · Books on Demand GmbH, Überseering 33, 22297 Hamburg, bod@bod.de

Druck: Libri Plureos GmbH, Friedensallee 273, 22763 Hamburg

ISBN: 978-3-8192-6369-9

Liebe*r Leser*in,

*dieses Buch enthält emotional aufwühlende
und potentiell triggernde Inhalte.*

*Deshalb findest du auf Seite 359
Hinweise zu diesen.*

*Achtung:
Die Hinweise enthalten Spoiler
für das gesamte Buch!*

Niemals vergessen

Leere füllt die Herzen jener, die ihr Leben lang
gewillt waren, das Richtige zu tun.

Richtig oder falsch?

Leid, Kummer, Tränen ...

Was gestern richtig war, ist heute falsch.

„Hilf ihnen" hieß es gestern,
„Verachte sie" heißt es heute ...

„Ein Mensch ist ein Mensch" hieß es gestern,
„Sie sind keine Menschen" heißt es heute ...

„Teile mit ihnen" hieß es gestern,
„Friss sie auf" heißt es heute ...

Befriedigt sind die Triebe jener, die ihr Leben lang
gewillt waren, das Falsche zu tun.

Falsch oder richtig?

Habgier, Gewalt, Gelächter ...

Was gestern falsch war, ist heute richtig.

„Sei ehrlich" hieß es gestern,
„Lüge, um zu erlangen, was du willst" heißt es
heute ...

„Sei bescheiden" hieß es gestern,
„Sei unersättlich" heißt es heute ...

„Liebe und lebe" hieß es gestern,
„Nimm keine Rücksicht auf Leben" heißt es
heute ...

Von Unsicherheit getrieben sind jene, die ihr
Leben lang keinen Gedanken verloren haben
an Richtiges oder Falsches.

Richtig oder falsch?

Falsch oder richtig?

Angst, Konfusion, Verzweiflung ...

Was gestern war, war gestern.
Was heute ist, ist heute.

Grenzen im Kopf werden zu Gleichgültigkeit
im Herzen ...
Zweifel im Geist werden zu Abneigung
im Herzen ...
Ängste im Bauch werden zu Hass
im Herzen ...

Gestern ist nicht heute und
heute ist nicht gestern.

„Niemals vergessen" hieß es gestern,
„Vergessen wir gestern" heißt es heute!

Prolog

*Glückskinder klammern sich
nicht an den Tellerrand,
sie schauen darüber hinaus.*

Bevor er die Augen öffnete, kämpfte er mit sich selbst und versuchte mit aller Gewalt den Moment des Aufwachens hinauszuzögern.

Sein Schädel dröhnte und sein Mund war staubtrocken. Noch im Halbschlaf scheiterte der Versuch, sich an die letzte Nacht zu erinnern. Zwei bis drei Bier wollte er trinken und nun waren seine letzten Erinnerungsfetzen kurze Episoden davon, wie er sich wie in Trance abwechselnd Schnaps und Wodka in den Rachen leerte. Nicht einmal mehr an die Personen, mit denen er diesen Teil der Nacht verbracht hatte, konnte er sich erinnern.

„Scheiße", dachte er sich, als er sich langsam aus dem Bett erhob. *„Was war denn das gestern bitte wieder?"*

Dieses Mal hatte er es wenigstens bis in sein Bett geschafft, was auch nicht selbstverständlich war. Wenn er Glück hatte, schlief er auf der Couch ein.

Wenn er weniger Glück hatte, konnte es schon mal vorkommen, dass er auf einem Stuhl sitzend und mit dem Kopf auf dem Esstisch liegend einnickte. Einmal hatte er sogar mit dem Fußabtreter vor der Wohnungstür Vorlieb nehmen müssen, weil es ihm der Rauschzustand nicht mehr erlaubt hatte, zielgerecht mit einem Schlüssel umzugehen.

Da war ihm der Esstisch noch lieber. Dann musste er sich wenigstens nicht mehr um sein Frühstück kümmern, wenn er bereits mit seinem Gesicht darin genächtigt hatte. Dafür war der Sturz vom Stuhl ein harter, was er auch schon das ein oder andere Mal erfahren hatte. Glücklicherweise besaß er ein Bodenbett, das ihm solche sch(m)erzhaften Erfahrungen ersparte, wenn er es bis dorthin geschafft hatte.

Als er die ersten wackeligen Schritte Richtung Badezimmer wagte, bemerkte er die Schmerzen in seiner Schulter und seinem Knie. Die Frage, ob nun der Sport oder etwa doch der Rausch dafür verantwortlich war, stand wöchentlich im Raum. Ein Blick in den Spiegel verriet ihm, dass an seinem Gesicht noch alles dran war, auch wenn das zombieartige Wesen, das ihm an diesem Morgen entgegenblickte, nur wenig mit einem Menschen zu tun hatte. Seine braunen Augen waren eingefallen, seine ebenso braunen halblangen lockigen Haare glänzten fettig und in seinem ansonsten gepflegten

Bart hingen die Überreste eines nächtlichen Snacks, den er sich gegönnt haben musste.

Zu allem Überdruss stand etwas auf seiner Stirn geschrieben. Vermutlich hatte sich dort jemand mit einem Kugelschreiber verewigen wollen. Ob diese Annahme stimmte, würde er mit ziemlicher Sicherheit niemals herausfinden. Seine Gedanken richteten sich wieder auf das grausliche Gesicht in seinem Spiegel und als ob ihm nicht schon übel genug gewesen wäre, musste er nun auch noch diesen Anblick ertragen. Angewidert drehte er sich weg.

Er trank gefühlt einen Liter Wasser - in der Hoffnung, es könnte etwas gegen die schier unaushaltbaren Kopfschmerzen ausrichten - und beschloss sich einen Kaffee aufzusetzen. Während der Espressokocher auf dem Herd seine Arbeit verrichtete, begab er sich zum kleinen Fenster in seinem Zimmer, um dort alles für seine Guten-Morgen-Zigarette vorzubereiten.

Vor einiger Zeit hatte er aus Geldnot damit begonnen, sich seine Zigaretten selbst zu drehen. Mittlerweile schmeckten sie ihm auch wesentlich besser als die fertig fabrizierten, wobei schmecken an einem Tag wie diesem etwas übertrieben war. Es kam eher dem Versuch gleich, drei Züge zu nehmen, ohne umzufallen oder sich aus dem Fenster zu übergeben.

Als der Kaffee endlich fertig war, schenkte er sich eine große Tasse ein, wankte zum Fenster und öffnete es. Die Sonne schien ihm mit ganzer Kraft ins Gesicht und erst jetzt bemerkte er, dass es schon nach Mittag war. Das Wetter war angenehm. Ein freundlicher Frühsommertag. Es war warm, aber nicht zu heiß, was gut war, denn ansonsten wäre es kaum auszuhalten gewesen in seiner Dachgeschoßwohnung mitten in der Stadt. Wenn er aus dem Fenster blickte, konnte er auf den gepflasterten Hauptplatz sehen, auf dem eigentlich so gut wie immer etwas los war. In diesem Augenblick belustigten eine Handvoll Straßenkünstler eine weitaus größere Anzahl von Touristen und einige Einheimische schienen sich gehörig darüber aufzuregen.

Der Lärm, der dadurch entstand, war bereits zu viel für seinen geschwächten Kopf. Da nach dem fünften Zug an der Zigarette auch das Nikotin seine Wirkung nicht verfehlte und ihm schwindlig oder besser gesagt noch schwindeliger wurde, beschloss er, sich auf seine Couch zurückzuziehen. Vorsichtshalber stützte er sich auf dem Weg dorthin beim Schreibtisch ab.

Seine Mitbewohnerin hatte einmal zu ihm gesagt, sie habe Angst, er könnte einmal aus dem Fenster stürzen, wenn er in der Nacht nach Hause kam und in seinen Zuständen jenseits von Gut und Böse beim Fenster hinaus rauchte. Obwohl oder vielleicht sogar weil er wusste, dass sie sich dann noch mehr um ihn sorgen würde, antwortete er ihr damals halb im Scherz und halb im Übermut: „Versehentlich falle ich da sicher nicht hinunter, wenn, dann mache ich das mit purer Absicht."

Im nächsten Moment hatte ihm die Aussage schon leidgetan, da er eigentlich schon ewig nicht mehr mit Selbstmordgedanken gespielt hatte, und selbst als er das noch tat, waren es eher jugendliche Gedankenexperimente als tatsächliche Absichten gewesen. Allerdings mochte er den Begriff Selbstmord nie. Freitod gefiel ihm weitaus besser, denn ihn beruhigte der Gedanke daran, die Möglichkeit zu haben, den Zeitpunkt des Unausweichlichen selbst wählen zu können. Außerdem half es ihm dabei, damit umzugehen, wenn er mit solchen Situationen konfrontiert wurde.

Vor längerer Zeit hatte er einen Mann kennengelernt, der ihn an seiner Lebensgeschichte teilhaben ließ. Kurz zusammengefasst: Ohne Eltern aufgewachsen. Frau kennengelernt. Kind bekommen. Frau und Kind sterben bei einem Autounfall. Der Mann beginnt zu trinken, verliert seinen Job, seine Wohnung und am Ende steht der Versuch, den Zeitpunkt seines Todes selbst zu bestimmen, was allerdings nicht funktioniert hatte. Trotzdem war es ernst gemeint und es war klar, dass es einen zweiten Versuch geben würde.

Danach sah er den Mann nie wieder und doch wusste er insgeheim, dass dieser es wohl zu Ende gebracht haben musste. Er konnte die Entscheidung verstehen, auch wenn er nie verstanden hatte, wie sie jemanden aus der Psychiatrie entlassen konnten, wenn er erst eine Nacht zuvor versucht hatte, sich sein Leben zu nehmen.

„Es war die Welt, die ihn umgebracht hat, nicht er selbst", hatte er sich damals gedacht.

Heute konnte er sich nicht einmal mehr an den Namen des Mannes erinnern.

In der Zwischenzeit war er bei seinem Sofa angelangt, ließ sich kraftlos hineinfallen und versuchte eine Stellung einzunehmen, die einigermaßen angenehm war. Seine Blicke glitten durch das Zimmer. Es war vollgehängt mit Postern und anderen Dekorationen. Sogar ein Whiteboard war an einer Wand montiert. Früher hatte er es verwendet, um seine Gedanken zu ordnen, und manchmal hatte er Stunden damit verbracht, es vollzuschreiben. Es war ihm immer wichtig gewesen, mit der Hand zu schreiben, denn das gab ihm das Gefühl, seine Gedanken und Gefühle direkt weiterzugeben. Es war für ihn einfach persönlicher und ehrlicher. Bei der Nutzung eines digitalen Schreibgeräts fühlte sich das Geschriebene gleich so entfremdet an, doch das tat nichts zur Sache, denn heute war es sowieso nur noch weiß und leer.

„So wie es der Name ja eigentlich verlangt", dachte er sich mit einem zynischen gequälten Lächeln auf den Lippen, während sein Blick weiterwanderte.

Kurz blieb er bei einem Poster hängen, auf dem in großen Buchstaben „Frieden" zu lesen war. Er konnte sich daran erinnern, als er es geschenkt bekommen hatte. Er war damals noch keine zwanzig gewesen und lebte in der festen Überzeugung, etwas auf der Welt verändern zu können. Mittlerweile war er fast doppelt so alt und gab sich solchen kindischen Illusionen nicht mehr hin. Zu viel hatte er in der Zwischenzeit gesehen und miterlebt.

„Nichts außer Symbole der Vergangenheit", sagte er leise zu sich selbst, während er nach der Fernbedienung suchte, um der Auseinandersetzung mit seinem früheren Ich aus dem Weg zu gehen.

Noch bevor er sich weitere Gedanken machen konnte, hatte er die Fernbedienung gefunden und schaltete den Fernseher ein, in dem gerade die Nachrichten gezeigt wurden. Zuerst lief ein fünfminütiger Beitrag über einen Mann, der in seinem Urlaub beim Schnorcheln ertrunken war, weil er tragischerweise einen Herzinfarkt erlitten hatte. In den Kurznachrichten danach kam dann die Information, dass ein überfülltes Boot im Meer gesunken war und dabei dreihundert Menschen ums Leben gekommen waren.

„Eine vergleichsweise unbedeutende Nachricht", ging es ihm durch den Kopf, als er an den Schnorchler dachte.

Er hatte noch nie verstanden, warum das Schicksal einer einzelnen Person wichtiger war als das vieler anderer, nur weil die Einzelperson sich die Staatsbürgerschaft mit den Machern der hiesigen Medienlandschaft teilte. Für ihn war ein Menschenleben ein Menschenleben und deshalb war die mathematische Formel eine einfache: $300 > 1$.

Und doch konnte er nicht anders, als mit Gleichgültigkeit zu reagieren. Bis vor nicht allzu langer Zeit hatte er bei solchen Nachrichten noch anders gefühlt. Damals konnte er das Leid und den Schmerz all dieser Menschen nachempfinden und manchmal konnte er nicht einmal mehr die Tränen zurückhalten, wenn er Bilder sah, wie kleine Kinder schreiend durch den Hafen liefen, während neben ihnen Leichen angespült wurden.

Er hatte gelernt, dass es besser für die eigene Psyche war, sich davon abzuschotten und nichts mehr zu empfinden, wenn man sich selbst nicht völlig kaputt machen wollte.

„Bei jedem Tier würde es einen Aufschrei geben, wenn sie zu Hundert oder zu Tausend zusammengepfercht in einem Stall stehen müssten", kam es ihm kurz in den Sinn.

Doch mit solchen Gedanken hatte er eigentlich abgeschlossen und schlagartig wusste er wieder, warum er sich immer, wenn sich eine Möglichkeit bot, dem Alkohol zuneigte.

„Ein Rausch und die Gedanken sind wieder weg", murmelte er in sich selbst hinein. Allerdings war der letzte Rausch noch zu frisch und so musste er im Moment die üblen Nachwirkungen von eben diesem aushalten. Er konzentrierte sich auf die Übelkeit und die Kopfschmerzen, schloss die Augen und schlief ein.

Als er wieder aufwachte, war es bereits früher Montagmorgen. Richtig fit fühlte er sich immer noch nicht, aber wenigstens waren die Kopfschmerzen verschwunden und die Übelkeit war zumindest erträglich. Er hatte noch knapp zwei Stunden, bis er zur Arbeit musste. Die Zeit nutzte er, um sich zu duschen, Kaffee zu trinken und etwas zu frühstücken.

Seine letzte Mahlzeit war der Mitternachtssnack von Samstagnacht gewesen und trotzdem schaffte er nicht mehr als eine Schüssel Haferflocken und eine Banane. "Wann kommt die Flut?" tönte es aus den Boxen in seinem Zimmer.

„Wann kommt die Flut?", schloss er sich in seinem Kopf dem Liedtext an. Trotz der melancholischen und schwermütigen Stimmung, die durch diese

musikalische Untermalung entstand, musste er sich langsam auf den Weg machen.

„*Scheißmontage*", fluchte er in sich hinein. „*Wenn ich es mir aussuchen könnte, würde ich montags nie arbeiten.*"

Ein Tag reichte nicht mehr aus, um sich zur Gänze von seinen Alkoholexzessen zu erholen. Als er jünger war, hatte ihn so etwas vor keine Probleme gestellt. Mittlerweile war es zu einer Herausforderung geworden. Den Job hatte er erst seit ein paar Wochen und trotzdem kam es ihm vor, als würde er seit Monaten das Gleiche tun. Wenigstens war sein Arbeitsplatz nicht weit von seiner Wohnung entfernt. Er zog sich seine schwarze Lederjacke an, nahm seine Tasche und machte sich auf den Weg.

Zehn Minuten zu Fuß durch die Innenstadt und er war da. Die Räumlichkeiten befanden sich mitten im größten Gebäude in der Gegend, direkt neben dem Busterminal der Stadt.

Er ging durch die gläserne Schiebetür, nahm den Lift und fuhr in den siebten Stock. In der Früh hoffte er stets, dass er im Lift niemanden antraf, denn er konnte nichts weniger leiden als belanglosen, sinnfreien Smalltalk mit Fremden. Leider hatte er an diesem Morgen kein Glück und musste sich den Lift mit einer für ihr betagtes Alter wohl etwas zu jugendlich gekleideten Dame teilen.

„Guten Morgen! Es geht doch nichts über Montag, wenn man frisch erholt aus dem Wochenende kommt", frohlockte die Frau mit einer viel zu hohen Stimme.

„Ja und das Wetter passt auch noch", erwiderte er mit einem gequälten Lächeln, während er ihr am liebsten auf ihre hässlichen rosaroten Schuhe gekotzt hätte.

Glücklicherweise stieg sie im zweiten Stock aus und so konnte er sich die restliche Fahrt ganz auf die Ankunft im Büro konzentrieren. Dort war allerdings nicht viel los, wie ihm auffiel, als er die Räumlichkeiten betrat.

„Die ist in einer Besprechung. Wir sollen uns in der Zwischenzeit Vorlagen für die Formulare überlegen", informierte ihn Tim, noch bevor er seine Jacke ablegen konnte, und zeigte dabei auf eine geschlossene Tür die ins Büro ihrer Chefin führte.

Tim war um einiges größer und ein paar Jahre älter als er, hatte kurze dunkle Haare und trug eine Brille mit eckiger Fassung. Er hatte seine Arbeitsstelle gleichzeitig mit ihm angetreten und war der einzige, mit dem er sich gut verstand, wobei es nicht sonderlich viele andere gab, mit denen er sich sonst noch verstehen hätte können. Ursprünglich hätten sie zu sechst sein sollen, aber bis jetzt waren sie nur zu dritt und der dritte, dessen Namen er nicht mehr wusste, war bisher erst einmal da gewesen. Ansonsten gab es nur noch die Chefin, die etwas zu viel Wert auf Kontrolle zu legen schien.

„Ist eh gemütlicher, wenn wir das alleine machen können", sagte er zu Tim, der zustimmend nickte.

Tim war auch kein Morgenmensch und oft dauerte es bis zur Mittagspause, bis sie die erste richtige Konversation führten. Vielleicht verstanden sie sich deshalb so gut.

Er wandte sich dem Computer zu und begann mit der von der Vorgesetzten gewünschten Arbeit. Er startete heute bereits in die sechste Woche und bis jetzt hatte er nur langweilige Büroarbeit zu erledigen. Nicht selten fühlten sich zwei Stunden dieser Arbeit für ihn an wie ein halber Tag und so war es auch diesmal. Ursprünglich hatte er sich für eine Arbeit mit Kindern und Jugendlichen beworben und eigentlich sollte das auch so sein. Die Chefin meinte dann jedoch gleich am ersten Arbeitstag, dass es eine Weile dauern könnte, bis es zum direkten Kontakt mit dieser Zielgruppe kam.

Diesen Umstand bedauerte er, denn die direkte Arbeit mit Kindern war eine der wenigen Sachen, die ihm tatsächlich so etwas wie Freude bereiteten. Er schätzte einfach ihre Ehrlichkeit, denn davon gab es generell viel zu wenig auf der Welt. Sich selbst nahm er da gar nicht aus.

„Ein Kind hätte der Dame zuvor im Lift vermutlich einfach auf die Schuhe gekotzt", fiel ihm ein, weswegen er kurz laut lachen musste.

„Warum lachst du?", fragte Tim und schaute hinter seiner Brille hervor.

Gerade als er antworten wollte, öffnete sich die Tür und die Chefin betrat den Raum. Mit einem „Captain" begrüßte Tim die Chefin. Sie wollte im Büro so angesprochen werden, obwohl ihr Name Kathryn war. Sie hatte schwarze Haare, die sie stets zu einem strengen Dutt zusammengesteckt hatte, der wohl dazu da war, ihren strengen Blick zu untermauern. Bis jetzt hatte er sie noch keine Miene verziehen sehen, außer einmal, als er den Fehler gemacht hatte, sie vor Tim mit Kathryn anzusprechen, was mit einem doch recht heftigen cholerischen Anfall ihrerseits geendet hatte.

„Captain" kam es nun auch ihm über die Lippen. Er richtete seine Aufmerksamkeit auf sie und nach genauerem Hinsehen fiel ihm eine Person auf, die hinter Captain in den Raum gekommen war.

Er konnte sie nicht richtig erkennen, weil es Captain schon immer verstanden hatte, sich so hinzustellen, dass in erster Linie nur sie wahrgenommen wurde. Die unbekannte Person versteckte sich nicht etwa schüchtern hinter der Chefin, aber an der Präsenz von Captain war es nun mal schwer vorbeizukommen, wenn sie sich mit verschränkten Armen mitten vor den zwei sitzenden Mitarbeitern aufplusterte.

„Jungs, das ist eure neue Kollegin", verkündete ihre Vorgesetzte. Sie wendete ihren Blick in Richtung der Unbekannten.

„Vorausgesetzt natürlich, sie stellt sich nicht blöd an in der Probezeit", ergänzte sie mit einem bedrohlich wirkenden Unterton.

Sein Kollege Tim stand auf und ging auf die junge Frau zu, um sie willkommen zu heißen. Er hingegen blieb zunächst konsterniert sitzen. Es wirkte, als hätte er einen Geist gesehen, doch einen Augenblick später hatte er sich wieder gefangen. Während die neue Mitarbeiterin mit Tim beschäftigt war, erhob er sich, ging langsam zu seiner Lederjacke und kramte die Utensilien hervor, die er zum Drehen der Zigaretten benötigte. Mit ruhigen Schritten begab er sich auf den großen Balkon und zündete sich den Glimmstängel an, den er sich am Weg dorthin vorbereitet hatte. Er nahm einen tiefen Zug und verabschiedete sich in seine Gedankenwelt.

„Warum muss sie hier anfangen?", fragte er sich und stützte sich mit beiden Händen an das Geländer.

Während er über die Stadt blickte, erinnerte er sich. Sie kannten sich von früher, auch wenn sie nie besonders viel miteinander zu tun gehabt hatten. Trotzdem war es genug, um sich ganz genau an ihr Gesicht und ihren Namen erinnern zu können. Bei den paar Gelegenheiten, bei denen sie miteinander zu tun gehabt hatten, hatten sie sich eigentlich immer gut verstanden. Er bemerkte, dass nicht sie der Grund für seine Anspannung war, sondern er selbst.

„Es war eine andere Zeit und ich war ein anderer Mensch", ging es ihm durch den Kopf.

Sie wusste nicht sonderlich viel von ihm, trotzdem hatte er mit der Vergangenheit abgeschlossen. Deshalb wollte er nicht mehr daran erinnert werden, denn er hatte lange genug gebraucht, um alles hinter sich zu lassen. Und noch länger, um es für sich zu akzeptieren.

„Hey", hörte er eine sanfte Frauenstimme hinter sich. Er kniff die Augen zusammen und atmete ein.

„Zeit, zu performen", dachte er sich und drehte sich um.

Er ging auf sie zu und erklärte ihr mit der Kippe im Mundwinkel: „Sorry, Zigarettenpause ist Zigarettenpause, die muss ich nutzen. So viele haben wir hier nicht davon. Aber schön dich zu sehen. – Wie geht es dir, Aurora?"

Sie war kleiner als er, weshalb er sich etwas hinunterbeugen musste, um sie zögerlich zu umarmen.

.

Dabei vermied er angestrengt, in ihr Gesicht zu blicken.

„Möchtest du eine?", fragte er sie und deutete auf die kleine Tasche mit dem Drehzeug in seiner Jacke.

Er konnte sich erinnern, dass sie gewöhnlich nicht rauchte, aber ab und an nicht abgeneigt war, wenn es darum ging, in Gesellschaft eine zu schmauchen.

„Gerne, danke", antwortete sie mit einem Lächeln. „Aber drehen kann ich selbst."

Sie nahm sich die Teile, die sie dafür benötigte, und begann anschließend etwas unbeholfen zu drehen. Als sie ihm danach die Tasche zurückreichte, konnte er nicht mehr entkommen und musste ihr trotz aller Anstrengung in die Augen blicken. Sie hatte glänzende blaue Augen, die durch ihr bezauberndes Lächeln - das stets durch ein Hervorblitzen ihrer Zähne begleitet wurde - noch schöner wirkten, als sie es ohnehin schon taten. Diese Besonderheit an ihr war ihm bereits früher aufgefallen und so konnte er in dem Moment nicht anders, als ihr Lächeln zu erwidern.

Sie rauchten gemeinsam, sprachen nur kurz über Vergangenes - da er es glücklicherweise erfolgreich abwehren konnte - und dann über den Arbeitsplatz hier in der Abteilung. Die Zeit verging schnell und Aurora blickte auf die kleine Uhr, die sie um ihr Handgelenk trug.

„Ach, ich muss schon los", fiel ihr auf. „Es hat mich gefreut, wir sehen uns eh morgen, oder?"

„Logisch sehen wir uns morgen, ich freu mich auch", antwortete er und umarmte sie schon weniger zaghaft als zuvor.

Aufgrund der Umarmung geriet ihre Frisur etwas durcheinander, weshalb sie sich die vorderen Strähnen ihrer dunkelblonden Haare, die sie zu einem Pferdeschwanz zusammengebunden hatte, hinter ihr rechtes Ohr streichen musste. Dadurch kamen ihre Ohrringe zum Vorschein und als sie abschließend ihr Gesicht in seine Richtung drehte, konnte er ihr nochmals in die Augen sehen. Doch diesmal war er nicht im Stande den Blickkontakt zu halten. Sein Blick wanderte schnell nach unten.

„Du musst nicht so darauf starren, das Nasenpiercing kennst du doch", lachte sie.

„Ähm, ja, ich hab nur gedacht, das ist ein neues", versuchte er sich stammelnd aus der Situation zu retten.

„Keine Sorge, alles gut, kein Problem", beendete Aurora das Gespräch mit einem herzhaften Lachen.

Sie zwinkerte ihm zu, streichelte ihm freundschaftlich über die Schulter und ging. Er blickte ihr hinterher, seine Miene erstarrte und er musste kurz schlucken.

„Sie sieht nicht mich, sie sieht den Mann, der ich früher war", ratterte es augenblicklich in seinem Kopf.

Das war ihm bereits zuvor klar geworden, als er es nicht mehr geschafft hatte, ihr in die Augen zu schauen, und dabei hatte er schon kurz gedacht, alles wäre in Ordnung. Er konnte es ihr nicht einmal übelnehmen, denn sie wusste nicht, was in den letzten paar Jahren mit ihm passiert war. Nichtsdestotrotz sah er in keinster Weise eine Chance, gemeinsam mit ihr arbeiten zu können. Irgendetwas würde ihm schon einfallen, um das zu verhindern, war er sich sicher. Er holte sich noch einen Kaffee und begab sich wieder zu seinem Arbeitsplatz.

Gerade als er sich hinsetzen wollte, teilte ihm Tim mit, dass Captain ihn sprechen wollte. Er ging zu ihrem Büro, klopfte einmal kräftig an die Tür und öffnete sie.

„Captain", sagte er und schloss die Tür hinter sich.

„Hier drin kannst du mich Kathryn nennen", antwortete Captain bestimmt.

„Kathryn?", verbesserte er sich umgehend.

Captain kam gleich zum Punkt. „Wie ich bemerkt habe, kennst du Aurora. Was sagst du zu ihr?"

Er entschied, sich - vorerst - bedeckt zu halten, weshalb er etwas ausweichend antwortete: „Ich kenne sie nicht gut. Wir hatten nur früher ab und an ein bisschen etwas miteinander zu tun. Ist aber schon einige Zeit her."

Erst jetzt blickte Captain vom Tisch auf. „Wenn du sie kennst, weißt du, ob du mit ihr zusammenarbeiten kannst. Wenn das nicht funktionieren sollte, sagst du es besser sofort. Dann rufe ich sie an und sage ihr, dass es doch nichts wird. Du musst es auch nicht begründen, ich will hier drin nur keinen Stress haben und du kennst dich halt schon aus."

Man konnte über Captain sagen, was man wollte, aber sie war eigentlich immer korrekt und es war keine Selbstverständlichkeit, ihn bei dieser Entscheidung miteinzubeziehen. Außerdem war es perfekt für ihn, denn er hatte damit gerechnet, dass er zumindest ein paar Tage mit Aurora zusammenarbeiten hätte müssen, bevor er langsam damit beginnen hätte können, sie zu schneiden und so ihren Rauswurf zu provozieren. Das es jetzt so einfach ging, hatte er nicht erwartet. Es war ein Glücksfall.

„Also, wenn du mich so direkt fragst", holte er zunächst aus und gab sich dabei bewusst nachdenklich. „Und das sage ich jetzt nicht wegen mir, sondern weil es das Beste für die Abteilung ist. Ich kenne auch nicht ihren ganzen Lebenslauf, aber ich denke ehrlich gesagt, dass es ein Riesenfehler wäre, wenn ..."

Er sah nochmals die Szene vor sich, als sie sich ihre Haare hinter ihr Ohr gestrichen hatte. Er sah die dunkelblonden Haare. Er sah die Ohrringe - jedes einzelne von den dreien: den schwarzen Knopf im Ohrläppchen und die zwei gepiercten silbernen Knöpfe an der Seite. Er sah den Nasenring. Er sah ihre tiefblauen Augen. Und er sah ihr Lächeln ... Schlagartig wurde es ihm bewusst. Es war ihr Lächeln, er konnte ihr doch nicht ihr Lächeln nehmen. Doch was blieb ihm anderes übrig, es war besser für sie und auch für ihn, wenn sie nicht hier anfing.

„Wenn ihr Aurora", sprach er weiter und wusste, dass er nur noch zwei weitere Worte aussprechen musste, damit der Spuk ein Ende hatte – da musste er jetzt durch–, „nicht einstellen würdet", hörte er sich selbst den Satz beenden.

„Ich kann ihr einfach nicht ihr Lächeln nehmen – zumindest nicht heute", resignierte er anschließend innerlich.

„Gut, sie kommt morgen um halb neun und du schulst sie ein. Geh nach Hause, du hast eh zu viele

Überstunden", befahl Captain nun wieder mit dem Gesicht in den Schreibtisch versunken.

Mit einem kurzen „Okay" nahm er den Befehl entgegen.

Immer noch leicht geschockt von sich selbst und dem, was zuvor aus seinem Mund gekommen war, begab er sich zu der Tür, drehte sich nochmals um und verabschiedete sich mit einem „Danke, Kathryn".

Erst jetzt bemerkte er, dass er die Tür bereits geöffnet hatte.

„WIE BITTE???", schrie Captain augenblicklich mit voller Lautstärke los und hörte auch nicht mehr damit auf. „Das heißt CAPTAIN und ich brauche deinen Dank sicher nicht. Mir wäre lieber, du würdest deine Arbeit zur Abwechslung einmal richtig machen. Jetzt schau, dass du nach Hause kommst, damit ich dein Gesicht nicht mehr sehen muss und in Zukunft achtest du besser darauf, dass du montags wenigstens annähernd arbeitsfähig bist!"

„Ja, Captain", murmelte er kleinlaut und schloss die Tür hinter sich.

Er nahm seine Tasche, zog seine Jacke an, verabschiedete sich mit einem mit den Fingern geformten Peace-Zeichen bei Tim und verließ die

Büroräumlichkeiten. Auf dem Weg hinunter verzichtete er auf den Lift. Das Letzte, was er jetzt noch gebrauchen konnte, war eine ältere Dame mit rosaroten Stöckelschuhen, die über die Vorzüge von bestimmten Wochentagen plaudern wollte.

Er ärgerte sich über sich selbst, denn es wäre doch so einfach gewesen. Er hätte nur zwei Worte aussprechen müssen und es wäre vorbei gewesen. Stattdessen musste er sie jetzt auch noch einlernen und er hatte keine Ahnung, wie er das hinbekommen sollte.

Innerlich war er über die junge Frau erzürnt. *„Diese verdammte Aurora ... Aurora, was ist das überhaupt für ein bescheuerter Name?"*

Um sich zu beruhigen, versuchte er sich die Frage zu beantworten und kam zum Schluss, dass die Namensgebung wohl am Herkunftsland ihrer Vorfahren liegen musste. Er steuerte bereits auf den Ausgang zu und steckte sich eine Tschick in den Mund.

„Scheißmontage", fluchte er in sich hinein, als er durch den Ausgang schritt, die Zigarette anzündete und den Rauch in seine Lunge zog, um ihn sogleich wieder in die Luft zu entlassen. *„Wenn ich es mir aussuchen könnte, würde ich montags nie arbeiten."*

Zu Hause angekommen beschloss er eine Runde laufen zu gehen. Das half ihm meistens, wenn es darum ging, das vom Wochenende übrig gebliebene Gift aus seinem Körper zu pumpen und diesen wieder richtig alltagstauglich zu bekommen. An diesem Tag entschied er sich für eine gemütliche Runde.

Zuerst lief er Richtung Fluss, der die Stadt in zwei Hälften teilte. Dann auf mit etwas Grün bepflanzten Spazierwegen am Fluss entlang, bevor es ein Stück eine kleine Straße entlang ging. Nach dem Passieren einer Holzbrücke und nach der Baustelle, welche in geraumer Zukunft zu einer Schnellstraße werden sollte, legte er noch ein gutes Stück aufwärts in einem Wald zurück, bis er zu einer Plattform kam, von wo aus man die ganze Stadt überblicken konnte.

Besonders bei Dunkelheit und Vollmond mochte er den letzten Teil dieser Route, die sich durch den Wald nach oben schlängelte, bis man die Aussichtsplattform erreichte. Wenn er in der Dunkelheit dort ankam, genoss er es, umgeben von der Stille der Nacht dem Heulen der Wölfe zu lauschen, welches von den Bergen Richtung Stadt zog. Er verspürte eine eigenartige Vertrautheit zu dieser angenehmen Stille und den Lauten, die für ihn so etwas wie ein letztes akustisches Signal der Natur waren. Es zu hören gab ihm das Gefühl, dass das Gleichgewicht des Universums in dieser Gegend noch nicht vollends aus den Fugen geraten war. Auch wenn es heute erst früher Nachmittag war, konnte er in seinem Kopf den Geruch der Nacht und die wilden Tiere wahrnehmen, wie sie die für ihn so bedeutsamen Töne in den Himmel jaulten.

Zurück nahm er im Normalfall, so wie auch diesmal, einen anderen Weg, dessen Strecke durch die Stadt führte. Zuerst durch leicht besiedeltes Gebiet, doch mit jedem Schritt wurden die Häuser mehr und schließlich bog er bei der prunkvoll errichteten Kirche ab, die anzeigte, dass er sich allmählich wieder der Innenstadt näherte. Die Gebäude wurden größer, der Geräuschpegel lauter und nach dem Überqueren der Brücke, die der Stadt vor langer Zeit ihren Namen gegeben hatte, war es nur noch ein kurzer Weg bis zu dem Haus, in dem sich seine Wohnung befand. Abschließend waren dann immer noch die Stufen bis zum obersten Stockwerk zu bewältigen, welches wie bei seinem Arbeitsplatz ebenfalls das siebte war.

Ungefähr zehn bis elf Kilometer in etwas mehr als einer Stunde hatte er zurückgelegt. Das sagte ihm sein Gefühl, als er sich die durchgeschwitzten Klamotten vom Leib zog. Er hatte keine zusätzlichen technischen Geräte, die ihm genaue Zahlen zu seinen Läufen lieferten. Ihm reichten die Informationen aus, die sein Körper an seinen Kopf weitergab, und diese hatten sich heute das Prädikat unterer Durchschnitt verdient.

Und doch hatte die Betätigung ihren Zweck erfüllt. Sein Kopf war nicht mehr so überfüllt mit mühseligen Inhalten und auch sein Körper fühlte sich wieder so an, als ob man ihn zu etwas gebrauchen konnte.

Nach der notwendigen Körperpflege verbrachte er die restliche Zeit bis zum Abendessen mit Lesen. Er bevorzugte die klassische Buchform. Das Gefühl von Papier in den Händen gefiel ihm. Außerdem hatte es den Vorteil, dass es eine freiere Auswahl gab als bei der mittlerweile handelsüblichen digitalen Form. Freier bedeutete in diesem Zusammenhang nicht unbedingt größer, aber bei den von ihm so verehrten Fantasyromanen schafften es nur die wenigsten durch die Zensur, weshalb sie digital so gut wie gar nicht zu bekommen waren. Und selbst wenn man es schaffte und auf diese Art eines jener ausgewählten Werke lesen sollte, landete der eigene Name vermutlich auf irgendeiner Liste.

Anders war es für ihn nicht zu erklären, dass schon bei einigen Bekannten von ihm die Polizei angeklopft hatte, nachdem sie sich bestimmte Bücher auf ihre Geräte bestellt hatten. Weitere Konsequenzen hatte es nicht gegeben. Das lag eventuell auch daran, dass es danach keiner mehr von ihnen gewagt hatte, diese Tat zu wiederholen.

„Die Ambivalenz von Sein und Schein der Freiheit", war seine Schlussfolgerung aufgrund dieser

Erfahrungen und so verzichtete er auf digitale Bücher, um zu seinem Lesevergnügen zu kommen.

Er setzte sich mit den, wie er sie nannte, „richtigen" Büchern auf einen ausgewählten Platz auf seinem Sofa. Dieser war so gewählt, dass ihn keine der Kameras, mit denen mittlerweile praktisch jedes elektronische Gerät ausgestattet war, erspähen konnte. Er konnte nicht beurteilen, ob es Konsequenzen nach sich gezogen hätte, wenn er bei seiner Freizeitbeschäftigung beobachtet worden wäre, doch darum ging es ihm gar nicht. Er war einfach der Meinung, dass eigentlich niemand zu wissen brauchte, welchen Titel er gerade zu seinem Lesestoff auserkoren hatte, und noch weniger ging es irgendjemand etwas an, ob er manchmal während des Lesens in der Nase bohrte oder nicht.

Früher hatte er die Kameras einfach abgeklebt, aber seitdem das gesetzlich verboten war und die Exekutive auch kein Problem damit hatte, solche Geräte zu orten und bei den ausgespuckten Koordinaten zur Stippvisite zu erscheinen, hatte das keinen Sinn mehr. Die Regierung war der Meinung, dass dies notwendig war, um die Bevölkerung bestmöglich zu schützen, und anscheinend war die Mehrheit der gleichen Meinung. Zumindest hörte man kaum gegenteilige Stimmen.

Sein Glück war, dass seine Mitbewohnerin eine wahre Leseratte war. Ursprünglich war sie seine

Nachbarin gewesen, aber da sie so viele 'richtige' Bücher besaß, dass sie nicht mehr wusste, wohin damit, einigten sie sich schon vor langer Zeit auf einen Deal. Sie zog in das zweite Zimmer seiner Wohnung und dafür durfte er sich, wann immer und solange er wollte, Bücher leihen und seine eigenen ebenfalls dort in ihrer alten Wohnung aufbewahren.

Dadurch dass sich in ihrer alten Garconniere keine modernen elektronischen Geräte befanden, war es noch nie zu Problemen gekommen und wenn nicht gerade seine Mitbewohnerin die zu einem Bett ausklappbare Couch, die noch dort stand, nutzte, um darauf zu lesen, war es oftmals auch er selbst, der genau das tat. Lustigerweise hatten sie diese Abmachung schon ausgehandelt, bevor der sogenannte „Umbruch" eingesetzt hatte. Damals fand er es einfach nur komisch und auf eine eigene Art und Weise bewundernswert, dass sie so auf die Aufbewahrung von hunderten dieser zusammengehefteten bedruckten Seiten bestand.

Da er sie schon eine halbe Ewigkeit kannte, entschied er sich schlussendlich dazu, dieser Idee eine Chance zu geben. Mittlerweile war sie wie eine Schwester für ihn geworden. Sie war ein gutes Stück kleiner als er, dabei war er selbst bei Weitem nicht der Größte. Ansonsten wirkte sie ein wenig unscheinbar, was auch daran lag, dass sie sich alle Mühe zu geben schien, genau diese Wirkung zu erzielen. Ihre hellbraunen Haare waren meist zu einem unauffälligen Pferdeschwanz gebunden und auf ihrer Nase saß eine rundliche Brille. Ihre Kleidung war schlicht und sie sah um einiges jünger aus, als sie es tatsächlich war.

Er kannte sie nur unter dem Namen Nico Robin, auch wenn er wusste, dass sie unter einem anderen Namen geboren worden war, doch diesen hatte er nie von ihr erfahren. Trotzdem war sie einer der wichtigsten Menschen - wenn nicht mittlerweile sogar der wichtigste Mensch - in seinem Leben und häufig speisten sie abends zusammen. Nachdem er für den heutigen Tag genug gelesen hatte, taten sie das auch an diesem Abend.

Sehr gesprächig ging es aber nur selten zu und auch diese Mahlzeit bildete da keine Ausnahme. Nachdem er fertig gegessen und sich von Robin - wie er sie in der Kurzform oft nannte - verabschiedet hatte, begab er sich in sein Zimmer, verfolgte noch kurz die wichtigsten Nachrichten und beschloss, sich zeitig schlafen zu legen.

Er wollte am nächsten Tag ausgeschlafen sein und vor allem auch so wirken, um sich weiteren Tadel von Seiten Captains zu ersparen. Außerdem würde er alle Kräfte brauchen, um die anstehenden Aufgaben rund um Auroras Einlernen meistern zu können. Er lag noch eine Weile wach. Nachdem seine Gedanken genug Kreise gezogen hatten, schlief er irgendwann ein.

Mitten in der Nacht schreckte er auf. Er war schweißgebadet, sein Herz pochte und er atmete schwer. Es war nicht das erste Mal.

Auch kam es ihm so vor, als würde dieses unschöne Aufwachen immer häufiger vorkommen. Es war ein beängstigender Zustand. Momente, in denen er nicht mehr in der Lage war, zu beurteilen, was Albträume und was Realität war. Ein verstörender Cocktail aus zum Teil verschwommenen Bildern: längst Vergangenes, kürzlich Geschehenes, nie Geschehenes, vielleicht Geschehenes, eventuell sogar Zukünftiges und ein Bild schrecklicher und grausamer als das andere ... Er wusste nicht, was das zu bedeuten hatte. Wie sollte er auch, wenn er nicht einmal einordnen konnte, welches Bild seiner Fantasie und welches seiner Erinnerung entsprungen war.

Das Einzige, was er mit Sicherheit wusste, war der Zeitpunkt, als er zum ersten Mal komplett durchnässt in seinem Bett aufgeschreckt war. Kurz bevor in den Nachrichten und auf den Straßen erstmals von 'Umbruch' die Rede war, war es ihm das erste Mal passiert. Und das war schon ein paar Jahre her.

Ihm war klar, dass für ihn nicht mehr an eine angenehme Nachtruhe zu denken war. Die Uhr zeigte vier Uhr morgens an und er beschloss aufzustehen, auch wenn es eigentlich noch viel zu früh dafür war. Bei seinen Morgenritualen ließ er sich extra mehr Zeit als notwendig und trotzdem war es erst sechs Uhr, als er nicht mehr wusste, was er noch alles tun konnte, um die Zeit totzuschlagen, bis er seinen beruflichen Verpflichtungen nachkommen musste. Deshalb entschied er, noch eine Weile durch die Stadt zu spazieren.

Mit langsamen Schritten schlich er durch die Straßen und Gassen und genoss die Ruhe in der sonst so hektischen Innenstadt. Lediglich ab und an wurde diese durch ein paar Betrunkene gestört, die von den Feiern der Nacht übriggeblieben waren.

Ihm fielen die besetzten Polizeiautos auf, die überall in der Stadt abgestellt waren und dazu dienten „das Sicherheitsgefühl der Bevölkerung zu stärken", wie die Regierung es nannte. Ihm persönlich machte es eher Angst, als dass es ihm Sicherheit gab. Wenigstens blieb es ihm diesmal erspart, kontrolliert zu werden. Normalerweise hatte er eine Begabung dafür, von ihnen ausgewählt zu werden, und er hatte sich schon einmal vor Captain rechtfertigen müssen, weil er deshalb zwei Stunden zu spät zur Arbeit erschienen war.

„Schneide dir einfach die Haare kurz und rasiere dir deinen Bart ab. Dann nehmen sie dich nicht mit", hatte sie ihm halb im Ernst geraten.

Vor dem 'Umbruch' konnten die Beamten nur eine Identitätsfeststellung durchführen und höchstens einen Ausweis verlangen, wenn es nicht irgendwelche konkreten Verdachtsmomente gab. Doch dann häuften sich die Rufe nach mehr Sicherheit und das obwohl das ganze Land und auch die Stadt, in der er lebte, laut Zahlen und Statistiken zu diesem Zeitpunkt faktisch sicherer gewesen waren als jemals zuvor.

Von da an wurde die Kriminalstatistik einfach durch den Begriff „subjektives Sicherheitsgefühl" ersetzt, was den Vorteil hatte, dass man keine Rücksicht mehr auf lästige Zahlen nehmen musste, da Gefühle bekanntlich nicht messbar sind. So verschwand zuerst der Zusatz „konkret" bei den Verdachtsmomenten, bis schließlich nicht einmal mehr diese notwendig waren, da ein unbescholtener Bürger nichts zu verbergen hatte. Und da ein Ausweis zu wenig war, um das Sicherheitsgefühl von anderen zu gewährleisten, wurden Schritt für Schritt und fast schon im Monatsrhythmus neue Gesetze eingeführt.

Zuerst durfte die Polizei Personen auf das Revier mitnehmen, um Fingerabdrücke zu nehmen, und als Nächstes kam dazu, dass sie jedermann

komplett durchsuchen durften, wenn sie den Ein-
fall dazu hatten. Einige Zeit später beschränkte
sich das Durchsuchen nicht mehr nur auf die Kleidung. Der ganze Körper durfte jederzeit durchsucht
werden. Da dies anscheinend immer noch zu wenig
Möglichkeiten bot, um die Bevölkerung ausrei-
chend zu schützen, folgten weitere Veränderungen.

Angefangen mit dem Kopieren und Speichern aller
Daten auf dem Handy sowie aller anderen technischen Geräte, die man gerade mit sich führte, bis
hin zu verschiedensten Schnelltests auf alle möglichen Substanzen, um nur einiges zu nennen. Die
Schnelltests waren auch der Grund gewesen, warum er damals zu spät gekommen war. Er hatte den
Fehler gemacht, zu Hause aufs Klo zu gehen, weshalb er am Polizeirevier satte zwei Stunden warten
musste, bis er es endlich vollbracht hatte, in einen
Becher zu pinkeln.

Die neueste Errungenschaft im Namen der anscheinend so Ängstlichen, die so dringend ein ausrei-
chendes Sicherheitsgefühl benötigten, war, dass sie
einen nicht einmal mehr auf das Revier mitnehmen
mussten. Wenn sie wollten, musste man sie in die
eigene Wohnung lassen, damit sie sich dort um-
schauen konnten. Diese Ehre war ihm glücklicherweise noch nicht zuteilgeworden.

Einmal wäre es beinah so weit gekommen, doch die
Wohnung im siebten Stock ohne Lift hatte sich als

Segen erwiesen. Das Erklimmen der Stufen war den Beamten dann doch zu anstrengend gewesen, was kein Wunder war, wenn man deren Statur betrachtet hatte. Durch die Aufstockung des Polizeipersonals und gleichzeitig zu wenige geeignete Kandidaten war gut die Hälfte der Beamten entweder übergewichtig oder psychologisch so eingestuft, dass sie eigentlich gar keine Waffen hätten tragen dürfen.

„Da fühlt man sich gleich sicherer, wenn ein übergewichtiger Psychopath in Uniform mit gezogener Schusswaffe in seinem Auto schläft", dachte er sich, als er an einem der parkenden Polizeiautos vorbeischlenderte und hineinsah. *„Das geht sicher gut aus, wenn man den aus Versehen aufweckt. So viel zum Thema Sicherheit ... Ich nenne es Willkür."*

Er versuchte den Anblick des Polizisten aus seinem Kopf zu bekommen und ging weiter. Bei einem kleinen Park, in dessen Mitte sich ein alter Brunnen befand, blieb er stehen, ließ sich auf einer der dort stehenden Bänke nieder und starrte auf die aus Stein gemeißelte Engelsskulptur inmitten des Brunnens. Er erinnerte sich zurück. An diesem Ort, auf genau dieser Bank war er mit Max gesessen.

Max war ein Arbeitskollege in seinem damaligen Job gewesen und hatte immer die Meinung vertreten, dass man in seinem Beruf in erster Linie als Söldner tätig war. Max sprach das allerdings ganz offen aus, was ihn wiederum sympathisch machte. Er schätzte vor allem Max' Ehrlichkeit und Diskretion. Außerdem schienen Max niedrige Temperaturen nichts auszumachen, was auch der Grund war, warum sie mitten im Winter bei klirrender Kälte in dem kleinen Park gesessen waren und das, obwohl die Bank großteils mit Schnee bedeckt gewesen war.

Den genauen Inhalt ihres damaligen Gesprächs konnte er nicht mehr rekonstruieren, aber es gab damals Probleme mit einer Mitarbeiterin der beiden und er hatte versucht, diese mit allen Mitteln zu verteidigen.

„Glaubst du echt immer noch an das Gute im Menschen?", hatte Max ihn gefragt.

„Ich muss daran glauben ...", war seine ehrliche Antwort gewesen, während er den Schnee und das Eis bestaunt hatte, das die sonst so stolz und kraftvoll wirkende Skulptur im Brunnen eng umschlossen gehalten und sie traurig und mutlos erscheinen ließ. „Wenn ich es nicht tun würde, hätte mein und unser aller Leben doch keinen Sinn oder ...?"

Er hatte in den letzten Jahren oft an diesen Tag und diesen Satz denken müssen und auch die Engelsskulptur wirkte nie mehr so auf ihn, wie er sie vor diesem Moment in Erinnerung gehabt hatte. Ausgesprochen hatte er die Worte ein paar Monate, bevor der 'Umbruch' begonnen hatte, und dieser war, auch wenn er es lange Zeit nicht wahrhaben wollte, von den meisten Menschen zumindest gutgeheißen, wenn nicht sogar gewollt worden.

Seinen durch die Erinnerungen schwer gewordenen Kopf auf beide Hände gestützt saß er da, betrachtete mit wehmütigem Blick die Skulptur und fragte sich, was er jemals in ihr gesehen hatte. Plötzlich spürte er die zarte Berührung einer Hand an seiner Schulter und vernahm eine leise fast schon flüsternde Stimme.

„Hey, ich hoffe ich störe dich nicht", hörte er die leise Stimme von der Seite.

Langsam drehte er den Kopf zu seiner Linken und bemerkte, dass sich jemand neben ihn gesetzt hatte. Die junge Frau trug einen hellblauen Jeansrock, dazu ein weißes Top. Ein dickes Haarband in verschiedenen Farben verhinderte, dass ihre offen getragenen dunkelblonden Haare in ihr Gesicht fielen.

„Hey Aurora", war das Einzige, was er mit beinahe klagend klingender Stimme aus sich herausbekam, bevor er seinen Blick erneut in Richtung des Brunnens richtete.

Er fühlte sich ertappt und hatte gerade überhaupt keine Lust, gute Miene zum bösen Spiel zu machen.

„Alles gut?", hakte Aurora vorsichtig nach, nachdem sie einige Sekunden verstreichen hatte lassen.

Er antwortete nicht und konzentrierte sich weiter auf den Brunnen. Aurora schien sich auch ohne Antwort zufrieden zu geben und doch glaubte er zu bemerken, dass sie ihn mitleidig ansah und auf eine Reaktion von ihm wartete. Paradoxerweise empfand er die vorherrschende Stille nicht als unangenehm, sondern eher als wohltuend, was ihn selbst ein wenig verwunderte.

„Es geht schon", rang er sich schließlich zu einer Antwort durch, um die Stille nicht doch noch unangenehm werden zu lassen. „Es sind gerade einige Dinge in meinem Kopf."

Anschließend quälte er sich selbst ein Lächeln auf, was Aurora nicht sonderlich zu beeindrucken schien.

„Oh okay, du kannst es mir gerne erzählen", bot sie ihm an, bevor sie ein etwas leiseres, aber trotzdem gut hörbares „musst du aber nicht, wenn du nicht willst" folgen ließ.

Erst jetzt stellte er fest, dass ihre Hand immer noch auf seiner Schulter lag und eine angenehme Wärme ausstrahlte. Das und das zuvor geäußerte Gesprächsangebot sorgten dafür, dass er sich sein

Lächeln nicht mehr aufzwingen musste. Es setzte sich von ganz allein in sein Gesicht.

„Halb so wild, ich habe nur nicht gut und auch nicht viel geschlafen, deshalb bin ich so früh von daheim los", ließ er sie an der halben Wahrheit teilhaben und versuchte das Thema zu wechseln: „Aber genug von mir. Warum bist du überhaupt so früh hier in diesem Park?"

„Ach, ich stalke dich nur ein wenig", erwiderte Aurora mit ernster Miene, bevor sie herzhaft zu lachen begann, als sie eine leicht fassungslos wirkende Reaktion in seinem Gesicht ablesen konnte.

„Haha, nein, du Dummkopf, ich bin Frühaufsteherin. Ich wache so gut wie immer auf, sobald die Sonne aufgeht, und manchmal weiß ich dann nicht, was ich machen soll. Deswegen habe ich mir heute gedacht, ich gehe einfach früher arbeiten. Da ich hier einmal eine Fünf-Cent-Münze gefunden habe, bin ich durch den Park gegangen und nicht daran vorbei. Eins musst du nämlich noch wissen, ich finde ständig und überall verschiedene Münzen. Ich bin nämlich ein Glückskind ... Heute habe ich halt nicht fünf Cent gefunden, sondern dich, was aber genauso gut ist, weil ich mich nämlich schon gefragt habe, wie ich so früh in das Büro kommen soll. Ich habe nämlich noch gar keinen Schlüssel", erläuterte sie ihm ausführlich ihre echten Beweggründe.

„Ein Glückskind bist du also? Und das soll ich dir glauben?", erkundigte er sich und konnte nur hämisch grinsen angesichts dieser, wie er fand, zur Schau gestellten Naivität.

„Ja, genau das bin ich und ja, das solltest du mir glauben. So und jetzt lass uns gehen, dann kannst du mir in der Arbeit gleich alles zeigen", ließ sich Aurora erst gar nicht auf seine sarkastischen Nachfragen ein.

Während sie aufstand, seine Hand nahm und ihn von der Bank hochzog, zwinkerte sie ihm nochmals zu, denn sie hatte seine Bemerkungen sehr wohl so wahrgenommen und verstanden, wie er sie gemeint hatte. Ein wenig widerwillig ließ er sich auf ihren Vorschlag ein und sie gingen los. Nach einigen Schritten, noch bevor sie den Park verlassen hatten, drehte sich Aurora plötzlich nach links, beugte sich hinunter und hob etwas von dem mit Gras bedeckten Boden auf.

„Ah, schau ein Cent", jubelte sie mit einem begeisterten Grinsen im Gesicht, als sie sich ihm zuwandte. Sie hakte sich mit ihrem Arm in den seinen ein, gab ihm einen leichten neckischen Stoß mit der Hüfte und lachte fröhlich.

„Siehst du, sag ich ja, Glückskind", bestätigte sie sich und deutete mit dem freien Arm auf sich selbst.

Fast hätte er sich mitreißen lassen, doch schlagartig geriet wieder der Brunnen mitsamt der Skulptur in sein Blickfeld, den sie kurz im Hintergrund verschwinden hatte lassen.

„Ein Glückskind willst du also sein", dachte er sich, als sie den Park hinter sich ließen. *„Es tut mir wirklich leid, Aurora, aber in einer Welt wie dieser, da gibt es leider keinen Platz für Glückskinder."*

Habgier

*Glückskinder wollen nicht alles für sich,
sie teilen.*

Wie aus dem Nichts erschien eine große Glaskuppel am Horizont, als sie auf der Rückbank eines Autos sitzend auf dem Weg zu einem Arbeitsauftrag waren. Es war angenehm, dass weder Aurora noch er selbst fahren mussten, sondern dass Captain es sich nicht nehmen ließ, sie höchstpersönlich an ihr Ziel zu bringen.

Ansonsten hätte er zugeben müssen, dass er keinen Führerschein mehr besaß, was er nur ungern getan hätte, weshalb es eine Erleichterung war, als Captain gleichzeitig mit der Arbeitsreise ihren Shuttleservice angekündigt hatte. Er hatte Captain nie davon erzählt. Ob sich die Erwähnung eines fehlenden Führerscheins positiv auf eine mögliche Beschäftigung ausgewirkt hätte, hatte er bei seinem Bewerbungsgespräch zu bezweifeln gewagt. Zu seinem Glück und auch ein wenig zu seiner Verwunderung wurde bei Bewerbungsgesprächen so gut wie nie danach gefragt. Es wurde davon ausgegangen, dass man sowieso eine Fahrerlaubnis besaß. So musste er einfach nur Situationen vermeiden, in denen von ihm verlangt wurde, ein Fahrzeug zu steuern, was ihm bis jetzt gelungen war.

Heute wären es vor allem mögliche Nachfragen von Aurora, was denn überhaupt mit seinem Führerschein passiert sei, die ihm zu lästig gewesen wären. Ihre Neugierde konnte ziemlich nervtötend sein, auch wenn er bereits das ein oder andere Mal Gefallen daran gefunden hatte, sie damit aufzuziehen, und er diese Eigenschaft wohl mittlerweile sogar ein wenig in sein Herz geschlossen hatte. In dem Fall wäre es aber mit Sicherheit Ersteres gewesen, denn der Verlust der Fahrlizenz ging mit Geschehnissen einher, die er am liebsten selbst vergessen hätte. Das versuchte er zwar immer wieder aufs Neue, zu seinem Missmut wollte ihm das aber nie so wirklich gelingen.

Es waren einige Wochen vergangen, seit diese Frau aus seiner Vergangenheit plötzlich in seinen Arbeitsräumlichkeiten aufgetaucht war, und er hatte schon ein paar Mal bemerkt, dass Aurora mehr als nur vielleicht zu einem Problem für ihn werden könnte. Damit meinte er weniger sie als Person, sondern viel mehr, was sie mit ihm zu machen schien. Sie verstand es unglaublich gut, einfach aufzutauchen, um einen mit Fragen wie „Was machst du da?" oder „Was hast du da?" zu löchern. Er war einfach kein Freund von so plötzlichen

Fragen und Überraschungen, denn das gab ihm das Gefühl, in die Enge getrieben zu werden.

Erstaunlich für ihn war allerdings, dass er sich dabei ertappte, wie er dieses Verhalten in manchen Momenten auf eine eigenartige Weise nicht als unangenehm und lästig, sondern eher als erfrischend und liebenswert empfand. Und das obwohl ihn diese Auftritte eigentlich ärgern und nerven hätten sollen. Deshalb fürchtete er, dass er am Ende vielleicht nicht nur ihre Neugierde in sein Herz schließen könnte. Das wollte er unter allen Umständen vermeiden.

Zu viel Zeit und zu viel Arbeit hatte er darin investiert, dass ihm so etwas nicht mehr passieren konnte. Zumindest war es ihm schon lange nicht mehr passiert, denn einzig Nico Robin bildete hierbei eine Ausnahme, aber das war eine eigene Geschichte.

Um diese Befürchtung im Keim zu ersticken, hatte er sich dazu durchgerungen, diese Dienstreise zu nützen, um Aurora loszuwerden, selbst wenn er sich aufrichtig wünschte, dass es eine andere Möglichkeit gegeben hätte. Seine zwischenzeitliche Vorstellung, dass sie beide einfach ihre eigenen Süppchen kochten, während sie nebeneinander arbeiteten und sonst nicht viel miteinander zu tun hatten, hatte sich schnell als Illusion entpuppt. Das war schlicht unmöglich, wenn sie einen in praktisch jeder Pause mit Fragen löcherte.

Deshalb waren die Zeiten nach der Arbeit, in denen sie nicht anwesend war, umso wichtiger für ihn. Diese brauchte er, um einen gewissen Abstand zu ihr und ihren Fragen zu gewinnen. Soweit hatte er also einigermaßen Kontrolle über die Situation, aber ihm war bewusst, dass das auf lange Sicht zu anstrengend werden und höchstwahrscheinlich nicht gut enden würde. Ebenfalls war ihm klar, dass ihn die Dienstreise in dieser Sache vor neue Herausforderungen stellen würde, auch wenn sie ihm die Möglichkeit bot, auf die er gewartet hatte.

Gleichzeitig war diese Reise seine letzte Chance. In eineinhalb Woche war Auroras Probezeit vorbei und dann wäre es nur noch schwer bis gar nicht möglich, ihre Entlassung oder besser gesagt ihre Nichtweiterbeschäftigung zu erwirken. Jetzt war das noch anders. Alles was er tun musste, war auf einen kleinen Zwischenfall zu warten, um ihr daraus einen Strick zu drehen. Bei ihrer Neugierde - und dessen war er sich sicher - war es nur eine Frage der Zeit, bis sie sich selbst in einen solchen manövrierte, und wenn das geschah, sollte der Rest ein Kinderspiel sein. Vermutlich würde es nicht einmal sonderlich auffallen, da Captain ihn vor dem Ende von Auroras Probezeit zu einem Gespräch gebeten hatte. Es war augenscheinlich, dass es dabei darum gehen würde, wie sie sich während dieser Dienstreise angestellt hatte.

Während er noch in Gedanken versunken war, wie er sein Vorhaben in dieses Gespräch einbringen könnte, ohne Captain einen Hinweis auf seine persönlichen Intentionen zu geben, kam die Glaskuppel immer näher - und das war nach gut zweieinhalb Stunden im Auto, eineinhalb davon mit Augenbinden im Gesicht, auch langsam Zeit.

Aurora blickte mit fasziniertem und begeistertem Gesichtsausdruck aus dem Seitenfenster des Wagens und auch Captain schien ihnen nun langsam mitteilen zu wollen, was sie hier zu suchen hatten. Das Einzige, was sie bis jetzt wussten, war, dass Captain sie dort hinbringen und danach zurück in die Stadt fahren würde. Aurora und ihm wurde die Aufgabe zuteil, ein paar Tage vor Ort zu bleiben, bis man sie wieder abholte. Da er der Dienstältere der beiden war, hatte Captain ihm die Verantwortung übertragen.

„Seht ihr die Kuppel?", fragte Captain.

„Ja klar", ließ Auroras Antwort keine Sekunde auf sich warten.

Er hingegen hatte überhaupt keine Lust, auf diese seiner Meinung nach bescheuerte und vermutlich rhetorisch gemeinte Frage zu antworten. Nachdem ihm Captain über einen bösen Blick in den Rückspiegel zu verstehen gab, dass er dies sehr wohl tun sollte, antwortete er schließlich: „Ich bin mir nicht sicher, aber wenn du dieses große, komische, durchsichtige Ding meinst, das direkt vor uns liegt und eigentlich das Einzige ist, was zu sehen ist, ja dann sehe ich diese 'Kuppel' von der du sprichst."

Er bemerkte, wie sich Aurora aufgrund seiner sarkastischen Antwort gerade noch ein Lachen verkneifen konnte, und zu seiner Verwunderung blieb Captain erstaunlich ruhig.

„Dumme Frage, dumme Antwort schätze ich mal", begann sie ihre Ausführung, ohne eine Miene zu verziehen. „Ich lass das mal so stehen, weil ich nachvollziehen kann, falls du ein wenig angesäuert sein solltest. Das wäre ich wohl auch, wenn ich hierherfahren müsste, ohne zu wissen wofür, und dann noch mit Augenbinde. Nun ja, der Grund, warum ich euch fahre, ist, dass ich es bis vor wenigen Minuten selbst nicht gewusst habe und sie mir die Anweisungen erst jetzt gerade während der Fahrt mitgeteilt haben."

Sie zeigte mit ihrem Finger auf einen kleinen Knopf in ihrem Ohr. „Aber nun weiß ich im Großen und Ganzen, um was es hier bei dieser Kuppel geht. Eure Aufgabe wird es sein, dass ich es in ein paar Tagen bis ins kleinste Detail weiß. Die Kuppel, die ihr vor euch seht, ist eigentlich nichts anderes als ein großer staatlich subventionierter Landwirt-schaftsbetrieb. Es ist ein Pilotprojekt und der Bau ist noch nicht fertiggestellt. Ihr werdet euch das alles einmal anschauen, weil ein Teil dieses Projekts … Nun ja, dort sollen in Zukunft auch Kinder und Jugendliche untergebracht werden und leben."

Das „Auch" in ihrer Ausführung machte ihn etwas stutzig, aber er verzichtete auf ein sinnloses Nach-fragen, weil er wusste, dass Captain ihnen mehr er-zählt hätte, wenn sie mehr gewusst hätte. Außer-dem konnte sie solche Nachfragen nicht sonderlich gut leiden. Aurora schien Captain immer noch nicht so gut zu kennen und ihre Neugierde ließ es einfach nicht zu, ruhig zu sein.

„Und wer lebt dann noch dort?", sprudelte es aus ihr heraus.

Captain reagierte erst gar nicht und bestrafte die verdutzt dreinblickende Aurora mit einem eisigen Blick und einem noch eisigeren Schweigen.

„Ein Kinderspiel wird das", dachte er sich, während er aus dem Fenster blickte und durch die fast schon greifbare Glasfassade erkennen konnte, dass sich im Inneren der Kuppel wohl noch eine halbe Baustelle befand.

Nachdem sie durch ein Tor oder eher durch ein frei-stehendes Loch in der Fassade gefahren waren,

waren sie noch zwanzig Minuten unterwegs, bevor sie endlich aus dem Auto steigen konnten. Er war froh darüber, denn im Inneren des Fahrzeugs hatte eine bedrohliche Stimmung geherrscht, gegen die nicht mal Aurora etwas unternehmen konnte oder nach dem Disput mit Captain vielleicht auch nicht mehr wollte.

Der Wind blies ihnen entgegen und schwächte die Hitze ein wenig ab, als sie ihr Gepäck aus dem Kofferraum holten. Es war deutlich zu spüren, dass bereits der Hochsommer ins Land gezogen war, wobei das nicht bedeuten musste, dass das Wetter nun wirklich sommerlich blieb. Im Grunde genommen konnten das ganze Jahr über die verschiedensten Wetterphänomene auftreten. Nur noch eine knappe Mehrheit der Tage hatte den Jahreszeiten entsprechendes Wetter. Ein paar Ausreißer gab es mittlerweile so gut wie immer und so war es nichts Außergewöhnliches mehr, wenn im Sommer zwischen zwei Perioden mit Badewetter ein paar Tage mit Minusgraden lagen.

Er hatte erwartet, dass Aurora ihre Reisen mit einem Rollkoffer bestreiten würde, aber stattdessen hatte sie genauso wie er einen großen Reiserucksack mitgebracht. Sobald sie diesen auf ihre Schultern hieven wollte, kam ihnen bereits ein aufgebracht wirkender Mann entgegengelaufen, der sich sofort darum kümmerte, sodass sie ihre Reiseutensilien auch schon wieder los waren.

„Sicherheitskontrolle!", erklärte ihnen Captain, nachdem sie mit dem Mann gesprochen hatte.

Er war froh, dass Captain dableiben wollte, bis sie ihre Unterkunft bezogen hatten und der Plan für die nächsten Tage ausverhandelt worden war. Solange sie oder besser gesagt ihr Wagen noch an diesem Ort war, hatte er das Gefühl, einfach einsteigen und diesen verlassen zu können. Das beruhigte ihn durchaus, denn irgendetwas an oder besser gesagt in dieser Glaskuppel sorgte in ihm für ein Unbehagen.

Captain blieb entgegen ihrer Ankündigung genauso lange, bis sie ihre Rucksäcke von der Kontrolle zurückbekommen hatten, was sie damit begründete, dass sie hier „sowieso nichts zu melden hätte". Er fragte sich, ob dieser kurzfristige Meinungsumschwung etwas mit einer erneuten Anweisung in ihrem Ohr zu tun hatte oder ob dieser von ihr persönlich kam. Im Grunde machte es keinen Unterschied, was die Ursache dafür war, und schlussendlich war er trotz seines geschmiedeten Plans froh, mit Aurora wenigstens ein bekanntes Gesicht in seiner Nähe zu wissen. Nichtsdestotrotz war er fest entschlossen, sein Vorhaben durchzuziehen.

„Ich melde mich zwei Tage, bevor ich euch abholen komme", waren Captains letzte Worte, bevor sie in ihr weißes Auto stieg und davonfuhr. Zu seiner

Überraschung hatte sie ihm zum Abschied noch eine eigentümlich anmutende Mischung aus Umarmung und Handschlag gegeben.

„Vielleicht ist sie ja doch nicht so hart, wie sie immer tut", hatte er sich gedacht, während er beobachtet hatte, wie Aurora nur mit einem kühlen Blick und einem zum Gruß gehobenen Arm verabschiedet worden war.

Sobald das Auto aus ihrem Blickfeld verschwunden war und er sich schon zu wundern begann, wie es nun weitergehen sollte, erhob der Mann von vorhin seine Stimme und wirkte immer noch etwas aufgeregt. Mit hörbarem Stolz erklärte dieser: „Grüß Gott, mein Name ist Jonathan und ich bin hier so etwas wie der Haus-und-Hof-Butler."

„Wenn Sie mir bitte einfach folgen würden, dann geleite ich Sie zu Ihrer Unterkunft", instruierte sie der Butler sogleich.

„Auf Haus-und-Hof-Butler wäre ich auch noch stolz …", war seine sarkastische Feststellung zu dem Gesagten, wobei es so schien, als ob Jonathan Wert darauf legte, wie genau so einer zu wirken.

Während die Halbglatze so aussah, als wäre sie naturgegeben und ohne viel Zutun auf seinem Kopf gewachsen, konnte man das von dem fast übertrieben gepflegten Schnauzbart sowie der für den Ort, an dem sie sich befanden, zu eleganten Kleiderwahl nicht behaupten. Sein steifer Gang, die abgehakte Gestik und seine übertriebene Betonung bei der Artikulation bestimmter Wörter wirkten, als hätte er sich diese jahrelang antrainiert.

Er gab Aurora ein Zeichen, Jonathans Aufforderung Folge zu leisten, doch ob sie das überhaupt mitbekam, konnte er nicht sagen. Sie hatte ohnehin bereits neben Jonathan Aufstellung genommen. Während sie losmarschierten, begann Aurora ohne Umschweife damit, den Butler mit Fragen zu bombardieren.

„*Gut*", ging es ihm durch den Kopf und er sah die Vorteile darin, „*dann brauche ich wenigstens nicht so zu tun, als ob es mich interessieren würde, was dieser Typ zu sagen hat, und vor allem brauche ich ihm nicht zuzuhören.*"

Anstatt auf die Wahrnehmung seiner Ohren achtete er darauf, was seine Augen von der noch nicht ganz fassbaren Umgebung wahrnahmen. Was der Butler erzählte, würde er später sowieso von Aurora erfahren und das bis ins kleinste Detail. Vielleicht war es manchmal gar nicht so schlecht, eine Person dabei zu haben, die ihm Teile der Bürde des ständigen Aufmerksam-sein-Müssens abnahm und von der er wusste, dass sie dann auch wirklich alles wiedergeben konnte.

Glücklicherweise brauchte es für diese Schlussfolgerung nur ein bisschen Menschenkenntnis in Bezug auf Auroras Charakter und kein Vertrauen in sie. Jedenfalls hatte er sich diese Einschätzung so in seinem Kopf zurechtgelegt. Wohl wissend, dass es so gut wie immer in einer Enttäuschung endete, wenn man den Fehler machte, zu vertrauen. Dabei war es egal, ob es sich um andere Menschen, Institutionen oder sogar um einen selbst handelte.

Während er im Hintergrund die dumpfen und unverständlichen Stimmen von Jonathan und Aurora vernahm, kreisten seine Gedanken bereits um das, was er sehen konnte. Immer wieder musste er sich die Frage stellen, weshalb sie eigentlich hier waren und was ihre Aufgabe sein sollte. Sicher schien ihm hingegen, dass irgendetwas nicht stimmte, weil doch so einiges wenig bis gar keinen Sinn ergab.

„Egal. Ich muss nicht alles wissen, so ist das halt, man führt aus und wird bezahlt", sagte er im Stillen zu sich und versuchte so dafür zu sorgen, dass es ihn weniger beschäftigte.

Es war ihm klar, dass Fragen zu stellen auch bedeutete, dass er dann entweder mit den Antworten oder mit dem Umstand keine zu erhalten, umgehen musste. Beides waren Optionen, die ihm nicht gefielen. Stattdessen konzentrierte er sich auf diese fast eigene kleine Welt, durch die er gerade spazierte. Sie wirkte so, als wäre sie aus dem Nichts mitten in die Landschaft gesetzt worden.

Das gesamte Areal hatte die Größe einer Kleinstadt. Wie er bereits bemerkt hatte, war die Kuppel bei Weitem noch nicht geschlossen, sondern wirkte von innen eher wie die Hälfte von einer. Fast so, als hätte sie jemand mit einem gigantischen Messer vertikal durchschnitten. Das erklärte wohl auch, weshalb der Wind so deutlich zu spüren war. Trotzdem konnte man anhand von Kennzeichnungen am Boden erkennen, wo sich diese irgendwann schließen sollte.

Außerhalb dieser aufgezeichneten Abgrenzung wirkte der Boden natürlich wild und im Nordosten ging dieser ein paar Meter nach der Grenzlinie in eine kleine Erhöhung über, auf der vereinzelte Bäume standen. Dahinter begann ein richtiger Wald, der sich wie eine Pfeilspitze seinen Weg auf eine zwar nicht allzu hohe, aber trotzdem recht steile und ab einem gewissen Zeitpunkt auch steinige Bergkette bahnte.

Wie er bemerkte, befand sich auf der anderen Seite dieser Bergkette die Hauptverkehrsverbindungsstrecke des Landes, was bedeutete, dass er von dort aus wusste, wie er wieder in die Stadt kommen würde. Das konnte er von dem Ort, an dem er jetzt gerade war, nicht behaupten. Die Straße, über die sie gekommen waren, war der einzige Weg. Aurora und er mussten bekanntlich einen Teil der Strecke Augenbinden tragen, was er ursprünglich für einen von Captains übertriebenen Scherzen gehalten hatte, mit denen sie ihre Macht demonstrieren wollte, die sie über ihre Mitarbeitenden hatte und die sie bei fast jeder sich bietenden Möglichkeit ausspielte.

Jedenfalls sah er das so. Aurora hingegen war der festen Überzeugung, dass Captain die ganze Sache einfach nur spannender sowie aufregender gestalten und außerdem sehen wollte, wie sie in solch einer Situation reagieren würden. Diesen Gedankengang hätte er ein Stück weit nachvollziehen können, wenn er geglaubt hätte, dass Captain ihnen Spannung und Spaß gönnen würde. Das tat er aber schlicht und einfach nicht.

Für ihn war diese Betrachtungsweise kindisch und naiv, selbst wenn er der Interpretation, dass Captain ihre Reaktion auf eine Solche Situation austesten wollte, durchaus etwas abgewinnen konnte. Vielleicht war es ganz einfach ein bisschen von allem, was Captain zu dieser doch einigermaßen skurrilen Aktion mit den Augenbinden bewogen hatte. Schlussendlich war es egal, denn weder Aurora noch er hatten sie gefragt, für was es gut gewesen war. Trotzdem war es eine dieser Sachen, die ihn stutzig machten.

„*Wenigstens weiß ich jetzt geographisch ungefähr, wo diese Kuppel liegt, und wenn ich es richtig im Kopf habe, müsste hier früher ein ...*", begann er nachzudenken, bevor er sich mit einem neuerlichen „*man führt aus und wird bezahlt*" selbst stoppte und wieder daran erinnerte, wie das mit dem Fragenstellen nun mal so war.

Auf der Innenseite der Kuppel und den Begrenzungen, die einmal zur Kuppel werden sollten, war der Boden das Gegenteil von wild. Eigentlich war jeder Zentimeter, der nicht asphaltiert war oder auf dem kein Gebäude stand, umgepflügte Erde, die der Jahreszeit entsprechend trocken und staubig war. Einen Baum oder auch einfach nur ein Grasbüschel suchte man vergeblich.

Sie folgten noch eine Zeit lang einem asphaltierten Weg, bevor sie bei einer kleinen Siedlung ankamen, die, obwohl sie neu gebaut worden zu sein schien, lediglich aus Holzschuppen und alten Bauernhäusern bestand.

„Hier werden Sie die nächsten Tage wohnen", hörte er Jonathan sagen, der sich nun auch wieder an ihn gewandt hatte und dabei auf das größte der vielen kleinen Gebäude zeigte.

„*Glück im Unglück*", wurde ihm klar, da es sich dabei um eines der wenigen Gebäude handelte, bei welchem neben Holz auch Stein und Zement beim Bau verwendet worden waren.

Zudem war es das Einzige, welches wenigstens auf solidem Fundament gebaut worden zu sein schien und bei dem größere Fenster und Balkone angebracht waren. Vor allem der Anblick der Balkone sorgte ob seines Rauchlasters für Erleichterung, wobei er mittlerweile in Sorge war, ob er überhaupt mit dem mitgebrachten Tabak auskommen würde. Denn er stellte sich bereits die Frage, was man in dieser Einöde überhaupt machen konnte, außer zu rauchen.

„Ist es okay, wenn ich am Balkon rauche?", redete er nicht lange um den heißen Brei herum und streckte eine selbstgedrehte Zigarette in die Luft, um seiner Frage Nachdruck zu verleihen.

„Gewiss", antwortete Jonathan übertrieben förmlich, „wobei ich Sie darauf hinweisen muss, dies bitte nicht in den Innenräumen zu tun, da dort selbstverständlich Rauchmelder angebracht sind. Ich bitte Sie, es hier in der Umgebung dieser netten kleinen Siedlung wirklich nur am Balkon dieses Gebäudes zu tun, denn wie Sie sicher schon bemerkt haben, besteht hier sehr viel aus Holz und wir wollen schließlich nicht, dass ein Unglück geschieht."

„Okay, Rauchen ist also nur auf dem Balkon erlaubt ...", fasste er nochmal kurz zusammen und gab Jonathan dabei mit einer hochgezogenen Augenbraue zu verstehen, dass dessen Ausführung knapper ausformuliert werden hätte können und auch, dass ihn diese Regel etwas irritierte.

„Keine Sorge, dieses strikte Rauchverbot gilt nur in und rund um die Siedlung, auf dem restlichen Gelände ist es erlaubt, wenn Sie hier zu Gast sind. Außer natürlich in der Nähe von anderen Gebäuden ...", versuchte Jonathan eventuell aufkommende Spannungen im Keim zu ersticken, ohne dies wirklich zu tun.

So, wie es formuliert war, klang es nämlich immer noch nach einem generellen Rauchverbot mit Ausnahme des Balkons. Das schien Jonathan selbst aufzufallen, weshalb dieser sogleich das Thema wechselte: „Ihre Zimmer sind im zweiten Stock, welches wer von Ihnen beziehen möchte, können Sie gerne untereinander klären. Insgesamt gibt es vier Zimmer, wobei bis jetzt nur zwei von diesen eingerichtet und bezugsfertig sind. Wie Sie sehen können, ist hier alles noch im Entstehen und wir hinken leider etwas dem Zeitplan hinterher. Ich hoffe, das stört Sie nicht."

„Ach ja, Badezimmer, WC und Küche befinden sich am Gang und müssen von Ihnen gemeinsam genutzt werden. So ist hier ganz einfach das Konzept des Zusammenlebens. Mein Zimmer und die der anderen für die Gebäude und das Gelände

zuständigen Bediensteten ähm ... Angestellten befinden sich im ersten Stock. Es sieht gleich aus wie
bei Ihnen, nur dass dort bereits alle vier Zimmer
fertig sind. Ich werde Sie nun erst einmal ankommen lassen und Ihnen Zeit geben, sich frisch zu
machen. In der Küche in Ihrem Stock habe ich
Ihnen auch eine Kleinigkeit zu essen vorbereitet",
klärte Jonathan die beiden über den Plan für die
nächsten Stunden auf und geleitete sie zur Haus-
tür. Seltsamerweise wurden ihnen dabei keine
Schlüssel ausgehändigt.

„Ich werde Sie dann in vier Stunden abholen, um
Sie zum Abendessen zu den Vorgesetzten zu bringen", beendete der Butler seine Ausführung und
deutete auf ein großes weißes Haus, das so weit
entfernt stand, dass es zwar nicht mehr ganz deutlich erkennbar war, aber doch nah genug, um zu
erahnen, wie schick und komfortabel es dort sein
musste.

„Vielen Dank für alles, Jonathan. Das klingt super
und wir sehen uns dann in vier Stunden", sagte Aurora und es war zu spüren, dass sie das auch so
meinte.

Er hingegen verzichtete darauf, ein Wort zu sagen,
und gab Jonathan lediglich mit einem flüchtigen
Nicken zu verstehen, dass er ebenfalls damit einverstanden war.

Als sie im zweiten Stock ankamen, unterließ er es, Ansprüche auf eines der beiden Zimmer zu stellen, denn eine Tür zum Balkon hatten beide und alles andere war ihm schlichtweg egal. Aurora wirkte fast enttäuscht, denn auch wenn es augenscheinlich war, dass sie lieber das etwas größere Zimmer beziehen wollte, machte es den Anschein, dass sie gerne ein wenig darum gekämpft hätte.

„Also dieses Zimmer ist schon etwas geräumiger als das andere ...", begann sie vorsichtig, ihre Präferenz zu artikulieren. „Ich denke, ich würde mich in diesem wohler fühlen, aber wenn du ..."

„Schon gut, du kannst es haben, das ist kein Stress", unterbrach er sie relativ teilnahmslos. „Ich würde mich jetzt gern ein wenig ausruhen. Treffen wir uns dann in zwei Stunden in der Küche?"

„Okay, das passt gut", hörte er Aurora noch antworten, bevor er die Tür zu seinem Zimmer schloss und seinen Rucksack auf dem Boden abstellte.

Das Zimmer war spartanisch eingerichtet und unterschied sich vom anderen neben der etwas geringeren Größe eigentlich nur darin, dass es keinen Spiegel gab. Das störte ihn nicht sonderlich. Seine Beziehung zu Spiegeln war ziemlich ambivalent und er war oftmals ganz froh darüber, wenn er sein eigenes Gesicht nicht sehen musste.

Das recht kleine Bett, der ebenso kleine Tisch mitsamt Stuhl, der danebenstand, und die drei Steckdosen im Zimmer reichten ihm, um ein paar Tage auszukommen. Es hätte auch einen Schrank gegeben, doch diesen zu benutzen, hatte er nicht vor. Er hatte sich - aus welchen Gründen auch immer - angewöhnt, auf Reisen direkt aus dem mitgenommenen Gepäckstück zu leben und seine Sachen nicht extra in einen Schrank zu räumen. Am Ende musste schließlich sowieso wieder alles irgendwie in die Tasche zurückgestopft werden.

Als er am Balkon stand und rauchte, bemerkte er, dass ihn die Anreise und die noch nicht eingeordneten Eindrücke des Tagesganz schön ermüdet hatten. Seine Ansage an Aurora, sich ausruhen zu wollen, war also wohl doch nicht nur eine Ausrede gewesen, um etwas Ruhe vor ihr zu haben. Normalerweise war es der intensive und zu lange Kontakt zu anderen Menschen, der ihn müde werden ließ.

Er ging zurück in sein Zimmer, stellte sich einen Wecker, der in einer Stunde losgehen sollte, und legte sich mit der Kleidung, die er anhatte, in das Bett. Als er auf dem Rücken liegend auf die Decke starrte und darauf wartete, dass ihm vom Nachdenken über die ganzen Dinge, die bis jetzt noch nicht zusammenzupassen schienen, die Augen zufallen und er einschlafen würde, vernahm er von draußen Musik. Aurora hatte sie sich eingeschaltet, während sie unter der Dusche stand.

„*Muss das sein?*", stellte er sich selbst ein wenig verärgert die Frage, hielt sich die Ohren zu und döste nach wenigen Minuten ein. Das Problem war nicht die Lautstärke gewesen, sondern die penetrante Fröhlichkeit der Töne, die in sein Zimmer gedrungen waren.

Nachdem sein Wecker geläutet hatte, stieg er etwas geschafft und deshalb auch mit fünfzehnminütiger Verspätung aus dem Bett und spulte wie ferngesteuert ein Programm ab - Rauchen, den Bart stutzen, duschen, sich etwas Frisches anziehen. Anschließend betrat er die Küche, in der Aurora bereits auf ihn wartete und das von Jonathan bereitgestellte Essen auf zwei Teller aufteilte. Sie setzten sich an den großen eigentlich für vier Personen gedachten runden Tisch neben der Küchenzeile. Er bemerkte, dass dies der größte Raum im ganzen Stock war.

„Schaut gut aus", sagte er mit einem gezwungenen Lächeln, da ihm aufgefallen war, dass er den ganzen Tag noch keines gezeigt hatte. Obwohl es so gut wie immer aufgesetzt war, vermittelte er dadurch regelmäßig, dass bei ihm alles in Ordnung war.

„Ja, das finde ich auch, das ist echt nett von Jonathan, dass er uns das vorbereitet hat", sagte Aurora freudig.

„Ein Haubenmenü ist es allerdings nicht", relativierte er sogleich seine Aussage von zuvor. „Das mit dem Gut-Ausschauen war darauf bezogen, wie du es hergerichtet hast."

„Tja, ich nehme das Kompliment an, auch wenn es ein wenig fies gegenüber Jonathan ist", lachte Aurora, bevor sie ihm zu erklären begann: „Und das hier ist ja nur eine kleine Jause, weil wir dann, wenn wir in dem großen weißen Gebäude bei den Leitungen dieses Projekts sind, ein Abendessen bekommen werden. Deshalb tun es in der Zwischenzeit die paar Brötchen auch. Das hat mir Jonathan am Weg erklärt, aber du hast das wahrscheinlich nicht mitbekommen, so gedankenversunken wie du warst."

„Ich war nicht gedankenversunken, sondern habe auf die Umgebung geachtet und versucht, alles einzuordnen. Das ist Teil von meinem Job", versuchte er sich sogleich mit einem beinahe schon aufgeregten Ton zu rechtfertigen.

„Du siehst das vielleicht als Teil deines Jobs und trotzdem klingt das für mich schon ziemlich nach gedankenversunken", konnte sich Aurora eine kleine Spitze nicht verkneifen. „Aber das passt doch. Ich muss zugeben, dass Jonathan sehr viel zu erzählen hatte. So konnte ich nicht so sehr auf die Umgebung achten, deshalb bin ich froh, dass du das gemacht hast. Das nennt man dann wohl Arbeitsteilung."

„Wie es ausschaut, sind wir ein gutes Team", ergänzte sie freudig.

„Wenn du meinst." Sein Interesse richtete sich auf etwas anderes. „Dann klär mich mal auf, was dieser Jonathan so zu erzählen hatte, und ich sage dir dann, was mir aufgefallen ist."

Das gegenseitige Angleichen des Wissensstandes, also was er gesehen und sie gehört hatte, dauerte weit länger als erwartet. Unter anderem war das dem Umstand geschuldet, dass sie bei einigen Punkten doch grundlegend unterschiedliche Ansichten hatten. Vielleicht war an Auroras Aussage in Bezug auf das Team durchaus etwas dran, denn am Ende hatten sowohl er als auch sie einen besseren Eindruck vom Gesamtbild. Auch wenn ihres wohl viel zu positiv ausfiel und seines vielleicht etwas zu negativ.

Aurora fand alles ziemlich spannend und aufregend. So wie sie es verstand, sollte an diesem Ort ein Projekt entstehen, bei dem Menschen in einer sicheren Umgebung vorübergehend untergebracht und ihnen dabei geholfen werden sollte, wieder gesellschaftlichen Anschluss zu finden. Eine Komponente dieses Vorhabens war es, dass große Teile der Fläche innerhalb der Kuppel landwirtschaftlich genutzt und von eben diesen Menschen bestellt werden sollten. Dadurch würden sie für ihr eigenes Essen sorgen und könnten so den Sinn hinter ihrer Arbeit erkennen. Schlussendlich würden sie so das Gefühl (zurück-)gewinnen, für sich selbst sorgen zu können.

Zusätzlich war der Plan, dass dies völlig wetter- und tageszeitunabhängig passieren sollte, da innerhalb dieser Kuppel eine neue Technologie zum Einsatz kommen würde. Diese sollte völlig ohne menschliches Zutun die besten Witterungs- und Lichtverhältnisse für die angepflanzten Nahrungsmittel erkennen und entsprechend simulieren.

Dass die ungewöhnliche Form der Anlage einen technischen Hintergrund hatte und nicht aus Größenwahn von irgendwelchen zuständigen Personen entstand, war die erste Information, die ihn ein wenig beruhigte. Sie ließ in ihm für einen kurzen Moment das Gefühl hochkommen, dass es für alles vielleicht doch eine logische Erklärung gab und seine Befürchtungen grundlos waren. Sobald er alles für sich in einen Zusammenhang gesetzt hatte, wich dieses Gefühl wieder den Befürchtungen.

Wie Captain bereits erwähnte hatte, waren auch Kinder und Jugendliche als Teil dieses Projekts vorgesehen. Die Tatsache, dass sie beide hier waren, war für Aurora ein Zeichen, dass es den Kindern und Jugendlichen an diesem Ort gut gehen sollte.

Sie beide hätten nun die Verantwortung inne, mitzugestalten und dabei zu helfen, dass das Projekt auch tatsächlich menschen- oder wenigstens kinderfreundlich umgesetzt werden würde.

Diese Sichtweise hätte er nur zu gerne mit einem *„Du kennst die Welt und unsere Rolle darin wirklich nicht, oder?"* kommentiert, doch er biss sich auf die Zunge, um die Diskussion nicht weiter in die Länge zu ziehen.

Diese war bereits entstanden, weil er Auroras vorige Ausführungen mit einem „Cool, dann ist das sozusagen ein Menschenexperiment für eine neue Technik, die niemals notwendig gewesen wäre, wenn man damals den Klimawandel ernst genommen hätte, als es noch möglich war, ihn zumindest ein wenig abzuschwächen. Und die Kinder brauchen sie, um feststellen zu können, ob dadurch Langzeitschäden für den menschlichen Organismus entstehen können" unterbrochen hatte.

Auch seinen Einwand, dass die Siedlung, in der sie sich gerade befanden, bis auf das Haus, in dem sie nächtigten, auf ihn nicht so wirkte, als wäre sie dafür geeignet, darin Menschen unterzubringen, hatte Aurora abgewürgt.

„Bleib mal ein bisschen locker, es ist ja noch nicht fertig und immerhin sind es keine Zelte ... Also hab etwas Vertrauen und bring das einfach bei den zuständigen Stellen an. Natürlich etwas höflicher formuliert, aber das wäre ein guter Punkt. Wer weiß, vielleicht sind diese Schuppen einfach nur für die zum Anbau notwendigen Maschinen gedacht. Jetzt warten wir mal ab, was uns beim Abendessen erklärt wird, bevor wir voreilige Schlüsse ziehen. Es ist doch eigentlich eine gute Sache, dass wir hier mitreden können", entgegnete sie ihm.

Er konnte ihre Aussage nicht wirklich unterstützen und trotzdem war er in diesem Moment froh über ihre klare Ansage gewesen, denn ansonsten hätte er sich wohl wieder in einen negativen Gedankenstrudel hineinmanövriert. Und der hätte ihn dann nicht mehr losgelassen. Leider kam es ihm aber so vor, als ob die Treffergenauigkeit besagter Gedankenstrudel in den letzten Jahren stetig zugenommen hatte.

Der Vorteil war, dass ihn, wenn wieder einmal eine Befürchtung eintraf, die er sich vorher ausgemalt hatte, diese nicht überraschen konnte und er sie mit einem *„War doch eh klar, dass das passiert"* abtun konnte, ohne es zu nahe an sich heranlassen zu müssen. Er bemerkte, dass das Gefühl, dass er nicht unglücklich darüber war, dass Aurora mit ihm an diesem Ort war, wieder kurz ihn ihm aufflackerte, weshalb er es - so wie er es immer zu tun versuchte, wenn irgendwelche Gefühle in ihm hochkamen - schnell zur Seite schob.

Glücklicherweise musste er sich nicht weiter damit herumschlagen, denn die Unterredung hatte bereits so lange gedauert, dass der von Jonathan angekündigte Abholzeitpunkt immer näher rückte. Deshalb beendete er das Gespräch, indem er Aurora darauf hinwies, dass sie sich langsam fertig machen sollten.

Während sich Aurora umzog, wartete er bereits unten vor dem Haus. Er war der Meinung, mit seiner blauen Jeans, einem weißen T-Shirt sowie der Lederjacke könne er nichts falsch machen. Besser gesagt, hätte er aufgrund der Auswahl in seinem Reiserucksack ohnehin höchstens bei dem Blauton der Jeans und der Farbe des T-Shirts etwas ändern können. Und das wäre wohl nicht sonderlich stark ins Gewicht gefallen. Aurora teilte seine Meinung, was seine kurz aufgekommene Unsicherheit wieder beruhigte.

Die war entstanden, als sie ihm sagte, sie müsse sich noch herrichten, weil sie bei Leuten, vor denen sogar Captain etwas Angst zu haben schien, lieber einen guten Eindruck hinterlassen wolle. Mit dieser Aussage hatte sie ihn kurz aus der Fassung gebracht, was ihn selbst etwas erschrocken hatte, da er nicht sagen konnte, ob es daran lag, dass er ihr zustimmte oder daran, dass er in dieser Deutlichkeit gar nicht daran gedacht hatte. Und das, obwohl er sich, ohne darüber nachzudenken, und anscheinend unbewusst seinen Bart gestutzt hatte, was üblicherweise sein Trick war, wenn er das Gefühl hatte, er müsse gepflegter aussehen.

Als Aurora fertig war und zu ihm nach draußen trat, waren die Bedenken gleich wieder da. Sie sah schick aus, in ihrer schwarzen Anzughose, der weißen Bluse und dem schwarzen Jackett, auf dem eine goldene kleine Brosche in Form einer Sonne angebracht war. Auch wenn er solch eine Kleidung nicht unbedingt attraktiv fand, musste er sich eingestehen, dass sie gut aussah. Der Dutt, zu dem sie ihre Haare zusammengeknotet hatte, rundete diesen für sie ungewöhnlichen Stil zusätzlich gut ab.

„Ähm, du schaust, naja, ganz gut aus, denke ich ...", stammelte er und blickte dabei auf den Boden, weil er sich aus irgendeinem Grund dazu genötigt fühlte, etwas zu sagen, es aber nicht schaffte, sie dabei anzusehen.

„Haha, so gut, dass du es sogar dem Boden erzählen musst", lachte sie ihn an, was ihn peinlich berührte und ihn bemerken ließ, dass er es immer wieder vermied, ihr in die Augen zu schauen.

Zu seinem Glück wurden sie von dem Geräusch eines Motors unterbrochen, weshalb er sich keine schlagfertige Antwort mehr überlegen musste. Das Geräusch wurde von einem silbernen Buggy verursacht - der allerdings nicht wie ein handelsüblicher aussah und mit einer Rückbank ausgestattet war, auf der bis zu drei Personen Platz nehmen konnten -, in welchem Jonathan angefahren kam und dabei etwas steif winkte.

„Wie ich sehe, sind Sie bereit. Dann kann es ja losgehen", rief ihnen dieser entgegen, brachte das Gefährt zum Stillstand und ließ sie anschließend wissen: „Hiermit sind wir schneller, als wenn wir zu Fuß laufen würden!"

„Danke fürs Abholen, Jonathan, ich bin schon sehr gespannt", begrüßte Aurora den Butler herzlich.

Sie nahmen beide auf der Rückbank hinter Jonathan Platz und noch bevor sie sich anschnallen konnten, fuhr dieser los, als wolle er keine Zeit verschwenden.

Die Fahrt ging erneut über einen asphaltierten Weg, der ohne irgendwelche Kreuzungen alles zu verbinden schien, und dauerte länger, als er es vermutet hatte, bis sie am Ende das große, weiße und, wie ihm jetzt erst auffiel, auch sehr prunkvolle Gebäude aus nächster Nähe sehen konnten. Es wirkte wie eine übertrieben riesige Villa, die auf einem extra eingezäunten Gelände stand, für welches eigene Regeln zu gelten schienen.

Jedenfalls machte es den Eindruck, denn der Boden war mit Gras bedeckt und es fanden sich Blumen, Büsche und vereinzelt sogar Bäume auf dem eingezäunten Gebiet. Der Blickfang war ein Teich, der groß genug war, um darin zu schwimmen. Die Wege waren mit Marmorplatten gepflastert. Als sie vor der enormen Eingangstür der Villa angekommen waren und er seinen Blick nochmals über das Gelände und den Weg schweifen ließ, fiel ihm auf, dass man von hier die kleine Siedlung, in der sie nächtigten, gar nicht erkennen konnte.

„Wie eine Oase mitten in der Wüste", dachte er sich, als er seine Aufmerksamkeit von der trostlosen Umgebung in der Ferne zur Eingangstür verlagerte und hinter Aurora vom Buggy stieg.

Die prunkvolle Tür öffnete sich wie von selbst und sie folgten Jonathan, der erstaunlich leise war, hinein in das Gebäude. Sie standen in einer riesigen Eingangshalle – pompös war schon fast eine Untertreibung für den Anblick, der sich ihnen bot.

Üppige Kronleuchter hingen von der Decke und die Innenausstattung schien zur Gänze aus feinstem, dunklem Holz, edlem Marmor und Unmengen von Gold zu bestehen. An den Wänden hingen Gemälde und vor ihnen schlängelte sich eine Treppe, die mit rotem Teppich ausgelegt war, über mehrere Stockwerke hinauf in die weiteren Etagen.

„Ich fühle mich ein klein wenig eingeschüchtert", flüsterte Aurora ihm zu und erwartete sich wohl eine Antwort. Doch er war ob des Anblicks von so viel Protz einfach nur sprachlos und brachte nicht einmal ein paar ermutigende Worte heraus.

„Keine Sorge, es gibt auch einen Lift", interpretierte Jonathan ihre unsicheren Blicke etwas falsch und wollte gerade zu weiteren Erklärungen ansetzen, als ein Mann und eine Frau durch eine Flügeltür in den Eingangsbereich traten. Wenn Jonathan sich selbst als Butler bezeichnete, waren diese beiden - von Auftreten und Aussehen her - nochmal ein anderes Kaliber.

„Das sind die zwei persönlichen Bediensteten der Vorgesetzten. Sie wohnen hier im Bedienstetenflügel und werden sich ab jetzt um Sie kümmern. Ich selbst werde dem Essen nicht beiwohnen, freue mich jedoch schon, Sie später wieder zurück zu Ihrer Unterkunft bringen zu dürfen", erklärte Jonathan.

„Wie immer vielen Dank, Jonathan", fand Aurora wieder ihre Stimme und verabschiedete Jonathan, der sich mit einer angedeuteten Verbeugung von ihnen abwandte und das Haus verließ.

Die zwei Bediensteten gingen auf Aurora und ihn zu und während der Mann schon voller Tatendrang schien und nach seiner Lederjacke griff, die er eigentlich noch anhatte, erklärte die Frau: „Sie können meinem Kollegen gerne die Sachen geben, die Sie zum Essen nicht benötigen, wir verwahren sie derweil für Sie. Sie bekommen sie zurück, wenn Sie gehen. Selbstverständlich passen wir gut darauf auf."

„Das ist sehr freundlich, aber ich würde meine Jacke gerne anbehalten. Ich habe darin Sachen, die ich brauche", gab er als Antwort.

Dabei kam er nicht umhin, der Bediensteten für einen Moment in den Ausschnitt zu starren, der mehr preisgab, als er verdeckte. Als er sich dabei ertappte, wandte er seinen Blick schnell Richtung Boden und hoffte, dass es niemand bemerkt hatte.

Ihm fiel auf, dass beide einen Körperbau und Gesichter hatten, die fast übertrieben den Vorstellungen des gängigen Schönheitsideals entsprachen. Wie viel davon durch Ernährung und Training geformt worden war und bei wie viel etwas künstlich verändert wurde, konnte er nicht beurteilen. Die Symmetrie der Gesichter ließ jedenfalls vermuten, dass zumindest bei den Körperteilen, an denen man nicht selbst arbeiten und sie somit anders formen konnte, wahrscheinlich chirurgisch nachgeholfen worden war. Die Kleidung und das Make-up ließen die letzten Makel und damit auch die letzten äußeren Anzeichen eines Individuums verschwinden. Übrig blieben zwei äußerlich zwar schöne Menschen, die hübsch anzuschauen waren, und trotzdem oder vielleicht gerade deswegen keine spürbare Anziehungskraft auf ihn ausstrahlten.

Zwei Menschen, die leer und vor allem austauschbar wirkten.

„Wie Sie wünschen", antwortete der männliche Bedienstete zunächst beinahe eine wenig enttäuscht. „Aber ich muss Sie bitten, Ihr Handy und alle anderen technischen Geräte abzugeben – als Vorsichtsmaßnahme. Sie wissen ja selbst, was heutzutage alles mit diesen Geräten möglich ist", forderte sie dieser dann aber doch noch auf.

„Ich verstehe und selbstverständlich", antwortete er gefasst, denn er hatte schon damit gerechnet.

Diese Vorgehensweise war bei bestimmten Veranstaltungen und Gesprächen Usus. Manchmal kam es ihm sogar so vor, als würde das Abgeben des Telefons und anderer technischen Geräte nur verlangt werden, um Veranstaltungen oder Gespräche und somit auch die Institutionen und Personen, die Teil davon waren, wichtiger wirken zu lassen, als sie es tatsächlich waren. Bei dem ganzen Protz, den er bisher gesehen hatte, verwunderte es ihn nicht, dass das hier ebenfalls der Fall war.

Er zog sein Handy aus der Tasche und übergab es. „Ansonsten habe ich nichts Technisches dabei."

„Vielen Dank", der Bedienstete nahm es entgegen und zeigte auf die Innentasche der Jacke. "Und was ist damit?"

„Das ist mein kleines Täschchen mit dem Zeug zum Zigarettendrehen und ein kleines Notizbuch mit einem Kugelschreiber", war er nun doch ein wenig irritiert.

„Die Zigaretten sind kein Problem, aber das Notizbuch mit dem Kugelschreiber werde ich auch für Sie aufbewahren." Der Bedienstete nahm seine Aufgabe ziemlich ernst.

Etwas verdutzt übergab er das Notizbuch mit dem Kugelschreiber und war froh darüber, dass dieses leer war. Zu seinem Glück hatte er zuvor ein Schläfchen gehalten und deshalb noch nichts hineingeschrieben.

„Wenn schon etwas drinstehen würde, müsste ich mir jetzt was überlegen", dachte er und versuchte einen Grund für diese merkwürdige Vorgehensweise zu finden. *„Wahrscheinlich wollen die sich damit noch wichtiger machen, wenn sie sogar analoge Aufzeichnungsmöglichkeiten einsammeln."*

Aurora dachte gar nicht lange nach und übergab einfach ihre kleine Handtasche mitsamt dem ganzen Inhalt und dazu ihre kleine Armbanduhr.

„Mein Jackett lasse ich aber auch an", fügte sie noch hinzu, obwohl ihr normalerweise eher zu warm als zu kalt war. Der männliche Bedienstete schien zufrieden und begab sich mit den

Gegenständen zu der Tür, von der er zuvor gekommen war.

„Gut, wollen wir?", forderte die weibliche Bedienstete Aurora und ihn auf, ihr zu folgen. „Ich geleite Sie nun in den Speisesaal."

Sein Blick hing für einen kurzen Moment am Gesäß des männlichen Bediensteten, der eine äußerst enge Hose und vermutlich auch kein Hemd unter dem Sakko trug. Dazu passend hatte dieser die Fliege über dem nackten Hals gebunden.

„Ich sollte mich hier über nichts mehr wundern", waren seine Gedanken, als er sich wieder der weiblichen Bediensteten zuwandte und ihm die sehr hohen Schuhe und der äußerst kurze Rock, der nicht wirklich viel bedeckte, auffielen.

„Du brauchst dich nicht zu schämen", flüsterte Aurora gerade so laut zu ihm, dass nur er es hören konnte. „Bei dem Ausschnitt kann man im ersten Moment ja gar nicht woanders hinschauen."

„Und überhaupt", fügte sie mit einem schelmischen Lachen hinzu, „schaut der Aufzug von denen nicht unbedingt so aus, als wäre er aus einem Fachgeschäft für Arbeitskleidung, sondern eher aus einem Sex-Shop."

„Da hast du nicht ganz Unrecht", flüsterte er zurück und musste zur Abwechslung sein Grinsen nicht vorspielen.

Der Speisesaal war stilistisch ähnlich eingerichtet wie die Eingangshalle und wirkte für den Zweck, den er zu erfüllen hatte, zu groß. In der Mitte stand ein riesiger rechteckiger Tisch aus feinstem, mit Gravuren verziertem Holz, der für vier Personen gedeckt und entsprechend bestuhlt war. Dadurch, dass nur vier Stühle um den Tisch standen, wirkte dieser wie der gesamte Raum etwas leer. Selbst die Wände waren undekoriert und blank, was durch ihre dunkle Farbe im ersten Moment gar nicht so ins Auge stach. Diese Mischung ergab insgesamt ein eher liebloses Ambiente, das sogar ein wenig einschüchternd wirkte.

Die Bedienstete führte Aurora und ihn zu ihren Plätzen am Tisch und bat sie, diese einzunehmen und zu warten, bis die Gastgeber eintreffen würden.

„Danke", sagte Aurora und fragte etwas, das sie üblicherweise schon früher getan hätte, aber aufgrund der einigermaßen überfordernden Situation zuvor vergessen hatte. „Und Entschuldigung, dass ich erst jetzt frage ... Das war wohl etwas unhöflich von uns, aber wie heißt ihr beiden überhaupt?"

Noch bevor die Bedienstete eine Antwort geben konnte, erklang eine Stimme vom anderen Ende des Raums: „Wieso sollte das unhöflich sein? Nenn sie Nummer eins und den anderen Nummer zwei, so nennen wir sie auch."

Die Stimme gehörte einem älteren korpulenten Mann, der durch eine zweite Türe am anderen Ende den Raum betreten hatte und mit raumfüllender Gestik und fast schon stampfenden Schritten in Richtung des Tisches ging. Direkt hinter ihm folgte eine Frau, die ungefähr das gleiche Alter haben musste und jedenfalls die gleiche Statur hatte. Auch die Gestik hatten sie gemein, wie sich zeigte, als sie die Erklärung zu den Namen der Bediensteten fortsetzte.

„Diese Woche nennen wir sie so. Das kann sich aber schnell ändern, wenn sie ihre Leistung nicht bringen ... Es ist doch schön, die Nummer eins zu sein, oder etwa nicht? Du bist gerne unsere Nummer eins, oder? Habe ich nicht recht?", redete sie auf die Bedienstete ein, wobei sie versuchte, ihren Ton von Frage zu Frage süßlicher klingen zu lassen. Das gelang ihr allerdings nicht wirklich und genauso wie das Streicheln über den Rücken der Bediensteten wirkte es eher bedrängend als freundlich.

„Ja, ich bin gern die Nummer eins ... Es macht mich stolz, die Nummer eins zu sein ... Also natürlich nur dann, wenn ich es mir verdient habe", antwortete die Bedienstete mit roboterhafter Stimme und gesenktem Kopf.

Wenn das Ambiente schon als einschüchternd bezeichnet werden konnte, machte diese Konversation die Sache nicht besser. Er versuchte, sich seine Irritation nicht anmerken zu lassen, und erhob sich von dem Stuhl, auf dem er bereits Platz genommen hatte. Ihn ereilte das Gefühl, in das Gespräch eingreifen zu müssen, bevor es noch unheimlicher und grotesker werden konnte.

„Vielen Dank, dass Sie uns hier empfangen", versuchte er wieder etwas Ordnung in die Situation zu bringen und die Aufmerksamkeit von der Bediensteten weg zu lenken. „Meine Kollegin Aurora und ich freuen uns sehr über die Einladung zum Essen, wohl wissend, dass das keine Selbstverständlichkeit ist."

„Ach, warum so förmlich", antwortete der ältere Mann, als er sich hinsetzte. „Wir sind doch alle wegen dem Gleichen hier. Da ist es eben sehr wohl selbstverständlich, dass für das leibliche Wohl unserer Gäste gesorgt wird. Mein Name ist übrigens Janosch, aber mich nennen hier alle nur Vater." Es folgte ein lauter und etwas seltsam anmutender Lacher. „Ich sehe mich selbst als Vater von all den Menschen, die schon hier sind und die noch folgen werden. Sie sind wie eine Familie für mich, müsst ihr wissen. Ich will stets nur das Beste für sie alle", fuhr der selbsternannte Vater fort.

„Tja, das sagst du, aber wir beide wissen, dass ich es bin, die sich um alles kümmert", stieg die Frau in das Gespräch ein, während sie ebenfalls Platz nahm. „Aber das ist ja auch meine Aufgabe, wenn ich schon Mutter genannt werde, obwohl ich eigentlich Tanja heiße."

„Wie sollen wir Sie dann nennen?", fragte Aurora mit hörbarer Vorsicht in der Stimme und für ihre Verhältnisse auch etwas zaghaft.

Janosch und Tanja schauten sich kurz an bevor sie unisono antworteten: „Mutter und Vater."

„ Wo bin ich denn hier gelandet?", ging es ihm durch den Kopf, während er Blickkontakt zu Aurora aufnahm, die sich anscheinend exakt dasselbe dachte.

„Nichts für ungut wegen Ihrem Notizbuch und Ihrem Stift", wandte sich der Vater nun ihm zu. „Aber wir sehen das heute als ein gemütliches informelles Zusammensein in privater Atmosphäre an. Da brauchen Sie sich keine Notizen zu machen. Das können Sie dann in den nächsten Tagen bei dem offiziellen Teil noch zur Genüge tun, wenn Ihnen alles gezeigt wird", erklärte dieser ihm mit einem Grinsen, das unschuldig und zugleich etwas schaurig wirkte.

„In diesem Fall ist das natürlich absolut in Ordnung und ich bin froh, wenn ich nach Feierabend nicht mehr arbeiten muss, sondern einfach das Essen und die Gesellschaft genießen kann", war er weiterhin bedacht darauf, die Situation entspannt zu halten, und versuchte dennoch sogleich einen Köder auszuwerfen: „Aber trotzdem sind wir natürlich wegen des Projekts hier und deshalb interessiert daran, mehr zu erfahren. Jonathan hat uns schon ein wenig erklärt, aber wenn man schon mit den wichtigsten und vermutlich auch schlauesten Köpfen hier sitzen darf, bietet das die einmalige Chance, die Sache von jemanden zu hören, der sich wirklich auskennt und auch etwas zu sagen hat."

Seiner Erfahrung nach waren in den meisten Fällen weder die wichtigsten noch die schlauesten Köpfe in solchen Positionen. Es waren viel eher die, die sich selbst für solche hielten. Außerdem sprachen solche Leute auch noch liebend gerne über diese zumeist falsche Annahme. Captain schien hierbei die große Ausnahme zu sein. Aus ihr wurde er bis heute nicht richtig schlau.

„Das verstehe ich nur zu gut", biss die Mutter auch schon an und formte ihre mit Lippenstift bemalten Lippen zu einem selbstgefälligen Grinsen. „Es ist natürlich ganz was anderes, mit uns zu sprechen, denn auch wenn Jonathan ganz entzückend ist, kennt er sich natürlich nicht so gut aus, wie wir es tun. Ohne prahlen zu wollen, aber wir wurden extra hierfür ausgewählt, weil wir nun mal die Besten sind, und das obwohl es so viele andere machen wollten ... Ganz ehrlich und unter uns, ich wollte es zuerst gar nicht machen, aber wenn man praktisch angefleht und gebettelt wird, weil sie einen unbedingt haben wollen, dann lässt man sich halt doch irgendwann breitschlagen", erklärte sie fast mit einem mitleidigen Ton all jenen gegenüber, die ihr nicht das Wasser reichen konnten.

„Natürlich ist die Entlohnung auch dementsprechend, aber über Geld spricht man ja bekanntlich nicht", ergänzte sie mit einem Funkeln in ihren kleinen Augen.

„Oha, dann müssen Sie ja wirklich richtig gut sein!", tat er so, als wäre er unfassbar beeindruckt, und war innerlich fast schon ein bisschen davon angewidert, dass es so einfach funktionierte. „Soweit ich das bis jetzt mitbekommen habe, wird bei so etwas niemals jemand zweimal gebeten", legte er sogar noch eine Schippe drauf.

„Tja, es gibt halt nicht viele wie sie", streute der Vater seinem weiblichen Pendant schleimig wirkende Rosen und wollte wohl auch etwas von den Lobeshymnen abbekommen. „Außer vielleicht mich und das Beste ist, dass ich ausverhandelt habe, dass wir einen Anteil vom Umsatz bekommen ... Das wäre ohne mich niemals passiert."

Anschließend warf der Vater der Mutter einen Blick mit seinen großen Augen zu, der sowohl als Entschlossenheit als auch als Missmut interpretiert werden konnte.

„Schon gut, schon gut ... Wir gestalten und entscheiden hier alles gemeinsam. Das weißt du doch. Also gilt das alles für uns beide", war der Mutter anzumerken, dass ihr dieses Thema nicht unbedingt recht war. „Ach wie unhöflich von uns, jetzt haben wir gar nicht gefragt, was Sie trinken wollen", wechselte sie geschickt das Thema.

„Nummer eins, bring uns eine Flasche Rotwein", wies sie die Bedienstete sogleich mit forschem Ton an, ohne diese dabei eines Blickes zu würdigen oder eine Antwort von Aurora oder ihm abzuwarten. „Eine von den guten Flaschen!", rief sie hinterher, nachdem sich Nummer eins bereits hastig und fast ängstlich wirkend auf den Weg gemacht hatte. „Unsere Gäste wirken so, als ob sie eine gute Menschenkenntnis hätten. Da ist davon auszugehen, dass sie auch eine Ahnung von Wein haben", sagte die Mutter nun, während sie ihren Fokus wieder auf den Tisch richtete und dabei Aurora und ihn ansah, als ob sie in ihnen zwei Bewunderer gefunden hätte.

„Die habe ich, nur bringt das leider nichts", dachte er sich.

Anstatt etwas zu sagen, gab er der Mutter genau das, was sie von ihm zu erwarten schien, nämlich einen Gesichtsausdruck, der ihr bestätigte, dass sie in ihm wirklich einen Bewunderer oder vielleicht sogar einen Verehrer gefunden hatte.

Selbst wenn er sich einredete, dass es eigentlich egal war, was sie hier taten und was sie noch herausfinden würden, war er auch neugierig. Es hatte ihn schon immer erstaunt, wie redselig und ab einem gewissen Punkt auch unvorsichtig manche Menschen wurden, wenn man ihnen das Gefühl gab, man bewundere sie. Seiner Einschätzung nach würde der Wein sein Übriges dazu tun. In diesem Fall besonders praktisch war außerdem, dass jegliche geheuchelte Lobhudelei an die Mutter oder den Vater automatisch für beide zu gelten schien.

„Es wäre einfacher sie nur Eltern zu nennen und als eine Person zu behandeln", ging es ihm folgerichtig durch den Kopf.
Zudem interessierte ihn das Gedankenspiel, was passieren würde, wenn er nur einen von den beiden bei einem Vieraugengespräch in gleichem Ambiente fragen würde, was von dem jeweils anderen zu halten sei. Garniert mit der nicht unbedingt subtilen Anmerkung, dass man das Gefühl habe, dass die Person, die mit einem am Tisch sitzt, doch die Bessere, Klügere und auch Schönere sei und die Leitung somit alleine viel besser machen könnte, wäre das in seinem Kopf eine verlockende Falle, um

herauszufinden, wie viel aufrichtige Loyalität zwischen den Eltern vorhanden war. Durch die zuvor doch nicht ganz so harmonisch wirkenden Aussagen und Blicke konnte er sich nur zu gut vorstellen, wie das dann ablaufen würde.

Als Erstes würde ein klassisch geheucheltes 'Nein, nein, die andere Person ist schon wichtig' kommen, was dann langsam in ein 'aber wenn man sich entscheiden müsste, stimmt das wahrscheinlich' übergehen würde, bevor es innerhalb von wenigen Sätzen in einer Schimpftirade über den anderen endete. *„Ach, die genaue Wortwahl wäre interessant",* dachte er sich fast ein wenig enttäuscht, weil er nicht daran glaubte, dass sich jemals diese Gelegenheit ergeben würde. Und für diesen Abend war klar, dass sich die Eltern nonverbal geeinigt hatten, die Eltern zu sein und eben nicht Vater und Mutter als Einzelpersonen.

Das war jedenfalls die Erkenntnis nach den ersten Gläsern Wein, wobei für jedes Glas, das Aurora und er tranken, die Mutter und der Vater gleich zwei leerten. Das war ihm prinzipiell recht, denn einerseits war es sein Ziel, sich am morgigen Tag noch an alles erinnern zu können, was besprochen wurde, und andererseits wollte er, dass der Wein die Zungen aller am Tisch befindlichen Personen lockerte außer der seinen.

Zwar war ihm mittlerweile klar geworden, dass er irgendwie froh war, Aurora bei dieser seltsamen Reise an seiner Seite zu wissen, doch das war dem Umstand geschuldet, dass ganz einfach irgendeine zweite Person mit vor Ort war. Und als solche wäre ihm Tim eigentlich viel lieber gewesen und wahrscheinlich sogar Captain. Zumindest redete er es sich so ein, als ihm plötzlich auffiel, dass Aurora an diesem Abend für ihre Verhältnisse relativ still und in manchen Situationen sogar etwas unsicher wirkte. Hin und wieder versuchte sie sogar, durch Blickkontakt mit ihm die verlorene Sicherheit wiederzufinden.

So hatte er sie bisher nie erlebt und er ertappte sich, wie er diese bei ihr noch nicht gesehene Seite schon fast als ein wenig Zuneigung ihm gegenüber interpretierte. Oder war es am Ende nur sein eigenes Ego, das sich über die Tatsache freute, dass sie zur Abwechslung einmal nicht alles tat, was ihr gerade in den Sinn kam, und einfach vorpreschte, sondern ihm die Führung überließ.

Jedenfalls schien es sogar so weit zu gehen, dass Aurora nach der Vorspeise partout nicht ihr Jackett ausziehen wollte, obwohl ihr eindeutig anzusehen war, dass ihr viel zu heiß war. Schweißperlen standen ihr auf der Stirn. Die Schärfe des letzten Vorspeisehäppchens hatte das Ihrige dazu beigetragen und sowohl er als auch der Vater und die Mutter saßen nur noch kurzärmlig am Tisch. Er gönnte sich noch eine Tschick, bevor die Hauptspeise serviert werden sollte.

Das Rauchen war in diesem Raum kein Problem, denn die Mutter und der Vater rauchten beide leidenschaftlich Zigarre, wie sie bereits vor dem ersten Schluck Wein verkündet hatten. Deshalb durfte in diesem weißen prunkvollen Gebäude überall geraucht werden. Mittlerweile war die erste Flasche Wein fertig und selbst wenn er weiterhin hoffte, dass Aurora im Laufe des Abends noch etwas Unbedachtes sagen oder tun würde, was er dann vor Captain gegen sie verwenden konnte, fiel es ihm schwer, ihr dabei zuzusehen, wie sie sich mit der Hitze quälte.

Er nutzte einen Moment, in dem die beiden Gastgeber damit beschäftigt waren, Nummer eins mit Instruktionen bezüglich der Hauptspeise zu drangsalieren. „Willst du das Jackett nicht ausziehen? Es ist echt verdammt heiß hier drinnen ...“, flüsterte er ihr leise zu.

„Nein, das tu ich fix nicht“, antwortete sie, wie aus der Pistole geschossen, mit einem verbissenen Gesichtsausdruck.

„Komm schon, wieso denn nicht? Man sieht doch, dass dir viel zu heiß ist“, ließ er in der Absicht, ihr helfen zu wollen, nicht locker.

Sie schien kurz mit sich zu kämpfen, bevor sie entnervt erwiderte: „Na schön, wenn du es unbedingt ganz genau wissen willst, ich habe vergessen, ein Deodorant zu verwenden, und habe riesige Schweißflecken unter den Achseln ... Aber eine Zigarette würde ich nehmen, vielleicht hilft die ja."

„Ach ... okay", wusste er etwas peinlich berührt nicht genau, was er darauf sagen sollte. Die Antwort überraschte ihn ein wenig. Statt weitere Worte zu verlieren, reichte er ihr einen Glimmstängel.

Als Aurora fertig geraucht hatte, wurde die Hauptspeise serviert, die viel zu viel war, um sie auch nur ansatzweise aufessen zu können. Es machte den Eindruck, dass es weniger um ein gutes Essen, sondern viel mehr darum ging, zu zeigen, wie viel sie aufzutischen im Stande waren. Nummer eins und mittlerweile auch wieder Nummer zwei waren im Dauereinsatz und brachten eine große Platte - mit unterschiedlichen Speisen - nach der anderen, von denen sich dann auf den eigenen Teller genommen werden konnte. Erst jetzt ergab die Größe des Tisches einen Sinn, denn als die beiden Bediensteten damit fertig waren, war er fast zur Gänze mit Platten vollgestellt.

Der wenige Platz, der noch frei blieb, schien vor allem die Mutter zu stören. Umgehend wies sie Nummer zwei an, drei weitere Flaschen Wein zu bringen, was zur Folge hatte, dass sowohl die Mutter als auch der Vater eine eigene Flasche zur Verfügung hatten, während Aurora und er sich eine teilten. Nummer eins war nur noch damit beschäftigt, darauf zu achten, dass die Gläser der beiden Gastgeber nicht leer wurden, und Nummer zwei hatte, nachdem er mit den Weinflaschen zurückgekehrt war, die gleiche Aufgabe bei ihren Tellern.

Aurora und er hatten sich, ohne ein Wort darüber zu wechseln, darauf verständigt, sich selbst um ihre Teller und Gläser zu kümmern, auch wenn der Vater sie mit der Argumentation, dass die Bediensteten doch genau für so etwas da seien, vom Gegenteil zu überzeugen versuchte.

Auf ihn machte es fast den Eindruck, als hätte sich Aurora etwas von ihm abgeschaut, denn als sie dem Vater daraufhin die Antwort „Ach nein, das passt schon. Sie sind ja nur zu zweit und uns ist es lieber, wenn sie sich voll und ganz auf Sie konzentrieren können. Wir sind doch schon geehrt, dass wir hier mit Ihnen sitzen dürfen und es wäre uns unangenehm, wenn Sie deswegen zu kurz kommen würden", gab, war es im Grunde genau das, was er selbst gesagt hätte.

Für ihn und, so wie er Aurora einschätzte, auch für sie war es schwer, diese zur Schau gestellte Dekadenz auszuhalten. Es war ihm bereits auf den ersten Blick klar gewesen, dass am Ende mindestens drei Viertel des Essens übrigbleiben würden und das obwohl es ausgezeichnet schmeckte. Er blickte über den Tisch und auf die Platten, die, nachdem sie sich bereits die Teller gefüllt hatten, immer noch mit Knödeln, Kartoffeln, Reis, verschiedensten Sorten von gedünstetem sowie gegrilltem Gemüse, Fleisch und Fisch voll waren, und fragte sich, was wohl mit dem Rest geschehen werde. Er ging nicht davon aus, dass Nummer eins und zwei, Jonathan oder sonst irgendeine Person auf diesem Gelände außer eben jenen vier, die gerade bei Tisch saßen, etwas davon abbekommen würde, und er bezweifelte, dass die Eltern sich damit zufriedengeben würden, am nächsten Tag nochmal davon zu essen. Viel eher würden sie sich erneut frisch bekochen lassen.

„Ich weiß, dass die Welt so funktioniert und dass man da nichts machen kann, aber es sich direkt hineinziehen und miterleben zu müssen, ist mühsam", dachte er und beobachtete die Eltern, bei denen die Vermutung aufkam, dass der Wein die letzten Hemmungen verschwinden ließ.

Die Blicke und Berührungen, mit denen sie Nummer eins und Nummer zwei immer wieder darauf hinwiesen, dass ihre Gläser und Teller aufgefüllt werden sollten, obwohl sie noch nicht einmal leer waren, ließen eindeutig darauf schließen. Die Reaktion der zwei Bediensteten - dass es ihnen zwar unangenehm zu sein schien, aber jedenfalls nicht neu - bestätigte es nur zusätzlich. Dass sie mit

Aurora und ihm plötzlich per Du waren, ohne es vorher anzusprechen, war ein weiteres Indiz dafür. Unwillkürlich stellte er sich die Frage, was man denn alles tun musste, um die Nummer eins zu werden. Doch bevor sein Gehirn damit anfangen konnte, sich ein Bild dazu zu zeichnen, schüttelte er sie aus seinem Kopf.

„Wie funktioniert das überhaupt mit der Kuppel?", fragte er, während er sich ein Stück gegrillten Fisch, der - wie ihnen erklärt wurde - eigens in einem riesigen Becken im Keller der Villa gezüchtet wurde, abschnitt und mit der Gabel zum Mund führte. „Also rein technisch gesehen?", präzisierte er nochmals seine Frage.

„Hahaha, das ist eine gute Frage", schien die Nachfrage den Vater zunächst zu amüsieren. „Das können dir die Wissenschaftler, die ihr morgen treffen werdet, besser beantworten, aber wahrscheinlich auch nicht ganz genau erklären. Das ganze System ist von einer künstlichen Intelligenz entwickelt worden. Wie es exakt funktioniert, weiß anscheinend niemand so genau, aber das ist eigentlich auch gar nicht notwendig", kam schließlich doch noch so etwas wie eine Antwort. Es wirkte mehr wie der Versuch als eine tatsächliche Erklärung und das tat es auch weiterhin. „Das, was man wissen muss, ist, dass die Kuppel über das Material, aus dem sie besteht - das ist so eine Art Plexiglas - Sonne und Regen simulieren und dadurch für den Anbau nötige

Parameter genau auf die verschiedenen Sorten von Pflanzen anpassen kann. Es ist so, dass das auf verschiedenen Feldern unterschiedlich sein kann, je nachdem, wo diese liegen. Also auf dem einen Feld herrscht dann Regen mit niedriger Temperatur und auf dem daneben Sonne mit hoher Temperatur. Und irgendwie geht das auch mit Luftfeuchtigkeit, Schatten und was es sonst noch so braucht. Aber wie es funktioniert, ist mir herzlich egal, solange es funktioniert."

„Das stimmt", stieg die Mutter ein, was der Vater nützte, um sich unter einmal einen halben Knödel in den Mund zu stopfen und Nummer zwei mit einem Klaps auf den Hintern darauf hinzuweisen, dass die dadurch auf dem Teller frei gewordene Stelle schleunigst mit etwas anderem gefüllt werden sollte.

„Und im Kleinen funktioniert es bereits. Das hier ist der Test, ob es auch im Großen funktionieren wird. Bis jetzt schaut es wirklich sehr gut aus. Wir müssen darauf achten, dass genug Wasser vorhanden ist, um den Regen simulieren zu können, und genug Strom, um alles am Laufen zu halten. Alles andere wird die Kuppel von alleine machen, also alles außer das, was am Boden geschieht natürlich", informierte sie die Mutter währenddessen und ließ die Aktion des Vaters dadurch wirken, als wäre es das Normalste auf der Welt.

„Interessant. Und woher kommen das Wasser und der Strom?", hakte Aurora nach und gab sich dabei Mühe, auf die Mutter fokussiert zu bleiben.

„Der Strom kommt von einem großen Aggregat außerhalb der Kuppel, das relativ weit oben am Berg steht", fuhr die Mutter fort, während sie immer wieder stoppte, um zu schlucken und einen neuen Bissen zu nehmen. „Das steht schon ein gutes Stück weit weg, weil es unglaublich laut ist. Das würde nerven und das Leben hier mühsam machen, wenn es hier irgendwo stehen würde ... Und wie ihr ja bereits bemerkt habt, sind uns die Leute, die hier leben, sehr wichtig, und wir wollen doch, dass es ihnen hier gefällt. So ist es doch, oder?", wandte sie sich Nummer eins zu und streichelte ihr mehr bedrohlich als liebevoll über die Wange.

„Ja, Mutter, natürlich, Mutter", antwortete diese erneut mit gesenktem Kopf, was sogleich von der Mutter mit den Worten „Braves Mädchen" honoriert wurde.

„Ach ja", fuhr sie fort, „und das Wasser für den Regen kommt über unterirdische Leitungen von dem großen See, an dem ihr vorbeigekommen sein müsst, als ihr hierher gefahren seid."

„Was für ein See?", entfuhr es Aurora, was einen verwunderten Gesichtsausdruck der Mutter zur Folge hatte.

„Nun ja", erklärte er Auroras Nachfrage, „wir haben einen großen Teil der Fahrt Augenbinden getragen. Deshalb haben wir keinen See gesehen und wissen nicht einmal, wo wir uns befinden. Das GPS am Handy ist vor dem Losfahren von der Zentrale abgeschaltet worden und dann kam Captain auch noch mit diesen Augenbinden."

„Hahahahahaha, Augenbinden", veränderte sich die Stimmung der Mutter in Heiterkeit, die wohl durch Schadenfreude ausgelöst wurde. „Wenn das so ist, dann müsst ihr nicht mehr wissen, als dass es da einen See gibt, von dem wir das Wasser abpumpen und nutzen. Ich glaube zwar nicht, dass es ein Problem wäre, wenn ihr wüsstet, wo wir uns befinden, aber wer weiß ...", ließ sie sie wissen und nahm anschließend einen Schluck Wein, bevor sie diesen mit einem „Hahaha Augenbinden, eine herrliche Idee" sofort wieder aus ihrem Mund prustete.

„Es ist wirklich im Naturschutzgebiet", wurde ihm nun klar, weshalb er die restlichen Teile der Antwort nicht mehr so richtig mitbekam. *„Das macht Sinn. Hier dürfte sonst sowieso niemand rein und ich wüsste keinen anderen Ort, der in dem Zeitfenster liegt und bei dem sonst Seen, die groß genug für so etwas sind, in der Nähe wären."* Es machte ihn stutzig, da es für ihn recht einfach herauszufinden war, wo sie sich befanden. Er hatte schon vorher den Verdacht gehabt, es wäre das Naturschutzgebiet, welches von der Regierung eigentlich als

unantastbar ausgerufen worden war. Zum Zeitpunkt der Verkündigung des Status' wurde es von der Regierung selbst als der große Beweis dafür gefeiert, dass sie auch konträre Stimmen und Meinungen zu den eigenen ernst nehmen würde. Das war schlussendlich ein entscheidender Mitgrund für den Sieg bei den nächsten Wahlen gewesen.

Wenn er bedachte, wie weit schon gebaut wurde und wie viel Vorarbeit dazu nötig gewesen sein musste, um mit dem Bau überhaupt beginnen zu können, kam er nicht um die Vermutung herum, dass bereits bei dieser Verkündigung klar gewesen sein musste, dass hier diese Kuppel entstehen sollte. Der Schutz der Natur in diesem Gebiet hatte wohl nur als perfekte Tarnung herhalten müssen. Anfangs hatte es noch große Medienberichte darüber gegeben, die bald mit dem Argument stoppten, dass hier die Natur Natur bleiben und deshalb kein Mensch dieses Gebiet betreten sollte. Er konnte sich erinnern, dass er sich gewundert hatte, warum so viel in etwas investiert wurde, was er als reinen Marketinggag wahrgenommen hatte, um die Wahl zu gewinnen. Denn das war im Prinzip die gängige Vorgangsweise: Zuerst gab es haufenweise Ankündigungen und Versprechungen und sobald die Wahl vorbei und gewonnen war, wurde etwas anderes gemacht und behauptet, es wäre doch genau das, was angekündigt und versprochen wurde. Die vielen Soldaten und Maschinen, die dann zu dieser Zeit abgestellt worden waren, um die Grenzen dieses Gebiets zu bewachen, ergaben jetzt ebenfalls Sinn. So konnte wohl alles an Baumaterial und Arbeitskräften hingebracht werden, das benötigt wurde, ohne dass auffiel, was dort vor sich ging. Als sie damit fertig waren und vor Ort mit dem Bau begonnen worden sein musste, war es dann so, wie es immer war. Man hatte sich daran gewöhnt und es interessierte keinen mehr, was hier vorzufinden war. Es reichte, wenn man glaubte, dort sei ein Naturschutzgebiet, ohne in irgendeiner Form zu wissen, ob dem tatsächlich so war oder nicht.

„So funktioniert die Welt nun mal", waren die Worte die ihm durch den Kopf gingen, als er bemerkte, dass sich in seinem Inneren etwas zu regen begann. Etwas in ihm war anscheinend nicht mit dem einverstanden, was ihm bezüglich des Naturschutzgebietes klar geworden war.

„Es ist egal, man kann eh nichts machen", drängte er die Gedanken und Regungen weg und konzentrierte sich auf das andere Fragezeichen, das in seinem Kopf entstanden war. Er konnte sich nicht erklären, was diese Scharade mit den Augenbinden und dem ausgeschalteten GPS sollte. Er kannte Captain und er war sich sicher, dass sie gewusst haben musste, dass er innerhalb von kürzester Zeit herausfinden würde, wo sich diese Kuppel befand.

Er beschloss sich zuerst einmal um die Fragen zu kümmern, auf die er hier eine Antwort bekommen konnte. Er schob seinen Teller bei Seite, den er, während er in seine Gedanken vertieft gewesen war, leer gegessen hatte, und während er sich eine Zigarette anzündete, erkundigte sich: „Und wie schaut das inhaltliche Konzept des Projekts aus, also die Menschen betreffend?"

Den Eltern war anzumerken, dass sie bereits auf diese Frage gewartet hatten und nun die Zeit gekommen sahen, um endlich ihre eigenen Rollen in all ihrer Bedeutung und Wichtigkeit hervorheben zu können. Wie es sich für geschulte Personen in ihren Positionen ziemte, war es ihnen – trotz des Weins - sichtlich ein Anliegen, diesen Umstand, so gut es ging, zu verstecken. Das wollte ihnen jedoch nicht so wirklich gelingen.

„Wenn ihr wollt, können wir gerne ein bisschen erzählen", war es die Mutter, die zuerst das Wort ergriff. „Aber ihr bekommt in den nächsten Tagen sowieso alles mit, also wäre es eigentlich gar nicht notwendig und ihr müsstet euch dann nicht alles doppelt anhören", zierte sie sich ein wenig, schaute ihn erwartungsvoll an und klimperte dabei mit ihren von Wimperntusche dunkel gefärbten Wimpern.

„Die lässt sich echt zweimal bitten und will, dass ich ihr in den Arsch krieche ...", dachte er. Anschließend gab er seiner Frage einen süßen Nachdruck: „Es zweimal zu hören, ist kein Problem und ich muss

zugeben, vielleicht bin ich auch ganz froh darüber, weil ich mich hier nicht gleich so unter Druck gesetzt fühle, es sofort verstehen zu müssen ... Für euch ist das wahrscheinlich alles einfach und logisch, aber das ist der Grund, warum ihr hier die Leitungen seid. Ihr versteht das alles viel besser und schneller als alle anderen. Außerdem traue ich mich hier in diesem netten Ambiente vielleicht mehr nachzufragen als dann, wenn es hochoffiziell von anderen Leuten erklärt wird."

Seiner Einschätzung nach konnte es nicht schaden, neben den geheuchelten Komplimenten auch noch ein bisschen eigene Unsicherheit in das Gespräch einfließen zu lassen. Sich als klar unterlegen hinzustellen und dadurch zu signalisieren, dass von einem nichts zu befürchten war, weil man - selbst wenn man wollte - sich sowieso nicht trauen würde, etwas zu sagen, half in der Regel dabei, dass Leute, wie die Eltern es waren, ihre letzte Deckung aufgaben. Zustimmung durch Schweigen war immerhin einer der Pfeiler, auf denen diese ganze Welt errichtet worden war, und er hatte schon lange aufgehört, sich damit auseinanderzusetzen, wann und weshalb dieses Schweigen begonnen hatte.

„Wenn Menschen lange genug zum Schweigen gebracht werden, tun sie es irgendwann von alleine", war eine Erklärung und zur Abwechslung meinte er das gar nicht einmal zynisch. Er selbst bildete in

dieser Sache keine Ausnahme, denn er kannte das zermürbende Gefühl, wenn man immer und immer wieder versuchte, auf etwas aufmerksam zu machen, etwas zu sagen und vielleicht sogar etwas zu ändern, und am Ende blieb nichts davon übrig, außer der Gewissheit, dass einem sowieso niemand zuhörte oder es schlichtweg niemanden interessierte. So blieb die Resignation als letztes und einziges Mittel. Denn dieser Zustand war leichter auszuhalten als die Hilflosigkeit und die Ohnmacht, die einen immer wieder überkamen, wenn man es stetig aufs Neue versuchte. Er war froh darüber, dass Aurora ihn mit einem kleinen Stupser zurück in die Realität holte, bevor er sich zu sehr in seinen Gedanken verloren hatte.

„Du auch, oder?", fragte sie ihn und hatte ihn auf dem falschen Fuß erwischt, denn er wusste nicht, worauf ihre Frage bezogen war. Während er mit der Antwort kurz zögerte, ärgerte er sich über sich selbst, denn so etwas hätte ihm gerade in so einer Situation nicht passieren dürfen.

„Ja, für mich auch", antwortete er schließlich, nachdem er Auroras Mimik eingeordnet hatte. Es war darum gegangen, ob Aurora und er einen Kaffee zur Schokoladentorte haben wollten, die als Nachspeise serviert wurde. Diese sollte noch gereicht werden, bevor die Mutter und der Vater auf seine Nachfrage von zuvor eingehen wollten.

Als sie auf die Torte und den Kaffee warteten, wurde ihm klar, dass Aurora bemerkt haben musste, dass er mit seinen Gedanken ganz woanders gewesen war, weshalb sie ihm einen Rettungsring hingeworfen hatte, und er hatte diesen, ohne sich sicher sein zu können, ergriffen. Er fragte sich, ob es Vertrauen war, was ihn dazu bewogen hatte. Doch das konnte er nicht beurteilen. Es war einfach zu lange her, als dass er mit dem Begriff Vertrauen etwas anfangen hätte können.

Zu seinem Glück musste er sich nicht lange mit diesen Gedankenspielen befassen, denn in dem Moment betraten schon Nummer eins und Nummer zwei mit der Torte und dem Kaffee den Speisesaal und eilten zum Tisch.

Er war gespannt, was die Eltern nun zu erzählen hatten, und außerdem interessierte es ihn, wie lange sie es noch schaffen würden, sich so klar und deutlich auszudrücken. In Anbetracht der vielen leeren Weinflaschen, für die sie sich mittlerweile verantwortlich zeigten – in der Zwischenzeit hatten die Bediensteten bereits neue geholt - sollte es nicht mehr lange dauern. Auch wenn die Hemmschwelle in ihren Worten und zum Leidwesen von Nummer eins und Nummer zwei auch in ihren Taten bereits ordentlich gesunken war, war kein bisschen Lallen in dem Gesagten zu hören, was ihn fast ein wenig beeindruckte, wie er sich selbst eingestehen musste. *„Bei der Menge an Wein würde ich schon*

längst unter dem Tisch liegen, geschweige denn ei-
nen geraden Satz herausbringen ...", war seine dies-
bezügliche Einschätzung und ihm wurde klar, dass
sowohl der Vater als auch die Mutter schlicht an
diese Mengen gewohnt sein mussten.

Das langsame Verschwinden der Hemmungen
hatte wahrscheinlich weniger mit dem Wein zu tun,
sondern mehr damit, dass sie sich zu anfangs bewusst zurückgehalten hatten, bis sie Aurora und
ihn besser einschätzen konnten. Nun waren sie
scheinbar sicher, dass sie nichts von ihnen zu befürchten hatten.

Eine Gelegenheit zu bekommen, diese Beurteilung
treffen zu können, bevor es zu den offiziellen Teilen
der Dienstreise kam, war seiner Meinung nach
wohl der ursprüngliche Grund für die Einladung
zum Essen gewesen, und mittlerweile spielte vermutlich auch der Wunsch, ihre Überlegenheit und
ihre Macht durch ihr Verhalten zu zeigen, eine
nicht unwesentliche Rolle. Dass ein Teil dieses
Spiels das Demonstrieren von geheuchelter Großzügigkeit war, um Aurora und ihn um den Finger
zu wickeln, widerte ihn im Grunde genommen an.

In Bezug auf Nummer eins und Nummer zwei
musste er sich immer wieder selbst bremsen, um
sich nicht vorzustellen, welche Erniedrigungen
diese hinter verschlossenen Türen über sich ergehen lassen mussten, um überhaupt als Nummer

eins und Nummer zwei zu gelten. Jedoch sprach er sich selbst das Recht ab, angewidert sein zu dürfen, denn schließlich war er es selbst, der Bewunderung und Verehrung heuchelte, um wiederum die Eltern um den Finger zu wickeln und gesprächiger werden zu lassen. Dieser Umstand war ihm durchaus bewusst.

„Nun zu dem, was du wissen wolltest", begann der Vater endlich mit den Ausführungen zur inhaltlichen Ausrichtung des Projekts und fuhr, nach einer kurzen Pause, die die Eltern mit einem mehr oder weniger verheißungsvollen Gesichtsausdruck füllten, fort: „Eigentlich ist es ganz simpel. Hier werden Menschen untergebracht und wir helfen ihnen dabei, ein wertvoller Teil der Gesellschaft zu werden. Wir bereiten sie sozusagen in einem geschützten Rahmen auf das Leben vor."

„Oder wieder ein wertvoller Teil der Gesellschaft zu werden", ergänzte die Mutter umgehend mit hörbarem Stolz in der Stimme. „Das Bahnbrechende daran ist nämlich, dass bei uns alle möglichen unterschiedlichen Menschen und Zielgruppen sein werden. Natürlich auch Kinder und Jugendliche, deshalb seid ihr ja hier, um euch alles anzuschauen. Und wir freuen uns sehr darüber, denn diese Gruppe liegt uns wirklich ganz besonders am Herzen ... Es werden aber auch Menschen mit psychischen Problemen, Flüchtlinge, Obdachlose oder auch Inhaftierte hier bei uns leben", erklärte sie weiter und der Stolz schien dabei sogar noch größer zu werden.

„Ist das nicht großartig!", nahm sich der Vater mit glänzenden Augen und jauchzender Stimme das Wort zurück. „Stellt euch das doch mal vor. Eine Welt, in der es keine Waisenhäuser und Pflegeeltern mehr braucht. Auch keine psychiatrischen Betreuungseinrichtungen oder Notschlafstellen. Selbst Flüchtlingsheime und Gefängnisse sind nicht mehr nötig, weil es dann einfach nur noch Orte wie diesen hier gibt. Wir kümmern uns um all diese Menschen, und wenn sie sich hier bewiesen haben, entlassen wir sie bestärkt und vorbereitet in die Welt."

„Wie wunderschön dieser Gedanke doch ist", ließ sich nun auch die Mutter nicht mehr bremsen und hörte gar nicht mehr auf. „Die Menschen in den Städten und den Dörfern müssen keine Angst mehr haben, dass solche Einrichtungen in der Nähe ihrer Häuser, Wohnungen oder Arbeitsstellen sind. Sie können beruhigt schlafen oder, wenn es dunkel ist, alleine nach Hause gehen. Und zwar, weil sie wissen, dass so selbstlose Menschen, wie wir es sind, sich um alles kümmern und darauf achten, dass die hier Untergebrachten erst wieder gehen dürfen, wenn sie keine Gefahr mehr darstellen und bereit dazu sind, ihren Beitrag zu leisten."

„Also sind Kinder, die keine Eltern mehr haben, oder Menschen, die ihre Wohnung verloren haben, eine Gefahr?", konnte sich Aurora mit erkennbarem Entsetzen in ihrem Gesicht nicht mehr zurückhalten.

„Ach, so war das doch gar nicht gemeint", erwiderte die Mutter forsch und wischte den Einwand einfach weg. Nach einem kurzen Moment ging sie doch noch auf Auroras Worte ein: „Aber wenn wir die Emotionen aus der Diskussion nehmen, müsst ihr schon zugeben, dass Kinder, die ohne Eltern aufwachsen, oder Menschen, die ihre Wohnung verloren haben, eher dazu neigen, kriminell zu werden oder zum Beispiel auch drogenabhängig. Wir schützen also nicht nur diejenigen, die Angst haben, sondern auch diese Menschen vor sich selbst."

„Also war es doch so gemeint", dachte er sich, wurde innerlich unruhig und gerade noch, bevor ihm die Worte *„und außerdem ist Angst genauso eine Emotion. Aber es zählt ja bekanntlich immer nur das, was gerade günstig für die eigene Argumentation ist. Und überhaupt sollte sich jemand, der gerade gefühlt fünf Liter Wein in sich hineingekippt hat und ständig die Personen begrapscht, die dazu gezwungen sind, sie zu bedienen, mal ganz ordentlich zurückhalten, wenn er von Drogenabhängigkeit oder dem Schützen von anderen Menschen spricht"* über die Lippen kamen, schaffte er es zum wiederholten Male – und eigentlich schon zu oft für einen Tag - diese wegzuschieben und hinunterzuschlucken.

Er gab Aurora durch einen Stupser mit dem Fuß unter dem Tisch zu verstehen, dass sie sich besser zurückhalten sollte, und antwortete mit ruhiger, bedachter Stimme: „Ich glaube, meine Kollegin hat sich etwas missverständlich ausgedrückt. Sie wollte wohl sagen 'eine unmittelbare Gefahr'. Die Argumentation ist natürlich vollkommen nachvollziehbar und richtig ... Das klingt wirklich nach einer interessanten Idee."

„Ähm, ja, genau so war es gemeint. Es tut mir leid, wenn das falsch rübergekommen ist", ergänzte Aurora kleinlaut, auch wenn ihr - wenn man sie kannte - anzumerken war, dass ihr das äußerst schwerfiel.

„Ahahahaha", lachte der Vater laut und hemmungslos, spuckte dabei fast ein Stück der Schokoladentorte aus, das er gerade im Mund hatte, und brauchte anschließend ein paar Momente, um sich zu beruhigen und weitersprechen zu können: „Das passt schon. Es ist nur so, dass wir uns, bevor ihr hierhergekommen seid, ein wenig Sorgen gemacht haben, dass ihr welche von diesen übriggebliebenen Sozialromantikern sein könntet, die nicht verstehen, was die wichtigen Probleme unserer Zeit sind und wie sie gelöst werden müssen ... Aber wenn ihr solche wäret, wäre euch eh nicht mehr zu helfen. Ich habe schon verstanden, wie du das gemeint hast, Kleine, nur Mutter ist da manchmal empfindlich und hört dann schnell Sachen, die sonst niemand hört."

„Ja, ich hatte vielleicht schon das ein oder andere Glas Wein zu viel ... Das bringt mich immer ein bisschen in Wallung. Stimmt doch, oder Nummer zwei, so ist es doch. Apropos Wein ...", hatte die Mutter eine Erklärung für ihre vorige Reaktion parat und gab Nummer zwei mit einem Handzeichen zu verstehen, noch eine Flasche zu bringen. Als wollte sie die von ihr getätigte Aussage untermauern, gab sie dem Bediensteten als zusätzliche Aufforderung einen ordentlichen Klaps auf den Hintern und schaute ihm hinterher, als wäre er ein Stück Fleisch.

Unter dem Tisch ballte Aurora ihre Hand zu einer Faust, denn wenn ihr die grundsätzlichen Aussagen des Vaters schon nicht gefallen hatten, dann war die Anrede „Kleine" so etwas wie ein Brandbeschleuniger. Sein Stupser unter dem Tisch von zuvor hatte aber gereicht, um ihr klarzumachen, dass die einzige Chance, die sie hatten, um ungefilterte Informationen zu bekommen und damit ein Stück von der Wahrheit zu erfahren, jene war, bei diesem grotesken und bisweilen auch immer wieder einmal ordinären Spiel mitzumachen. Sie durften sich nichts von ihren persönlichen Gedanken oder Meinungen anmerken lassen. Geändert hätte das sowieso nichts. Wenn sie überhaupt eine Chance hatten, etwas tun zu können, dann erst, wenn sie wieder zurück in ihrem Büro waren, und auch da mussten sie hoffen, dass Captain der gleichen Meinung war wie sie.

„Tja, wie siehst du das jetzt mit der Chance, mitzugestalten, Aurora", dachte er sich nicht ganz ohne Schadenfreude, aufgrund ihrer plötzlichen Desillusion, die sie zweifelsohne spüren musste. In der Hoffnung, dass ihm das dabei helfen würde, selbst ruhig zu bleiben, zündete er sich eine Zigarette an. Ihm war klar, dass noch einiges kommen würde, wenn die Erklärung schon so angefangen hatte, und dabei sollte das Rauchen helfen. Er nahm einen Zug. „Und wie läuft das dann, wenn diese Menschen hier sind?", fragte er während er den Rauch auspustete.

„Nicht so schnell, nicht so schnell ...", bremste der Vater ihn ein und unterlegte seine Aussage mit der passenden Handbewegung. „Bevor wir in die Details gehen, wollt ihr doch sicher wissen, wie das alles mit der Finanzierung und der Umsetzung läuft, oder etwa nicht?"

„Aber natürlich", nutzte Aurora die Chance, ihre unbedachte Aussage von vorhin wieder gutzumachen. „Ihr wisst natürlich am besten, was wichtig ist und was wir wissen müssen. Wenn ihr sagt, dass wir zuerst mal das verstehen sollten, dann freuen wir uns auf die Erklärung", warf sie sogar noch hinterher.

„*Sie lernt schnell*", fiel ihm auf und er war schon gespannt, ob die Mutter oder der Vater mit der Erläuterung beginnen würde.

„Nun, es ist so", war die Mutter diejenige, die zur Sachlichkeit zurückkehrte. „Wir werden zu Beginn staatlich subventioniert, aber das Ziel ist es, so viel einzunehmen, dass sich der Betrieb selbst finanziert und keine Förderungen mehr benötigt." Mit einem Anflug von Arroganz schaute sie zum Vater. „Außer für uns beide natürlich und für die Wissenschaftler, die werden weiterhin durch Förderungen bezahlt. Wir planen, evaluieren und müssen ja alles am Laufen halten. Den Rest erledigen dann die Menschen, die hier untergebracht werden. Betrieben wird das Ganze von dem gemeinnützigen Verein ESM - das steht für 'Ein Sicheres Morgen' - der die Ausschreibung der Regierung gewonnen hat und mit der inhaltlichen Umsetzung betraut wurde."

„Also hat ESM das beste Angebot abgegeben und den Zuschlag erhalten? Gehört 'Ein Sicheres Morgen' nicht zur Bread & Butter Company, oder täusche ich mich da?", hakte er nach und bemühte sich, dabei nicht zu neugierig zu klingen.

„Das beste Angebot. Hahaha, der war gut ...", höhnte der Vater, der mittlerweile von fast jedem getätigten Wort belustigt zu sein schien, und nahm sich kein Blatt vor den Mund. „Seien wir doch ehrlich. Das günstigste Angebot ist immer das Beste, oder? Und weil wir eben praktisch kein Personal brauchen, sind wir am günstigsten! Da hier ja die ganze Technik erst einmal getestet wird, war die Regierung sehr aufgeschlossen, neue Ansätze auszuprobieren, und somit auch unserem Konzept gegenüber. Du hast übrigens recht. ESM gehört zur B&B Company, wie wir die Bread & Butter Company nennen."

„Aber", fiel ihm die Mutter ins Wort und war bemüht, das Gesagte wieder in das richtige Licht zu rücken. „Es ist wichtig, zu sagen, dass die ESM vom Gründer der B&B Company extra ins Leben gerufen wurde, um Menschen und der Welt zu helfen und der Gesellschaft etwas zurückzugeben, durch die er, wie er sagt, so viel bekommen hat. Ach, der Richard, er ist ein herzensguter, demütiger Mann."

„*Richard Scheinschmid*", hatte er sofort den vollen Namen des besagten Mannes im Kopf und strengte sich an, sich nichts anmerken zu lassen. Richard Scheinschmid und seine Frau hatten anfangs eine kleine Backstube in der Stadt betrieben, bevor sie im Laufe der Zeit immer mehr Bäckereien eröffnet hatten und dann irgendwann groß ins Lebensmittelgeschäft eingestiegen waren. Mittlerweile war er mit verschiedenen Firmen in fast jeder Branche tätig, in der es Geld zu holen gab, und laut eigenen Aussagen milliardenschwer. Seine Frau hatte diesen Geldsegen nicht mehr miterlebt, denn sie starb ungefähr zu der Zeit, als das Unternehmen begann, neben Brot auch andere Lebensmittel zu verkaufen.

Er kannte die Geschichte der Familie genau. Damals war es groß in den Zeitungen gestanden und er hatte die verschiedene Frau Scheinschmid flüchtig gekannt. Er hatte manchmal in jener ersten kleinen Bäckerei Brot bei ihr gekauft, nachdem er in die Wohnung in der Stadt gezogen war. Das Brot hatte wirklich vorzüglich geschmeckt, aber mehr noch gefiel ihm damals das dort vorherrschende Flair und der wahrnehmbare Geruch nach ofenfrischer Backware. Heute noch ging er regelmäßig in diese Backstube, die trotz des Versuchs, es anders wirken zu lassen, mittlerweile nur noch eine Filiale von vielen war. Sie hatte nicht mehr viel mit der kleinen Bäckerei gemein, die er von früher kannte. Die Ausnahme war der Name, den die Filiale immer noch exklusiv trug. Seiner Vermutung nach handelte es sich dabei weniger um Nostalgie, als vielmehr um eine gekonnte Marketingstrategie. Aber sie befand sich nun einmal in der Nähe seiner Wohnung und so eine Backstube wie in seiner Erinnerung mitsamt dem Flair und dem Geruch war ohnehin nirgends mehr zu finden.

Die Ehefrau von Richard Scheinschmid hatte kurz vor ihrem Tod neben einem bereits erwachsenen ihr zweites Kind zur Welt gebracht und kam dann bei einem tragischen Autounfall ums Leben. Damals hatte er Mitleid mit dem Mann verspürt, aber diese

Empfindung hatte sich mittlerweile aus verschiedensten Gründen geändert. Es war fast schon zu auffallend, dass Scheinschmids Reichtum nach dem 'Umbruch' immer noch größer geworden war und das immer noch wurde. Deshalb war der Umstand, dass dieser eine Ausschreibung der Regierung gewonnen hatte, für ihn doch sehr interessant, wenn auch in keinster Weise verwunderlich oder überraschend. Allerdings kannte er sich mit dem ganzen Konzept und den Gebieten, in denen die Bread & Butter Company tätig war, nicht wirklich aus und wahrscheinlich war das auch besser so.

Es war eigentlich immer besser, nicht zu viel zu wissen oder sich auszukennen, wenn es um reiche und mächtige Menschen ging. Falls es notwendig werden sollte, mehr darüber zu erfahren, wusste er aber, wen er fragen musste. Doch ein Treffen mit dieser Person wollte er lieber vermeiden.

„Ja genau, Richard Scheinschmid, er ist einfach eine herzensgute Seele", wurde die Mutter ein klein wenig rührselig und erst jetzt bemerkte er, dass er den Namen laut ausgesprochen hatte.

„Das wirkt so", gab Aurora der Mutter den Zuspruch, den diese hören wollte.

„Allerdings ist er auch ein brillanter Geschäftsmann", hatte der Vater scheinbar nur darauf gewartet, wieder etwas sagen zu dürfen, und diesmal machte es sogar den Anschein, als würde er ohne ein Lachen auskommen: „Durch sein Knowhow in der Lebensmittelproduktion sowie dem Vertrieb von diesen und den dazugehörigen Gerätschaften haben wir außerdem den Vorteil, gleich durchstarten zu können, wenn die Kuppel fertiggestellt ist, weil die Voraussetzungen dafür gegeben sind. Das Beste ist aber, dass es für ein Nullsummenspiel in der Umsetzung eigentlich nur den halben Platz bräuchte, den wir zur Verfügung haben. Aber wenn wir schon so viele Felder haben, dann wollen wir die doch alle bewirtschaften und mit der Überproduktion kann die ESM machen, was sie will." Ganz ohne sich darüber zu amüsieren, kam der Vater letztlich doch nicht aus. „Hahaha, das ist genial"

„So wie ich Herrn Scheinschmid kenne, wird er es an Bedürftige geben oder das Geld aus dem Verkauf in Sozialprojekte investieren. Immerhin will und darf die ESM ja gar keinen Gewinn machen, sie ist ja gemeinnützig und sozial. Das ist mir persönlich sehr wichtig, wenn ich hier arbeite", warf die Mutter energisch ein und war sichtlich darum bemüht, die humanistische Seite des Geschäftsmanns hervorzuheben.

„Schon gut, schon gut", beruhigte sie der Vater und versuchte, beide Aussagen unter einen Hut zu bringen. „Das ist es mir doch auch ... Also solange wir beide unseren Anteil bekommen und außerdem, was für andere Sozialprojekte braucht es denn noch, wenn unseres erst einmal läuft? Hahaha, ich bin wohl auch ein brillanter Geschäftsmann, weil einen Anteil von Gemüse brauche ich nicht, deswegen wurde mir versichert, dass wir unseren Anteil des Wertes in Geld bekommen. Wie die das machen, ist mir egal! Es ist auch total in Ordnung, dass wir dieses Geld bekommen, immerhin tun wir hier etwas Gutes und deshalb haben wir eine Anerkennung verdient. Außerdem ist nichts davon verboten."

„Die ESM verkauft die Überproduktion für einen Spottpreis an die Bread & Butter Company und die verkaufen es dann zum marktüblichen Preis oder sie verkaufen es selbst und zahlen der B&B Company übertrieben viel Geld für die Nutzung ihrer Gerätschaften ...", schoss es ihm durch den Kopf. Zudem fielen ihm auf Anhieb weitere Möglichkeiten ein, wie in diesem Konstrukt das Lukrieren von Vermögen ablaufen könnte. Wirklich beurteilen, was davon erlaubt war und was nicht, fiel ihm schwer, doch war er sich ganz sicher, dass es genügend Wege gab, die nicht verboten waren oder in einer gesetzlichen Grauzone lagen. Noch bevor er sich darüber aufregen konnte, sagte er laut: „Tja, wenn es nicht verboten ist, ist es völlig in Ordnung."

„Sage ich doch", war der Vater über die Unterstützung erfreut und hätte ihm dem Gesichtsausdruck zur Folge wohl einen zustimmenden Klopfer auf die Schulter gegeben, wenn er neben ihm gesessen wäre, und beteuerte noch einmal: „Es ist doch nichts Verwerfliches an so einer Win-Win-Situation."

„Hihihi, ach ihr habt ja recht", war die Mutter aufgrund des Umstands, dass Aurora und er - zumindest den Worten nach - nichts daran auszusetzen hatten, sichtlich gelöst. „Und trotzdem ist es mir schon nochmal wichtig, zu sagen, dass das einfach nur ein positiver Nebeneffekt ist, aber nicht der Grund, warum wir das hier tun", wies sie neuerlich auf ihre Prioritäten hin.

„Mich würde interessieren, ob sie das wirklich glaubt", fragte er sich und konnte die Vorsicht der Mutter nicht so richtig einordnen. Er hatte das Gefühl, dass die Eltern noch irgendetwas von Aurora und ihm brauchten oder wissen wollten. Warum sollte die Mutter sonst so bedacht darauf sein, den Umstand, dass es schlussendlich einfach nur um Geld ging, so klein wie möglich zu reden. Es war einer dieser Momente, in denen ihm aufs Neue klar wurde, dass es sowieso keine Handhabe gab, mit der etwas gegen diese dubiosen Vorgänge getan werden konnte. Deshalb war es ihm auch nicht schwergefallen, den zuvor ausgesprochenen Satz zu formulieren.

Die Zeiten, als es neben dem Gesetzbuch noch moralische und von Werten bestimmte rote Linien gab, die nicht überschritten wurden, waren schon lange vorbei. Das wusste er. Aurora hingegen schien das nicht so zu sehen, denn es wirkte, als hätte sie in der Zwischenzeit ihre Zunge verschluckt und die Faust, die sie unter dem Tisch geballt hatte, wurde auch nicht lockerer. Eher ballte sie sie noch fester. Er konnte nachvollziehen, wie es für sie sein musste. Er wusste von früher, wie es sich anfühlte, dazusitzen und zu verstehen zu beginnen, dass, egal was man sagte oder tat, es nichts änderte. Im Normalfall machte es sogar alles nur noch schlimmer.

Es blieb einem nichts anderes übrig, als die Wut, die man im Angesicht von so viel Heuchelei, Ungerechtigkeit und Arroganz in sich hochkochen spürte, in die eigene Faust zu packen und so lange zuzudrücken, bis sie sich in Resignation aufgelöst hatte. Ansonsten würde mit an Sicherheit grenzender Wahrscheinlichkeit etwas Schlimmes passieren. Er konnte Aurora ansehen, wie schwer es ihr fiel, nichts dagegen zu sagen. Doch im Gegensatz zu ihm schwieg sie eisern und saß mit zusammengepressten Lippen da. So musste sie den Eltern wenigstens nicht recht geben.

„Es ist besser, du lernst das so als auf die harte Tour", versuchte er für sich die positive Seite für Aurora zu sehen. *„Es ist der Weg, den sich die*

moderne Gesellschaft ausgesucht hat und wenn du in dieser Welt überleben willst, geht es nicht anders." Er hatte in seinem Leben oft die Faust zugedrückt und seine Lippen zusammengepresst und irgendwann fiel ihm auf, dass es leichter war, die Hilflosigkeit und Ohnmacht als Teil des menschlichen Seins hinzunehmen und sich der Resignation hinzugeben. Trotzdem fand er es bemerkenswert, dass sich Aurora nicht dazu hinreißen ließ, den Eltern durch irgendein Wort ihre Zustimmung zu signalisieren und somit deren Meinung gutzuheißen.

Er sprach die Eltern an: „Das klingt ja alles ganz interessant, aber wie schaut das dann in der Praxis aus?"

„Stimmt, jetzt sollten wir euch erklären, wie es hier ablaufen wird", ging die Mutter auf seine Frage ein. „Also, ihr wohnt ja in der kleinen Siedlung. Sie ist noch nicht ganz fertig, weil dort noch weitere Unterbringungsmöglichkeiten entstehen sollen, aber vom Prinzip her könnte es jetzt schon funktionieren. Es wird so sein, dass die Menschen in diesen Siedlungen wohnen und schlafen. Untertags bestellen sie die Felder, um sich an Struktur und Arbeit zu gewöhnen. Einmal alle paar Wochen bewerten wir ihre Arbeit und ihr Verhalten. Danach wird entschieden, wo sie in der Zeit bis zur nächsten Bewertung untergebracht werden. Die, die sich gut machen, dürfen dann in den Bauernhäusern wohnen.

Dort lässt es sich gut leben oder etwa nicht? Ihr nächtigt ja selbst in einem solchen?"

„Für ein paar Nächte lässt es sich gerade so aushalten", dachte er sich. „Ich kann mich nicht beklagen", sagte er laut.

„Na eben, hab ich es doch gewusst", freute sich die Mutter über seine Antwort und wurde fast schon ein wenig euphorisch, als sie weitersprach: „Man muss sich also nur etwas anstrengen und es fehlt einem an Nichts. Diejenigen, die sich ganz besonders hervortun, dürfen dann hier bei uns in der weißen Villa leben und bekommen hier bestimmte Aufgaben. Wenn sie das über einen längeren Zeitraum gut gemacht haben und wir uns sicher sind, dass sie für die Welt da draußen kein Problem und keine Gefahr darstellen, werden wir sie von hier entlassen. Hier bei uns in der weißen Villa lernen sie natürlich in verschiedensten Bereichen neue Fähigkeiten. Zum Beispiel brauchen wir Köche, Leute, die den Garten pflegen, Reinigungskräfte und natürlich auch Leute, die sich um unser Wohlergehen kümmern, so wie es Nummer eins und Nummer zwei tun. Und sie sind so gerne hier bei uns, oder Nummer zwei, weil es hier so schön ist und es ihnen doch so gefällt. So ist es doch, oder Nummer eins?"

„Ja, Mutter", bestätigten sowohl Nummer eins als auch Nummer zwei und blickten dabei zu Boden.

„Sie brauchen unbezahlte Diener", war seine persönliche Einschätzung.

Die Mutter fuhr fort und versuchte sich dabei generös zu geben: „Und sie können die Annehmlichkeiten hier bei uns in der weißen Villa genauso genießen, wie wir es tun. Sie müssen hier sogar nur acht Stunden pro Tag arbeiten. Die, die in den Bauernhäusern leben, müssen zwölf Stunden pro Tag arbeiten und der Rest fünfzehn Stunden."

„Ihr seht, sie haben es also in der eigenen Hand, wie es ihnen hier geht", übernahm nun wieder der Vater das Wort, um das Credo dahinter festzuhalten. „Leistung soll sich ja schließlich lohnen! Und wird von uns natürlich auch belohnt. Ach ja, die Sicherheitsmitarbeiter bekommen übrigens eine eigene Siedlung. Nur die Ranghöchsten von ihnen können hier bei uns schlafen, aber wir wissen natürlich, wie schwer ihre Arbeit ist, deshalb haben wir ihnen ein Überwachungs-, ähm Sicherheitszentrum mit eigenen Wohnmöglichkeiten gebaut."

Der Vater zog ein Bild und eine Skizze aus seiner Tasche und schob diese über den Tisch zu Aurora und ihm. Die Häuser waren moderner und die Grundrisse der Stockwerke zeigten, dass sie geräumiger waren als die Bauernhäuser. Er nickte, um dem Vater zu signalisieren, dass er es gesehen und verstanden hatte.

„Selbstverständlich, gibt es in diesem Zentrum auch eigene Gebäude zum Trainieren und Üben. Immerhin müssen unsere Sicherheitsleute ja alles im Griff haben und im Notfall in der Lage sein, Situationen zu beruhigen. Und wenn nichts anderes hilft müssen sie natürlich auch ein- und durchgreifen können. Da sollten sie schon mit den Waffen umgehen können, die sie bei sich tragen." Bei der Erklärung war herauszuhören, dass dem Vater dieses Sicherheitszentrum und die in diesem Bereich tätigen Personen besonders wichtig waren.

„Wobei das doch sehr wahrscheinlich gar nie notwendig sein wird", spielte die Mutter das zuletzt Gesagte sogleich herunter. „Wir reden persönlich mit allen Neuankömmlingen und die verstehen sehr schnell, welch eine große Chance wir ihnen bieten, und sind dankbar, dass wir sie ihnen geben", hielt sie mit süßlichem Ton fest und sah, dabei stolz auf ihre eigene Großzügigkeit wirkend, Nummer eins und zwei an, die wie bis jetzt immer, wenn sie angesprochen wurden, rasch Richtung Boden blickten.

„Ach, die zwei sind immer so schüchtern, wenn Gäste da sind ...", sagte die Mutter zunächst und hielt für einen Moment inne. „Ich bin so stolz auf sie, auch wenn es nicht immer leicht mit ihnen ist. Aber ich weiß ja, wie dankbar sie sind ... Da muss ich schon oft aufpassen, dass ich nicht zu nett mit ihnen bin", ergänzte sie im Anschluss nahezu gerührt.

„Haha, ja manchmal wird sie ganz weich", lachte der Vater nicht gerade empathisch und schien Stärke demonstrieren zu wollen. „Aber ich erinnere sie dann schon daran, auf was zu achten ist."

„Und was ist mit den Holzschuppen?", brach Aurora ihr Schweigen mit einem vernehmbaren Beben in ihrer Stimme, was auch die Kürze ihrer Frage erklärte.

„Ach, das haben wir fast vergessen zu erwähnen, hahaha, weil das eigentlich nicht so wichtig ist", lachte der Vater und wurde leicht abschätzig: „Nun da werden diejenigen untergebracht, die fünfzehn Stunden am Tag arbeiten, weil sie sich nicht richtig anstrengen wollen ... Wenn sie sich nicht anständig bemühen, müssen sie dafür länger arbeiten. Aber keine Sorge, es wird schon noch ein Brunnen gebaut, von dem sie sich dann selbst Wasser holen können. Dort können sie sich waschen und das Wasser auch trinken. Sie müssten sich zwar nur ein bisschen mehr Mühe geben, wenn sie nicht mehr dort wohnen wollen, aber wir sind ja keine Unmenschen."

„Du hattest recht, Aurora", fiel ihm Auroras Vermutung vom Nachmittag ein, *„in den Holzschuppen werden wirklich die Maschinen untergebracht."*

„In den Schuppen ist allerdings noch niemand anzutreffen, bis der Brunnen fertig ist. Und außerdem", mischte sich die Mutter ein und wechselte zum wiederholten Mal das Thema, „seid ihr ja wegen der Kinder hier. Deswegen solltet ihr wissen, dass sie aufgrund ihres Alters einen Sonderstatus haben und nicht Teil des regulären Systems sind. Sie bekommen ein eigenes Haus, das den Bauernhäusern ähnelt, und dort sind sogar die Türen verschließbar." Mit ihrer Gestik versuchte die Mutter, die Besonderheit dieses eigens für die Kinder gebauten Hauses, hervorzuheben, während sie weitersprach. „Es gibt auch zusätzliche Räumlichkeiten, in denen ihnen selbstverständlich Schulbildung geboten wird. Das heißt, sie bekommen am Vormittag Schulunterricht im Klassenraum in ihrem Haus und am Nachmittag helfen sie dann bei der Arbeit auf den Feldern. Natürlich wird diese altersgerecht sein und sie lernen dabei ganz praktisch beim Tun. Die Talentiertesten werden sogar die Möglichkeit bekommen, bei uns zu wohnen, wo sie sich dann voll und ganz auf die Schule konzentrieren können. Ja, sie werden hier sogar einen eigenen Lehrer haben."

„Ach, ich bin manchmal ein wenig sensibel", verdrückte die Mutter plötzlich eine Krokodilsträne und gab sich erneut großzügig und menschenfreundlich. „Deshalb habe ich sogar schon die Idee gehabt, die Kinder einmal im Jahr gemeinsam eine Woche hier bei uns in der weißen Villa Urlaub machen zu lassen. Selbstverständlich aber nur die, die auch wirklich brav waren ..."

„Ja, diese Idee hat mir gleich gefallen. Das hätte doch was. Das Lachen der Kinder zu hören und ihr Glänzen in den Augen zu sehen ... Dafür machen wir das doch eigentlich. Das ist so ähnlich wie bei den Bediensteten, die es bis hierher schaffen. Wenn man erst einmal sieht, welche Freude sie haben, wenn sie hier mit uns gemeinsam wohnen, da wird einem ganz warm ums Herz", wollte jetzt auch der Vater seine sensible Seite zum Ausdruck bringen. „Eine Woche ist dann aber auch schon wieder genug, denn wir haben ja auch eine Aufgabe zu erfüllen und wir wollen sie natürlich nicht zu sehr verwöhnen ... Wir bereiten sie schließlich auf das Leben vor und in diesem muss man sich nun mal alles zuerst einmal verdienen", wollte dieser die Sensibilität allerdings nicht zu groß werden lassen.

„Ach", gab sich die Mutter wehmütig und seufzte. „Was hätte ich gegeben, wenn mich jemand so fürsorglich und ehrlich auf das Leben vorbereitet hätte ... Dann wäre so vieles einfacher gewesen." Sie ließ sich von Nummer eins eine bereits angezündete Zigarre reichen, paffte kurz daran und fuhr mit plötzlich wieder sachlicher Stimme fort: „Jedenfalls gilt dieses System für Kinder, bis sie dreizehn sind. Danach werden sie in das Gesamtsystem integriert und gleichbehandelt wie alle anderen. In Ausnahmefällen dürfen wir das auch schon vor dem dreizehnten Geburtstag machen. Manche Kinder mögen die Schule einfach nicht so gerne und dann wollen wir sie natürlich nicht dazu zwingen. Es bringt doch nichts, wenn sie sich hier bei uns nicht wohlfühlen, dann ist es besser, sie arbeiten gleich richtig mit. Manche haben es halt eher in den Händen als im Kopf." Die Mutter kicherte kurz auf, bevor sie ihre nächste Aussage nochmals bewusst in Auroras und seine Richtung adressierte. „Aber wem erzähle ich das, ihr wisst ja selbst, wie sie so sein können, die kleinen Racker ..."

Er bemerkte, wie es ihm zunehmend schwerer fiel, ruhig zu bleiben. Die Wucht dieser Aussagen und Annahmen waren selbst für ihn schwer wegzustecken und aufgrund der Frequenz, in der sie mittlerweile abgefeuert wurden, waren sie für ihn kaum mehr wegzuschieben. Ihm war klar, dass diese gesamte Kuppel und was in ihr geplant war im Vergleich zu allem bisher Dagewesenen ein ganz neues Level war.

Selbst, wenn er ein Meister darin war, sich Katastrophen-Szenarien auszumalen, hätte er sich so etwas bis dato nicht vorstellen können. Besonders erschreckend fand er, dass die Eltern anscheinend tatsächlich der Meinung waren, dass sie hier etwas Gutes schaffen würden und sich selbst wirklich als gütig und großzügig wahrnahmen. Er musste sich daran erinnern, dass er hier in diesem Moment sowieso nichts tun konnte.

Die einzige Möglichkeit - wenn das überhaupt eine war - die er vielleicht hatte, war es, nach ihrer Rückkehr mit Captain zu sprechen. Ihm war allerdings bewusst, dass die Personen, bei denen Captain versuchen konnte Einspruch einzulegen, schlussendlich dieselben waren, die dieses ganze Experiment in Auftrag gegeben hatten. Deshalb wollte er sich keine Hoffnung machen, damit überhaupt etwas erreichen zu können.

„Ich werde Captain sagen, was ich davon halte, und ab dem Zeitpunkt ist es nicht mehr meine Sache", redete er sich selbst ein und bemerkte, wie er mit dem Fuß am Boden zu tippeln begann. Er vermied es, zu Aurora hinüber zu sehen, denn wenn es schon ihm so schwerfiel, Haltung zu bewahren, wollte er gar nicht erst wissen, was gerade in ihr vor sich ging. Stattdessen versuchte er einen Weg zurück ins Gespräch zu finden.

„Nur fürs praktische Verständnis. Die Plätze in den Bauernhäusern, hier in der weißen Villa und ich schätze auch in diesem Sicherheitszentrum sind, so wie ich es verstanden habe, begrenzt. Wie ich es einschätze, werden die meisten Wohnplätze in den Holzschuppen sein. Was ist, wenn mehr Menschen fleißig sind und gute Arbeit leisten, als es Plätze in den Bauernhäusern, im Sicherheitszentrum und hier gibt?", stellte er eine Frage, von der er nicht wusste, ob er die Antwort darauf überhaupt hören wollte.

„Hahaha, du Fuchs", wirkte der Vater von seiner Nachfrage beeindruckt und deutete mit dem Zeigefinger auf ihn. „Das hast du gut erkannt. Ja, so ist es, die Plätze an der Sonne sind begrenzt ... Um dort hinzukommen, muss man besser sein als die anderen. Wenn die anderen auch gut sind, muss man sich halt noch mehr anstrengen und noch besser sein. So läuft das in der Welt und deshalb auch hier." Wie die Mutter paffte der Vater ebenfalls an einer Zigarre und entließ den Rauch in Form von Ringen aus seinem Mund. „Das hier ist nun mal die Schule des Lebens!", stellte dieser klar und beobachtete, wie sich die Ringe in Luft auflösten. „Aber du hast recht, deshalb wird alle paar Wochen alles neu bewertet. Damit stellen wir sicher, dass jeder die faire Chance hat, aufzusteigen. Und die, die schon oben sind, müssen sich stetig neu beweisen. Wenn sie sich oft genug bewiesen haben, wissen wir, dass sie bereit sind für das Leben außerhalb dieser Kuppel und dann haben sie sich dieses auch verdient."

„Es ist so: Die Leistungen orientieren sich natürlich immer am Durchschnitt der Gruppe. In manchen Zeiten wird dieser etwas besser sein und in anderen etwas schlechter, aber der Durchschnitt als Gesamtes wird sich stetig verbessern, wenn wir es so machen. Das heißt, es muss immer welche geben, die in den Holzschuppen leben", wollte die Mutter die Aussagen des Vaters nochmals präzisieren und ihnen einen eigentümlichen logischen Hintergrund geben. Sie schaute zu Nummer eins und Nummer zwei, die weiterhin bemüht waren, möglichst alle Wünsche zu erkennen, bevor sie ausgesprochen wurden, um diese dann umgehend erfüllen zu können.

„Sonst würde sich ja niemand mehr bemühen und das wollen wir doch nicht, oder? Wo würden wir denn da hinkommen?", sprach sie in Auroras und seine Richtung weiter, wobei sie weiterhin die beiden Bediensteten im Blick behielt.

„Ich habe verstanden", erwiderte er trocken und zündete sich eine Kippe an, obwohl er gerade erst die vorige ausgelöscht hatte. Er wusste langsam nicht mehr, was er sagen sollte. Eigentlich wollte er nun endgültig nicht noch mehr von diesem Ort erfahren. „Das sind doch sehr viele Informationen. Ich hoffe, ich merke mir das alles ... Langsam macht mich dieser viele Input ganz schön müde", versuchte er das Gespräch und den gesamten Abend in Richtung Ende zu lenken.

„Oder vielleicht ist es doch der Wein ...", fügte er mit einem aufgesetzten, gequälten Lächeln hinzu, um sich nichts von seinem Verdruss anmerken zu lassen.

„Hahaha", lachten die Eltern unisono, bevor neuerlich die Mutter das Wort übernahm. „Ja, unser Wein ist schon etwas Besonderes, aber keine Sorge, am nächsten Tag Kopfweh bekommt man davon nicht. Und die ganzen offiziellen Informationen bekommt ihr am Ende eures Aufenthalts nochmal in ausgedruckter Form. Ihr braucht euch also nicht alles zu merken. Und wenn ihr dann alles selber gesehen habt, dann fällt es euch sicher leichter, euch daran zu erinnern. Ein Kind lebt sogar schon hier, aber ich weiß nicht, ob ihr es in den nächsten Tagen sehen werdet. Die anderen Menschen, die schon hier leben, die können euch auch selbst erzählen, wie gut es ihnen hier bei uns gefällt." Erneut richtete sie ihre Aufmerksamkeit zu den zwei Bediensteten, wobei sie ihren Blick über deren Körper gleiten ließ. „So wie Nummer eins und Nummer zwei, die können gar nicht genug von uns kriegen ... Das wird wohl wieder eine kurze Nacht werden mit den beiden."

Während die Mutter Nummer eins anwies, Jonathan zu kontaktieren, damit dieser Aurora und ihn abholen komme, konnte man ihre Gier erkennen, als nicht mehr nur ihre Blicke, sondern auch ihre Hände über den Körper von Nummer eins glitten. Er war mittlerweile so geschafft von dem Gehörten, dass er nicht mehr beurteilen konnte, ob sich die Gier nur auf ihre sexuellen Gelüste bezog oder auch auf das Gefühl von Macht, das sie verspüren musste, wenn sie mit den Bediensteten tun konnte, was sie wollte.

„Bevor Jonathan euch abholt ...", schien dem Vater plötzlich noch etwas wichtig zu sein, „würde ich gerne noch etwas mit euch besprechen. Es geht um die Lebenslaufprognosen, die ihr bei euch in der Abteilung erstellt. Ich weiß, ihr macht diese für Kinder, und da ihr sie in Textform schreibt, sind diese, nun ja, wie soll ich sagen, ziemlich offen." Es war dem Vater anzumerken, dass er versuchte, möglichst nichts zu sagen, was einen falschen Eindruck erwecken könnte: „Alle Kinder und Jugendlichen, die zu uns kommen, sollen direkt, bevor sie hier zu uns kommen, eine Lebenslaufprognose von euch erhalten und ich wollte fragen, ob ihr da nicht schon ein wenig auf unser schönes Projekt eingehen könntet. Das würde uns einiges an Arbeit ersparen, wenn wir gleich wüssten, wer zum Beispiel später für den Sicherheitsdienst geeignet wäre oder wer für welche Aufgaben hier in der weißen Villa in Frage kommen könnte. Also wirklich so, dass nicht mehrere Optionen aufgelistet sind und wir dann erst recht wieder selbst aussortieren müssen ..."

Die Eltern schienen Bedacht darauf zu sein, Auroras und seine Reaktionen einzuschätzen und diese – nämlich nichts zu sagen – waren anscheinend zufriedenstellend für sie, denn der Vater wurde sogar etwas fordernd: „Oder, dass ihr gleich festhaltet, wenn es bei jemandem keinen Sinn macht, wenn die Schulbildung bis zum dreizehnten Geburtstag ginge und wir diese dann früher beenden können. Das wäre gut, dann wäre allen geholfen. Ich spreche das so direkt an, weil die Befürchtung besteht, dass ihr den armen Kindern versucht in den Lebenslaufprognosen Hoffnungen auf etwas zu machen, für das sie eventuell gar nicht geeignet sind ... Es können nicht alle die Spitzenplätze erreichen, aber es sind natürlich alle wichtig und je früher wir wissen, wer wo hingehört, desto besser ist es für alle Beteiligten."

„Ich kann dieses Anliegen nachvollziehen", blieb er ruhig. Nun wusste er endlich, was Auroras und seine Rolle in dieser Scharade war, auch wenn er keine Antwort darauf geben wollte. „Und ich werde es gerne weiterleiten, nur können weder ich noch meine Kollegin irgendwelche Zusagen in diese Richtung machen, weil das unsere Chefin entscheiden muss", sagte er und schob so die Verantwortung von sich.

„Natürlich, natürlich", zeigte die Mutter Verständnis, um dann doch nicht lockerzulassen. „Aber du bist doch ein schlauer Kopf und ich denke du kannst deiner Chefin unser Anliegen schon schmackhaft machen, oder?"

„Ich kann es versuchen. Nur muss ich wohl auch erwähnen, dass Captain so ihre Eigenheiten hat. Im Normalfall hat sie es nicht so gerne, wenn die Kommunikation über Dritte läuft, und um ehrlich zu sein, denke ich, dass die Chancen am größten sind, wenn ihr in dieser Sache direkt mit ihr sprecht.

Oder ich ihr zumindest vorschlagen könnte, dass sie sich bei Fragen an euch wenden kann ... Natürlich könnte ich jetzt sagen 'ich mache das', aber die ehrliche Antwort ist, dass die Erfolgsaussichten höher sind, wenn wir es so machen würden", wollte er sich weiterhin nicht festnageln lassen.

„Hmm", gab sich der Vater zunächst enttäuscht, ehe er für sich selbst den Grund dahinter erkannte. „Naja, ich verstehe eure Chefin schon, wenn ich an ihrer Stelle wäre und die Möglichkeit sehen würde, in persönlichen Kontakt mit Leuten wie uns zu kommen, würde ich diese auch wahrnehmen wollen ... Wir geben euch am Ende mit den anderen schriftlichen Unterlagen auch unsere Visitenkarten, die ihr dann gerne an eure Vorgesetzte weitergeben könnt. Es wäre mir zwar lieber gewesen, das ohne so einen großen Aufwand regeln zu können, weil wir hier genug anderes zu tun haben, aber so ist das nun mal, wenn man so eine tragende Rolle innehat."

„Immer diese Visitenkarten, die wird es auch noch geben, wenn es ansonsten gar nichts Bedrucktes mehr gibt ...", stellte er für sich fest.

Aurora hatte mittlerweile komplett abgeschaltet und er war erstaunt, wie schnell es immer wieder ging, dass sich schlussendlich doch wieder alles um die Eltern und deren Brillanz drehte. Trotzdem war er froh, dass sie seinen Köder geschluckt hatten. Im Grunde war er schon der Meinung, dass er Captain überzeugen könnte, wenn er sich die Mühe machen würde, sich eine geeignete Strategie und Argumentation zu überlegen. Nur war er sich erstens nicht sicher, ob er das überhaupt wollte, und zweitens war es angenehmer für ihn, wenn er nichts mehr mit der Sache zu tun haben musste.

Auch wenn er wusste, dass er nichts gegen dieses auf so vielen Ebenen suspekte Experiment tun konnte, konnte er wenigstens dafür sorgen, dass er nur noch so wenig wie möglich damit zu tun hatte. So wie er es einschätzte, musste er jetzt einfach noch die paar Tage an diesem Ort aushalten und dabei gute Miene zum bösen Spiel machen. Danach würde er Captain kurz über alles aufklären, ihr die Visitenkarten übergeben und sie darüber informieren, dass es der ausdrückliche Wunsch der Eltern war, dass ab diesem Zeitpunkt alles direkt zwischen ihnen besprochen wurde. Obwohl das gelogen war, war er sich sicher, dass es funktionieren würde, und die Tatsache, dass er ursprünglich als Mittelsmann angedacht war, nie zur Sprache kommen würde. Die Egos aller Beteiligten waren einfach zu groß, als dass ein kleiner Fisch wie er nochmals Erwähnung finden würde.

Und dann war da natürlich noch Aurora, die das grundlegend anders als er sehen und in ihrer Naivität darauf bestehen würde, dass man sehr wohl etwas tun könne oder wenigstens den Versuch wagen müsste, dagegen anzukämpfen. Außerdem könnte sie seine Schwindelei in Bezug auf die vorgesehene Kommunikation auffliegen lassen. So, wie sie dasaß, wirkte es zwar nicht so, aber sie hatte bekanntlich alles gehört. Deshalb musste er dafür sorgen, dass das Gespräch mit Captain bezüglich ihre Weiteranstellung stattfinden würde, bevor sie offiziell Bericht über die Dienstreise erstatteten. Falls sie dann etwas sagen sollte, könnte er sich darauf hinausreden, dass das nur ihr Versuch wäre, sich an ihm zu rächen und ihn in etwas reinzuziehen. Was ihm noch fehlte, war die eine Sache, mit der er Aurora auflaufen lassen könnte. Er beschloss noch einen Tag abzuwarten, bevor er wohl oder übel damit anfangen müsste sich etwas zu überlegen, wie er in dieser Frage nachhelfen konnte.

Wenn er das alles hinter sich gebracht hatte, würde er diesen Besuch hier und mit ihm Aurora hinter sich lassen und einfach versuchen es zu vergessen. Am Ende hätte er nichts mehr mit der Sache zu tun, außer eventuell neue Vorgaben in den Lebenslaufprognosen zu befolgen, die er einfach abtun würde als *„das gehört leider zum Job, ob es mir passt oder nicht"*.

Selbst wenn es noch einschränkender und absoluter wäre, konnte er nicht einmal richtig einordnen, ob es schlussendlich so viel schlimmer war als das, was er ohnehin schon in die Lebenslaufprognosen schrieb. Der Unterschied war schlicht dieser, dass die daraus resultierenden Konsequenzen für die Betroffenen greifbarer sowie sichtbarer für ihn wären und damit ein Stück realer wurden.

Damit umzugehen war eine Aufgabe seines zukünftigen Ichs und ohne Aurora als Störfaktor würde es ihm schon gelingen, die daraus entstehenden Gefühle wegzudrücken. Er wusste, wenn er die Lebenslaufprognosen nicht schreiben würde, täte es jemand anderes. Der Fehler lag nicht bei ihm, sondern im System und jenes war anscheinend das, was sich die Mehrheit der Bevölkerung wünschte.

Gefühlt waren die zwanzig Minuten, bis Jonathan mit seinem Buggy bei der weißen Villa ankam, um sie abzuholen, eher einige Stunden. Während Aurora wie schon eine ganze Weile lang gar nichts mehr sagte, versuchte er den Eltern mit Nicken, aufgesetzt gequältem Lächeln und Wortphrasen Aufmerksamkeit und Zustimmung zu vermitteln, obwohl er schon gar nicht mehr richtig wahrnahm, worüber überhaupt gesprochen wurde. Er folgte allem nur so weit, bis er sich sicher war, dass es nichts mit der Arbeit oder an ihn herangetragene Appelle zu tun hatte, und es wurde schnell klar, dass in diese Richtung nichts mehr zu befürchten war. Es ging nur noch um den Vater, die Mutter und vor allem um ihre Vorzüge, die sie anscheinend überall und bei allem vorzuweisen hatten. In diesem Moment wäre er froh gewesen, wenn der Wein nicht nahezu alle Hemmungen niedergerissen hätte. Am Ende sprachen sie noch von Details ihrer Geschlechtsteile und wie sie diese einsetzten. Dabei forderten die beiden immer wieder ihre Bediensteten zur Bestätigung auf, ohne ihnen dabei auch nur den Hauch einer Chance zu geben, etwas zu verneinen. Das war das Schlimmste.

Als Jonathan per Klingel zu verstehen gab, dass er da war, machte sich bei Aurora und ihm Erleichterung breit und wohl auch bei Nummer eins und zwei. Sogleich als Aurora und er sich vom Tisch erhoben hatten, machten sich diese nämlich schleunigst auf den Weg, um die abgegebenen Sachen zu holen. Es erweckte fast schon den Eindruck einer kleinen Flucht. Allerdings war zu bezweifeln, dass diese tatsächlich klappen könnte, denn auch die Eltern erhoben sich und der Vater rief den Bediensteten in einem Befehlston hinterher: „Wir gehen schon mal hoch in die Schlafzimmer. Wenn ihr unsere Gäste verabschiedet und aufgeräumt habt, kommt ihr rauf zu uns! Wir überlegen uns derweil, was wir uns heute wünschen. Verstanden?!"

„Ja, Vater", sagten beide gleichzeitig und blieben dafür einen Moment stehen, wobei auch hier der ominöse Blick zu Boden nicht fehlte.

„Da werden wir heute wieder nicht viel schlafen mit diesen beiden Unersättlichen", war die Mutter bereit, für was auch immer sie vorhatten. „Aber wir kümmern uns so gerne um sie, da muss man manchmal ein bisschen weniger Schlaf in Kauf nehmen ... Sehen wir uns morgen einfach erst nach dem Mittagessen, dann können wir die Stunden Schlaf, die uns in der Nacht fehlen werden, in der Früh nachholen. Frühstück und Mittagessen wird euch Jonathan in eurer Unterkunft bereitstellen und wir holen euch dann dort ab", schlug sie Aurora und ihm noch vor, wobei es sich eher wie eine Information anhörte und weniger nach einer Option.

„Das passt", antwortete er kurz und knapp und wendete seine letzte Kraft auf, um sich seinen Verdruss nicht anmerken zu lassen.

„Falls ihr schon früher wach seid, könnt ihr euch in der Siedlung und den Häusern umsehen. Es gibt nirgends Schlösser, außer in dem Haus für die Kinder, also könnt ihr einfach überall reingehen, wo ihr wollt", schlug ihnen die Mutter nun doch noch etwas vor, was nach einer Option für ihn klang.

„Oder ihr macht es wie wir, schlaft morgen länger und habt in der Nacht noch ein bisschen Spaß, aber Nummer eins und zwei können wir euch nicht anbieten, die sind nämlich mit uns beschäftigt!", ergänzte der Vater mit einem schmutzigen Grinsen und klopfte ihm dabei auf den Rücken, als würde er ihn zu etwas auffordern wollen.

Ein entgeisterter Blick war die letzte Antwort, zu der er fähig war. Aurora hatte einen solchen bereits seit geraumer Zeit in ihrem Gesicht. Als die Eltern den Speisesaal verlassen hatten und Aurora und er ebenfalls aus diesem in die Eingangshalle traten, wartete bereits Jonathan bei der großen Eingangstür. Neben ihm standen Nummer eins und Nummer zwei und überreichten ihnen wortlos ihre Sachen.

„Danke", sagte er und schritt hinter Jonathan ins Freie. Aurora drehte sich noch einmal um, bevor sie ihnen nach draußen folgte und flüsterte mit einem Hauch von Hilflosigkeit in der Stimme: „Es tut mir so leid für euch ..."

Es war bereits nach Mitternacht, als sie von der weißen Villa losfuhren. Für heute hatten sowohl er als auch Aurora genug gehört und wollten nur noch ihre Ruhe, weshalb Aurora auf Jonathans Frage, wie es denn gewesen sei, gar nicht erst antwortete. Doch hatte sie zumindest ihre Freundlichkeit zurück, denn das gab sie dem Butler mit einer ruhigen Geste und einem Lächeln im Gesicht zu verstehen. Während die weiße Villa hinter ihnen immer kleiner wurde und langsam in der Dunkelheit verschwand, ließ er den Abend in seinem Kopf Revue passieren und versuchte, diesen ein wenig einzuordnen. Es wurde ihm schnell klar, dass es Zeit brauchen würde, bis ihm das gelingen könnte.

Als sie bei ihrer Unterkunft angekommen waren, verabschiedeten sie sich von Jonathan und begaben sich, ohne ein Wort zu wechseln, in ihr Stockwerk.

„Morgen um neun Uhr Frühstück?", fragte er Aurora, als sie die Tür zu ihrem Zimmer öffnete. Sie nickte, während sie die Tür hinter sich schloss und ihre gesamte Körperhaltung verriet, so wie es ihr Gesichtsausdruck schon während der Fahrt und gegen Ende des Essens getan hatte, dass ihr dieser Abend ordentlich zugesetzt hatte.

„Vielleicht erledigt sich die Sache mit ihr von selbst", dachte er sich, während er durch sein Zimmer direkt auf den Balkon ging, *„dieser Job ist einfach nichts für Menschen wie sie."* Er zündete sich eine Zigarette an und blickte durch die Nacht in die Ferne, in der er die dumpfen Lichter der weißen Villa erkennen konnte. Er dachte nochmal an den Abend. An das, was sie gesehen hatten, an das, was ausgesprochen wurde, und an das, was zwischen den Zeilen gesagt wurde. Er bemerkte, wie er unruhig wurde und sich am Geländer des Balkons festhielt.

„Dieser Job, er ist manchmal viel, zu viel", er kniff beide Augen zusammen, um seine Schlussfolgerungen über diese Kuppel und über alles, wofür sie stand, aus seinem Kopf verschwinden zu lassen, und bemerkte, wie es länger dauerte, als es das

üblicherweise tat. Er griff fester um das Geländer und als das nichts nützte noch fester. Es fehlte nicht viel und es hätte zusätzlich noch einen Schrei benötigt, um die Gedanken endlich zu vertreiben. Im letzten Moment, bevor es soweit war, klappte es doch noch und er fühlte sich erleichtert. Sein Griff wurde lockerer und die Muskeln um seine Augen entspannten sich. Er schnaufte tief durch und senkte seinen Kopf. *„Es ist zu viel, wenn du es zulässt und spüren musst, was es bedeutet. Es geht nur, wenn du es wegdrückst ...“*

Nachdem er sich beruhigt hatte, rauchte er ohne Eile seine Zigarette fertig und nahm seinen Blick von den Lichtern der weißen Villa. Stattdessen schaute er in den Nachthimmel, auf den Mond und auf die Sterne. Es war dunkel und er sehnte sich nach Stille, denn auch wenn es ruhig war, konnte er ein zwar leises, aber doch vernehmbares Summen hören. *„Das muss dieses Aggregat sein, von dem sie geredet haben“,* fand er sich damit ab, dass dieses Geräusch nicht verschwinden würde. Es wurde ihm klar, dass er wohl gehofft hatte, hier in der Abgeschiedenheit wenigstens für einen Moment das zu finden, was er in der Stadt niemals bekommen konnte – die Stille der Nacht.

Selbst in den Momenten auf der Aussichtsplattform, die dieser noch am nächsten kamen, war es niemals diese ganz bestimmte Stille, nach der er sich so sehr sehnte. Es war lange her, eigentlich zu lange, dass er sie das letzte Mal wahrgenommen hatte, und nur für einen kleinen Moment hätte er sie gerne noch einmal vernommen, selbst wenn er nicht wusste, was es mit ihm gemacht hätte.

„In der Nacht und der Dunkelheit ist es leichter zu ertragen", dachte er sich, während er die Zigarette auslöschte und seinen Blick vom Himmel zurück auf die Erde lenkte.

Er ging in sein Zimmer, zog sich aus und ließ sich in sein Bett fallen. Er wartete darauf, dass ihm die Erschöpfung beim Einschlafen helfen würde. Normalerweise reichte das alleine nicht aus, um Schlaf zu finden, doch ihm war beim Ausziehen aufgefallen, dass der Wein Wirkung zeigte. Er war zwar wildere Rauschzustände gewohnt und dennoch war es genug, um ihn müder zu machen, als er es ohne den Wein gewesen wäre.

„Der ganze Abend war so abgefuckt, dass mir nicht einmal aufgefallen ist, dass ich echt ganz schön betrunken war. So einen Ort und so eine Gesellschaft muss man erst einmal finden, wo das möglich ist", waren die letzten Worte die durch seinen Kopf spukten, bevor er einschlief.

☼

Bevor sein Wecker läutete, klopfte es an seiner Zimmertür. Als er gar nicht erst darauf einging, wurde aus dem Klopfen ein regelrechtes Hämmern. Ein genervtes „JA!" war das Einzige, was er in dem Moment herausbrachte. Noch bevor er es fertig ausgesprochen hatte, öffnete Aurora die Tür und war zu seiner Verwunderung ziemlich gut gelaunt.

„Zeit, aufzustehen", forderte sie ihn mit merklichem Elan und dazu passenden Handbewegungen auf.

„Es ist erst Viertel vor neun, wir haben doch erst um neun ausgemacht ...", warf er ihr nach einem Blick auf sein Handy entgegen.

„Stimmt", ließ sich Aurora nicht beirren. „Aber es war ausgemacht, um neun zu frühstücken, und das würde sich schwer ausgehen, wenn du erst um neun aufstehst."

„Das wäre sich schon ausgegangen, direkt vom Bett zum Frühstück", erwiderte er noch etwas zerknirscht und beinahe grimmig.

Aurora war nicht um einen Konter verlegen. „Tja, dann sparst du dir durch mich jetzt den Stress, versuchen zu müssen, dich in die Küche zu beamen, damit sich das ausgeht, also kannst du dich freuen."

„Hätte das Klopfen nicht gereicht? Musst du gleich in der Früh so viel reden?", ging er missmutig gar nicht erst auf ihre Äußerung ein.

„Ach, ich habe mir gedacht, wenn ich schon mal hier bin, muss ich einen der wenigen Vorteile, die nicht verschließbare Türen zu bieten haben, auch ausnützen", lachte sie ihn mit einem Augenzwinkern an, verließ das Zimmer und schloss die Tür hinter sich.

Er war froh darüber, dass sie nicht auf eine Antwort gewartet hatte, denn er hätte nur ungern zugegeben, dass er nicht gewusst hätte, was er darauf sagen hätte sollen. Und, wenn er ehrlich war, fand er ihre letzte Aussage sogar ziemlich amüsant und auf den Punkt gebracht. Das wollte er ihr jedoch unter keinen Umständen zeigen. Als er sich aufraffte und aus dem Bett stieg, fiel ihm auf, dass er die Nachwirkungen des Alkoholkonsums des Vorabends doch etwas spürte, auch wenn es weniger schlimm war, als er es vermutet hatte.

„Der Wein war anscheinend ganz in Ordnung", stellte er für sich fest, denn seiner Meinung nach ging es bei der Qualität von Alkohol weniger um den Geschmack, sondern viel eher darum, wie man sich am nächsten Tag fühlte. Er hatte leichte Kopfschmerzen, doch er vermutete, diese würden im Laufe des Tages verschwinden, ohne dass er eine Schmerztablette brauchte.

Trotz des frühzeitigen Weckens kam er fünf Minuten zu spät in die Küche, was hauptsächlich daran lag, dass er direkt nach dem Aufstehen noch eine Zigarette geraucht hatte. Aurora sah in seiner Verspätung klarerweise eine Bestätigung für ihr Vorgehen von zuvor, was sie ihm bereits am Tisch sitzend mit einem „Wenn ich dich nicht aufgeweckt hätte, wärst du ja noch viel später erschienen" ins Gesicht rieb.

„Nope", wollte er ihr diesen kleinen Triumph nicht gönnen. „Ich bin zu spät, weil ich noch den Ärger über deine Aktion wegpaffen musste. Ansonsten wäre ich direkt vom Bett hierhergekommen und ich wäre höchstens eine Minute zu spät gewesen." Während er das sagte, drehte er Aurora den Rücken zu, um sich Kaffee in seine Tasse zu gießen und gleichzeitig zu verstecken, dass er diese Aussage selbst nicht glaubte.

„Haha, wenn du meinst", schien Aurora es trotzdem bemerkt zu haben und biss in ein belegtes Brötchen. Er schnappte sich einen der bereitgestellten Müsliriegel, nahm einen Schluck vom Kaffee und setzte sich zu Aurora an den Tisch.

„Was sagst du zu gestern Abend ...?", fragte Aurora ihn nachdenklich, während ihre Gesichtszüge die zuvor an den Tag gelegte Leichtigkeit verloren.

„Tja …", antwortete er und schaute sich aufmerksam im Raum um. „Das scheint hier ganz etwas Neues zu werden und das Konzept könnte durchaus funktionieren. Die Größe und die Menge an Geld, das hier in die Hand genommen werden muss, überrascht mich ein wenig, aber wenn es aufgeht, dann wird es sich langfristig für alle rentieren. Es scheint jedenfalls um sehr viel Prestige zu gehen, sowohl für die Regierung als auch für die B&B Company beziehungsweise für ESM. Ich bin echt schon gespannt, was sie uns heute zeigen werden."

„Es wird sich langfristig für alle rentieren …?", fragte Aurora etwas schockiert sowie ungläubig und äffte ihn dabei sogar nach.

„Ja, wird es, also natürlich nur, wenn es so klappt, wie sie es geplant haben", bestätigte er trocken seine Aussage und biss vom Müsliriegel ab.

„Für alle?!?", wollte Aurora das so nicht stehen lassen und wurde energisch. „Für alle, außer für …" Sie stoppte, weil er ihr mit seinem Blick und seinem Zeigefinger vor seinem Mund noch energischer zu verstehen gab, dass sie nicht weitersprechen sollte.

„… außer für die Opposition und die Sozialromantiker, da gebe ich dir recht, aber das ist doch egal", vervollständigte er ihren Satz, stand auf und stellte die mittlerweile leere Tasse vor Aurora ab.

„Du hast dein Handy in deinem Zimmer, oder?", flüsterte er ihr so leise wie möglich zu, was sie mit einem Nicken bejahte. „Kannst du meine Tasse bitte auch wegräumen? Ich gehe jetzt duschen und wenn es dich nicht stört, kannst du das Bad von mir aus ruhig benutzen, während ich unter der Dusche stehe", sagte er nun laut. Mit einem leichten Stupser an ihre Schulter gab er ihr zu verstehen, dass sie dieser Aufforderung nachkommen sollte.

Er ging ins Badezimmer und schaute sich nochmals um, als würde er etwas suchen. Als wenige Augenblicke später Aurora mit doch einigermaßen verwirrtem Gesichtsausdruck ebenfalls das Badezimmer betrat, drehte er die Dusche auf, setzte sich neben dieser auf den Boden und flüsterte: „Hier drinnen sind keine Kameras, in der Küche bin ich mir nicht sicher und was Mikrofone betrifft, kann man es bekanntlich nie sagen ..."

„Deswegen ziehst du diese komische Show ab? Du bist ja schon ein bisschen paranoid", kicherte Aurora, setzte sich neben ihn und sprach trotz dieser Meinung ebenfalls in einem Flüsterton. Sie grinste. „Ich habe schon kurz Angst bekommen, dass dich die zwei Wahnsinnigen von gestern auf irgendwelche komischen Ideen gebracht haben, wenn du plötzlich vor mir duschen möchtest ..."

„Ich wollte doch nur, dass du siehst, wie man richtig duscht, weil ich mich doch um meine

Kolleginnen kümmere, und außerdem gefällt es dir doch. Oder etwa nicht?", versuchte er die Stimme der Mutter zu imitieren, was ihm zwar nicht sonderlich gut gelang, aber trotzdem ausreichte, um Aurora einen nicht mehr ganz so leisen Lacher abzugewinnen.

„Aber im Ernst", flüsterte sie wieder. „Ich bin mir sicher, dass wir uns hier in dem Haus keine Sorgen wegen Kameras und Mikrofonen machen müssen. Es ist von der Technik her nicht sonderlich gut ausgestattet und außerdem glaube ich nicht, dass sie sich hier viel Mühe machen, die Kameras und Mikrofone zu verstecken, so wie sie gestern geredet haben. Wenn du mich fragst, sind sie mit der Ausstattung noch nicht fertig und das ganze Überwachungssystem wurde noch gar nicht eingebaut."

Plötzlich kam er sich ein bisschen blöd vor, denn Aurora hatte vermutlich recht und ein wenig ärgerte er sich darüber, dass er nicht selbst darauf gekommen war. Da sie jetzt sowieso schon hier am Boden neben der Dusche saßen, wollte er das aber auch nicht zugeben und rechtfertigte sich mit einem „da wäre ich mir nicht so sicher", um dann rasch zu dem Thema zu wechseln, das sie zuvor in der Küche begonnen hatten. „Nach allem, was da gestern gesagt wurde, bin ich lieber vorsichtig ...", erklärte er sich.

„Ich verstehe", zeigte Aurora Verständnis und wirkte gleichzeitig erleichtert. „Also war das, was du davor gesagt hast, nicht das, was du denkst, sondern nur für etwaige Mikrofone gedacht."

„Halb, halb", antwortete er, nachdem er kurz überlegt hatte, und erklärte, wie er das meinte: „Wenn du es rein wirtschaftlich betrachtest und 'alle' so definierst, wie es heutzutage wohl oder übel definiert wird, dann stimmt das, was ich gesagt habe."

„Du glaubst wirklich, dass es nicht mehr viele gibt, die mit der ganzen Entwicklung und mit dem, wohin uns die noch führen wird, nicht einverstanden sind, oder?", hakte Aurora mit einem Hauch von Wehmut in ihrem Gesicht nach.

„Es geht nicht darum, was ich glaube", antwortete er mit bestimmtem Ton und vermied es wieder einmal, ihr dabei in die Augen zu schauen. „Es geht darum, was ich sehe, und es geht auch nicht darum, wie viele nicht damit einverstanden wären, sondern wie viele das sagen und dafür einstehen würden", fuhr er mit gesenktem Kopf fort.

Aurora versuchte auf ihn einzugehen ohne dabei ihren Kampfgeist zu verlieren. „Du klingst verbittert. Aber wir beide sind jetzt da und bekommen alles mit. Wir können Wege finden, um etwas zu sagen und dafür einzustehen."

„Ich habe nicht behauptet, dass ich bei meiner Annahme eine Ausnahme darstelle", zeigte er nicht
nur mit seinen Worten, sondern mit seiner gesamten Körpersprache deutlich seine Resignation.

Aurora wusste nicht mehr, wie sie darauf reagieren
sollte, schwieg und schaute ihn einfach nur an. Er
vermied es weiterhin, auch nur in kurzen Blickkontakt mit ihr zu treten, doch er musste gar nicht hinsehen, um ihren mitleidigen Blick zu spüren. Ihr
Schweigen intensivierte diese Wahrnehmung noch
zusätzlich.

„Und selbst wenn", versuchte er aus dieser unangenehmen Situation zu entkommen und sich zu erklären, „wir etwas sagen würden und es die Menschen tatsächlich stören würde, hätten wir keine
Chance. Sie würden behaupten, es stimme nicht,
und uns würde niemand glauben. So wie sie es gestern gesagt haben. Wir wären zwei Sozialromantiker, die Lügen verbreiten, um unser Land zu zer-
stören, und wir hätten keinerlei Beweise. Das
Einzige, was wir wissen, ist, dass hier offiziell eigentlich ein Naturschutzgebiet ist, aber das würde
uns auch nichts bringen."

Er dachte, dass er Aurora damit klar gemacht
hätte, dass man es einfach so hinnehmen musste.
Da er davon ausging, dass diese Erkenntnis bei ihr
die längst überfällige Aufgabe ihrer Wunschvorstel-
lungen auslösen würde und ihr das in ihrem

Gesicht anzusehen sein müsste, entschloss er sich dazu, sie doch wieder anzusehen. Zu seiner Überraschung trat das Gegenteil ein. Anstatt Resignation strahlte sie Zuversicht aus, untermauerte das mit einem Grinsen und kramte in ihrer Hosentasche herum.

„Ah, da ist es", schien sie gefunden zu haben, wonach sie gesucht hatte, zog es aus der Hosentasche und hielt ihm ihre Hand entgegen.

„Die Brosche, die du gestern auf deinem Jackett getragen hast", erinnerte er sich bei dem Anblick der kleinen goldenen Sonne und wusste nicht, was genau sie ihm damit mitteilen wollte.

„Ja, so ist es", war sie sichtlich stolz.

„Nur ist diese Sonne nicht nur eine Brosche, sondern auch ein Mikrofon", klärte sie ihn auf und grinste dabei geradezu schelmisch.

„Nicht im Ernst." Er war perplex und schaute ungläubig, denn er hätte ihr so etwas niemals zugetraut.

„Doch", grinste sie weiterhin über beide Ohren, „und noch dazu sehr alte Technik. Da ist noch nichts mit Cloud oder so. Es ist alles direkt darauf gespeichert. Ich habe gestern vorm Schlafengehen noch kontrolliert, ob es geklappt hat und das hat es. Glücklicherweise, denn das hat mir die Nacht gerettet, denke ich. Da hat es sich gelohnt, gestern diese Hitze während des Essens auszuhalten, obwohl es echt mühsam war."

„Deshalb hast du das Jackett nicht ausgezogen."

„Ich dachte, du hättest Schweißflecken", empörte er sich fast ein wenig und wurde sogar etwas anklagend. „Du hast mich angelogen!"

„Nein, habe ich nicht", wies Aurora seine Aussage entschieden zurück und verharrte trotzdem weiterhin im Flüsterton. „Ich hatte sogar echt riesige Schweißflecken, nur ist mir das herzlich egal, ob du oder sonst irgendwelche Leute sie sehen. Menschen schwitzen nun mal, aber ich habe irgendwas gebraucht, damit du aufhörst, blöd herum zu fragen, bevor noch jemand etwas bemerkt. Und da du anscheinend glaubst, dass Werbesprüche von irgendwelchen Deodorantproduzenten mit gesellschaftlichen Verhaltensregeln gleichzusetzen sind, hat es funktioniert ... Außerdem verhindert ein Deodorant keine Schweißflecken. Dafür bräuchte es ein Antitranspirant, auch wenn die Werbung etwas anderes vermittelt."

Er schwieg und wusste nicht, ob es dem Umstand geschuldet war, dass Aurora diese durchaus heikle und auch nicht ungefährliche Aktion knallhart durchgezogen hatte oder ob er sich durch ihre zuletzt getätigte Äußerung beschämt fühlte. In diesem Moment wurde ihm klar, dass er sie wohl doch nicht so gut kannte, wie er gedacht hatte. Es verwunderte ihn zwar nicht und dennoch musste er sich eingestehen, dass er sie in ihrem Willen, zu handeln und zu äußern, was sie dachte, gehörig unterschätzt hatte. Das machte es schwierig für ihn, sie zukünftig einzuschätzen, und das wiederum machte sie schlussendlich auch ein Stück weit gefährlich. Allein diese Aktion könnte unangenehme Konsequenzen für alle nach sich ziehen, die davon wussten, und vor allem für die Person, die dafür verantwortlich war.

Nichtsdestotrotz wurde ihm schnell klar, dass diese Brosche genau das war, was er brauchte, um sie loszuwerden. Es wäre ihm zwar lieber gewesen, er hätte etwas weniger Drastisches gefunden, was sich, so wie er es beurteilte, nicht in einer rechtlichen Grauzone befunden hätte, aber wenn er Captain davon erzählen würde, hätte diese keine andere Wahl, als Auroras Arbeitsverhältnis zu beenden. Vielleicht würde er es sogar so hinbekommen, dass Captain diesen Vorfall gar nicht offiziell melden würde, wenn er nur andeutete, er habe da einen Verdacht, aber wäre sich nicht ganz sicher. Da es zur Nicht-Verlängerung keine Nachweise für die Begründung benötigte, sah er diese kleine Möglichkeit, bei der sie beide unbeschadet aus dieser Sache herauskommen könnten.

„Aurora", wollte er ihr trotzdem klarmachen, dass sie sich auf dünnem Eis bewegte, „du weißt, dass ich jetzt eigentlich verlangen müsste, dass du mir diese Brosche gibst und ich diesen Vorfall jetzt sofort den Eltern melden müsste. Captain hat mir die Verantwortung übertragen und das wäre das, was ich tun sollte. Warum in aller Welt sagst du mir das also?"

Aurora ließ sich davon nicht beeindrucken und schien auf diesen Einwand vorbereitet gewesen zu sein. „Wieso müsstest du das? Soweit ich es im Kopf habe, hat Captain gesagt, sie will alle Details wissen. Und wir sind ihr unterstellt, nicht den Eltern! Also denke ich nicht, dass ich etwas falsch gemacht habe. Was gibt es denn für eine bessere Quelle als diese kleine Sonne. Wenn du es also melden willst, dann melde es Captain, wenn wir wieder zurück sind, und ich werde ihr die Brosche geben. Dir hingegen gebe ich sie nicht. Ich werde das Captain dann auch genau so sagen, falls es notwendig ist."

„Du hast recht", fiel ihm auf, dass Aurora bereits bedacht hatte, wie sie ihn schadlos halten konnte, auch wenn er einiges anders sah: „Ich kann es Captain sagen und mit deiner Argumentation wird sie es zumindest gutheißen, dass ich es nicht hier gemeldet habe. Nur weißt du genauso gut wie ich, dass ihr keine Wahl bleiben wird und du deinen Job verlieren wirst."

„Ich wäre mir nicht so sicher, dass ihr keine Wahl bleibt", war Aurora erneut anderer Meinung. „Und wenn die Konsequenz ist, dass ich den Job verliere, dann soll es so sein. Aber sie werden mir aufgrund von dieser Aufnahme keine anderen Strafen auferlegen können. Denn selbst wenn sich diese Mutter und dieser Vater so aufspielen, wurde uns mit keinem Wort gesagt, dass wir ihnen unterstellt sind, oder? Ich habe nur versucht, den Auftrag, den ich von meiner direkten Vorgesetzten erhalten habe, nach bestem Wissen und Gewissen umzusetzen."

„Du hast das echt gut durchdacht." Er hatte sie erneut unterschätzt. „Wenn du das so darlegst, werden sie dir echt keine weiteren Strafen auferlegen, außer einer Zeit lang intensivere Überwachung."

„Damit komme ich klar, ich hab ja nichts zu verbergen", schien das Aurora keine Angst zu mache. „Denn wenn dem so wäre, hätte ich dir wegen der Brosche doch gar nichts gesagt."

„Warum?", fragte er erneut und wirkte fast schon ein wenig verzweifelt, als er fortfuhr: „Warum hast du es mir gesagt? Ich verstehe das, was du sagst, und ich glaube, dass du ohne gröbere Strafen durchkommen wirst, wenn du es Captain so erklärst, aber ich verstehe nicht, warum du es mir sagst. Ich habe zuerst gedacht, du warst etwas gedankenlos, hast das einfach gemacht und weißt jetzt nicht, wie du damit umgehen sollst. Und deshalb kommst du zu mir ... Aber du hast alles ganz genau durchdacht und erzählst es mir trotzdem. Wieso?"

„Ich habe mir gedacht, es interessiert dich vielleicht ...", antwortete Aurora, nachdem sie kurz überlegt hatte. „... Und weil wir ein Team sind, deshalb wollte ich es nicht vor dir verheimlichen", ergänzte sie mit einer kleinen Verzögerung.

Er wusste nicht, ob er mit dieser Antwort zufrieden war. Er glaubte zwar nicht, dass sie ihn anlog, jedoch war er sich sicher, dass es nicht die ganze Wahrheit war. Er wendete seinen Blick vom Boden ab, auf den er während ihrer letzten Aussage geschaut hatte, und schaute ihr in die Augen. „Eines würde ich gerne noch wissen", war er nun entschlossen, „wenn dieser Abend gestern ganz anders verlaufen wäre. Wenn nur Sachen gesagt worden wären, mit denen du einverstanden gewesen wärst, und du diese Kuppel und alles, was darin geplant ist, gutheißen würdest, hättest du mir dann auch von dieser Brosche erzählt?" Während er die Frage formulierte, fiel ihm auf, wie seine Stimme mit jedem Wort an Verzweiflung gewann und an Entschlossenheit verlor. Als er sie fertig gestellt hatte, wanderte sein Blick wie von alleine wieder Richtung Boden. Aurora strich ihm behutsam über die Schulter und stand auf.

„Wenn es dir nichts ausmacht, würde ich jetzt gerne duschen, wenn das Wasser schon seit fünf Minuten läuft", ließ sie ihn wissen, ohne auf seine Frage einzugehen, und beendete somit das Gespräch.

Er nickte, ohne sie dabei anzusehen, und ging zur Tür. Als er sie öffnete, vernahm er ein leises „Ich weiß es nicht".

Auroras Stimme klang sanft, wohlwollend und ein wenig unsicher. „Ich weiß es nicht, weil es nicht so war ... Deshalb kann ich es dir nicht beantworten. Aber ich habe es dir nicht nur gesagt, weil ich etwas von dir erwarte."

„Okay, wenn du fertig bist, sag Bescheid, dann gehe ich auch noch duschen", antwortete er, ohne eine Miene zu verziehen, und schloss die Tür hinter sich.

Er ging geradewegs Richtung Balkon, denn zu seinem Leidwesen fühlte sich irgendetwas in ihm erneut so an, als müsste er es beruhigen. Selbst wenn er jetzt etwas gegen Aurora in der Hand hatte, stellte er fest, dass es irgendwas mit ihm machte. Solche Momente wollte er eigentlich, so gut es ging, vermeiden. Er wusste nicht, ob es allein die Information über diese Brosche war oder ob es auch daran lag, dass es, seit er an diesem Ort war, doch einige dieser Momente gab, die er nicht vermeiden konnte, und die er genauso wie andere Informationen auch hinunterschlucken und wegdrücken musste. Normalerweise fiel ihm das nicht so schwer. Es musste wohl an der Menge und Häufigkeit dieser Momente und Informationen liegen, die es von Mal zu Mal schwerer machten.

„Ich muss mich einfach zusammenreißen und durchbeißen", redete er sich ein und kam zu einem Entschluss, der im Grunde genommen an eine Durchhalteparole erinnerte. *„Dann gehen die Tage schon vorbei. Einen habe ich ja schon geschafft ... Und falls das alles doch auch mit ihr zu tun hat?"*, wollten seine Gedanken nicht aufhören und ließen ihm keine Ruhe. *„Aurora ... Ich habe jetzt das, was ich brauche, und wenn sie ein Mitgrund ist, dann beende ich den Spuk, wenn ich mit Captain rede und es ist wieder Ruhe ... Ich muss nur darauf achten, mit Captain zu sprechen, bevor Aurora ihre Argumentationen anbringen kann."*

Während er immer wieder an einer angezündeten Kippe zog, drehte sich alles in seinem Kopf um dieses Thema, denn er fragte sich, weshalb er so viel Kraft und Zeit aufwenden musste, um sich das immer wieder vorzubeten. Für einen kleinen Augenblick kamen ihm Zweifel, denn er erinnerte sich, dass er in Captains Büro gestanden war und schon einmal die Chance gehabt hatte, sie loszuwerden.

„Das war anders", redete er sich ein und suchte für sich Erklärungen. *„Damals kam die Frage so plötzlich und ich war nicht darauf vorbereitet. Dieses Mal habe ich die Zügel in der Hand und Captain kann mich nicht überrumpeln. Es ist das Beste für alle, auch für Aurora selbst. Sie weiß nicht, zu was so etwas führen kann, und in Wahrheit beschütze ich sie damit. Wenn sie schon hier versucht, mich in etwas hineinzuziehen, was kommt dann noch alles. Es ist besser für sie und für mich."*

Die Zigarette hatte er in der Zwischenzeit in einem Aschenbecher ausgedrückt und nach seinem Selbstgespräch spürte er eine Entschlossenheit in sich, von der er eigentlich geglaubt hatte, dass er sie schon vorher gehabt hätte. Vor seinem inneren Auge sah er sich bereits mit Captain sprechen.

„Okay, und ab jetzt denke ich nicht mehr darüber nach, bis es erledigt ist", versuchte er einen Schlussstrich unter dieses Thema zu ziehen und schaute vom Balkon auf die nähere Umgebung.

Bis jetzt waren seine Augen stets in die Ferne und auf die weiße Villa gerichtet gewesen, weshalb er noch gar nicht richtig wahrgenommen hatte, was in der unmittelbaren Nähe zu sehen war. Ein positiver Nebeneffekt dieser neuen Perspektive war, dass die neuen Reize seinem Gehirn eine dringend notwendige und erfrischende Abwechslung boten.

Die Sonne schien kräftig und trotzdem war es nicht übertrieben heiß. Ein Wetter ganz ohne Extreme, welches es nicht mehr an allzu vielen Sommertagen gab und da die Funktionen der Kuppel noch nicht eingeschaltet waren, war es auch das echte Wetter. Im Vergleich zum Vortag wehte nur ein laues Lüftchen und trotzdem reichte es aus, um ihm abwechselnd den Geruch von aufgewärmtem Asphalt und trockener Erde in die Nase zu treiben. Bäume und sonstige Pflanzen suchte er nach wie vor vergeblich, dafür entdeckte er ein kleines Mädchen, das direkt dort, wo der Untergrund von Asphalt in Erde überging, in eben dieser saß und mit ihrem Finger Zeichnungen im Boden hinterließ.

Aus der Distanz schätzte er das Alter des Kindes zwischen sechs und zehn Jahre. Es hatte dunkles, fast schon schwarzes offenes langes Haar und trug ein braunes Kleid, welches mehr an einen Kartoffelsack erinnerte, als an ein tatsächliches Kleidungsstück. Allerdings war er zu weit entfernt, um Genaueres erkennen zu können. Auf jeden Fall schien sie eine gewisse Leidenschaft für das Zeichnen zu besitzen, denn sie war voll und ganz darin vertieft und bemerkte nicht einmal, dass ein großer Lastwagen direkt vor ihrer Nase vorbeifuhr und vom Klang her vor dem Bauernhaus zum Stehen gekommen sein musste.

„Ich bin fertig mit dem Duschen", hörte er plötzlich eine Stimme hinter sich.

„Okay." Er drehte sich nicht um, sondern zeigte auf das Kind. „Siehst du das Mädchen da? Ich frage mich, warum sie ganz alleine ist ...?"

Es war angenehm, als Auroras Duft den Geruch des Asphalts und der Erde überdeckte, als sie näherkam und sich neben ihn stellte, um besser sehen zu können. „Ich sehe sie". Aurora nahm sich einige Sekunden Zeit, um das Mädchen zur beobachten. „Es wirkt nicht so, als ob es sie stören würde, alleine zu spielen", stellte sie anschließend fest.

„Wenn du immer nur alleine gespielt hast und es nicht anders kennst, dann weißt du gar nicht, was dich stören sollte", erwiderte er, während er sich bereits umdrehte. „Ich gehe jetzt auch duschen und wenn ich fertig bin, können wir uns bis Mittag die Siedlung ansehen. Was sagst du dazu?"

„Klingt gut."

„Gut." Er verließ den Balkon und begab sich Richtung Badezimmer.

Da es ihm oft dabei half, herunterzukommen, ließ er sich auch diesmal mit der Körperpflege Zeit und es war schon beinahe elf Uhr, als er mit Aurora aus dem Bauernhaus trat. Wie er bereits am Balkon vermutet hatte, stand der große Lastwagen einige Meter von ihnen entfernt und dahinter war Jonathan und diskutierte lautstark mit einer Frau, die wohl die Fahrerin des Wagens sein musste. Sie wirkte so, als ob sie bereit wäre, ihre Ladung abzuliefern. Die Ladefläche stand offen und Jonathan schien sie mit den Armen fuchtelnd von ihrem Vorhaben abhalten zu wollen.

Aurora und er mussten direkt an den beiden vorbei und Aurora wollte es sich nicht nehmen lassen, sich sogleich einzumischen, als sie stehen blieben. „Ist alles in Ordnung, Jonathan?", zeigte sie sich hilfsbereit.

„Das würde ich nicht so sagen", klang Jonathan ein wenig sauer und deutete auf die Ladung. „Das hätte eigentlich erst nächste Woche kommen sollen, wenn die Techniker da sind, um das alles einzubauen. Jetzt weiß ich nicht, was ich mit dem ganzen Zeug machen soll ..."

Auf der Ladefläche konnte man Unmengen von Kameras und Mikrofonen erkennen. Neuestes und modernstes Überwachungsequipment und keines von der dezenten Sorte, sondern solches, das einem sofort ins Auge sprang und praktisch unmöglich zu verstecken war.

Er schaute ganz bewusst nicht zu Aurora und trotzdem konnte er das süffisante Grinsen, welches ihm ein 'habe ich doch gesagt' unter die Nase reiben sollte, förmlich spüren.

„Wir müssen weiter", sagte er und ging einfach los. Sie sollte nicht sehen, dass ihm diese Situation fast schon peinlich war.

„Das tut mir leid, Jonathan. Die zwei Leitungen kommen aber nach Mittag her, um uns abzuholen, vielleicht können die ja helfen", versuchte Aurora Jonathan noch aufzumuntern, bevor sie ebenfalls weiterging. Dieser schien von dieser Ansage wenig begeistert und winkte einfach nur ab.

Nachdem sie einige Zeit nebeneinander gegangen waren und er ihr Grinsen nicht weiter ertragen wollte, bei dem sie sich anscheinend vorgenommen hatte, es so lange im Gesicht zu tragen, bis er hingeschaut hatte, befragte er Aurora zu etwas das ihm aufgefallen war: „Das kleine Mädchen war nicht mehr da. Hast du gesehen, wo sie hingegangen ist?"

„Nein, habe ich nicht. Du warst duschen und ich bin dann in mein Zimmer gegangen, um mich fertig zu machen. Als ich reingegangen bin, war sie noch da. Wieso?"

„Nur so", antwortete er zuerst wortkarg. Nach einigen Schritten begann er doch zu erklären: „Ich hätte gerne mit ihr geredet. Sie ist wohl dieses eine Kind, das schon hier untergebracht ist, und vielleicht ist sie der einzige Mensch, mit dem wir sprechen können, der nicht aus freien Stücken hier ist.

Jonathan ist zwar nett, aber ohne es zu wissen, macht es den Eindruck, als ob er freiwillig hier wäre. Nummer eins und Nummer zwei werden kaum etwas sagen, wenn wir sie überhaupt nochmal sehen. Und die restlichen Menschen, naja, das siehst du ja selbst ..."

In etwas Entfernung stand eine kleine Gruppe von drei Personen und schien darauf zu achten, dass dies so blieb, denn sobald Aurora und er sich ihnen näherten, wechselten sie den Standort. Es war ihm schon am Tag zuvor aufgefallen, dass bis auf Jonathan alle Menschen, die sie trafen nicht unbedingt erpicht darauf waren, ihnen so nahe zu kommen, dass eventuell ein Gespräch zu Stande kommen könnte. Es handelte sich dabei nicht um sonderlich viele Menschen, aber doch immer wieder stießen sie auf Einzelpersonen oder eben auch kleinere Gruppen, die dann sofort auf Abstand gingen.

„Als ob sie explodieren würden, wenn sie uns näher als zwei Meter kommen würden ...", dachte er sich, während sie in Sicherheitsabstand an der kleinen Gruppe vorbeigingen.

„Ich weiß, was du meinst", Aurora winkte den Leuten der kleinen Gruppe fast ein wenig provokant zu. Hastig drehten sich diese weg und kehrten ihnen den Rücken zu.

„Aber ich denke, wir werden dem Mädchen schon nochmal über den Weg laufen, es wäre nur angenehm, wenn das passieren würde, wenn wir nicht in Begleitung von irgendwelchen anderen Leuten wären", konzentrierte er sich wieder auf das kleine Mädchen, welches er vom Balkon aus gesehen hatte.

„Das stimmt", gab ihm Aurora recht und noch bevor sie mehr dazu sagen konnte, standen sie bereits vor einem der Holzschuppen.

Aus der Nähe wirkte dieser noch schäbiger, als die Schuppen es ohnehin schon taten. Die Bretter, aus denen er gezimmert wurde, waren weder lackiert noch waren sie ordentlich abgeschliffen und zwischen den einzelnen Brettern klafften unterschiedlich große, aber doch deutlich erkennbare Spalten.

„Ich will gar nicht wissen, wie das Dach ausschaut", sagte er zu Aurora, während er das Gebilde sowohl mit seinen Augen als auch seinen Händen inspizierte. Er zog sich dabei einen Schiefer ein.

„Geht es?", reagierte Aurora besorgt, als er aufgrund dessen seine Stirnpartie zusammenkniff und ein wehleidiges „Fffffff" von sich gab.

„Alles okay", spielte er die Situation herunter, was Aurora allerdings nicht zu glauben schien.

„Erinnere mich am Abend, dass wir es nochmal anschauen. Ich habe im Badezimmer eine Pinzette gesehen und eine Nadel hätte ich auch dabei, falls er tief sitzen sollte", bot sie ihm sogleich ihre Hilfe an.

„Es ist aber nichts", verwehrte er sich dagegen und suchte den Schuppen nach einer Eingangstür ab. Eine Tür suchte er vergeblich. Schließlich entdeckte er einen Eingang. Allerdings war dieser im Grunde nur ein großes Loch in einer der vier aus Holzbrettern bestehenden Wände.

„Glaubst du, diese Schuppen sind so schon fertig oder müssen die noch fertig gebaut werden?", fragte Aurora ihn und wohl auch sich selbst, während sie durch das Loch ins Innere traten.

„Keine Ahnung", wollte er nicht wirklich eine Einschätzung abgeben und tat es dann irgendwie doch. „Es würde mich allerdings nicht wundern, wenn sie so bleiben würden."

„Wenigstens schaut das Dach ziemlich dicht aus", war Aurora zumindest über diesen Umstand erleichtert. „Ansonsten haben sie ganz schön mit Material gespart", stellte sie gleichzeitig fest.

„Gespart? Gegeizt wäre treffender. So wie die Bretter auseinanderklaffen und dann noch die fehlenden Türen ...", fand er Auroras Wortwahl etwas zu höflich.

„So bekommst du aus dem Material, das du normalerweise für vier Schuppen benötigen würdest, fünf Schuppen", dachte Aurora laut nach und trat mit dem Fuß auf ein Brett am Boden, das sogleich zu knirschen begann. „Barfuß solltest du hier nicht unterwegs sein", hielt sie dazu fest. Der Boden wirkte nicht wie ein solcher, sondern viel mehr wie eine fünfte Wand, die einfach hingelegt wurde, damit man nicht direkt auf der Erde stand.

„Tja, Baumaterial können sie halt nicht direkt vom Mutterkonzern kaufen und so das Geld hin und her schieben. So bleibt mehr übrig, mit dem sie dann genau das tun können", gab er mit vorsichtiger und leiser Stimme eine Vermutung ab.

Seit er den Lastwagen mit dem Überwachungsmaterialien gesehen hatte, machte er sich eigentlich keine Sorgen mehr, beobachtet oder abgehört zu werden, jedoch galt das für die Innenräume. Was diese Kuppel schon alles konnte und was nicht, traute er sich nicht zu sagen. Deshalb wollte er solche Sätze lieber nicht zu laut von sich geben.

Von ihren Telefonen ging jedenfalls keine Gefahr aus. Er hatte seines im Zimmer gelassen und Auroras hatte er auf dem Küchentisch liegen gesehen, bevor sie losgegangen waren. Anscheinend waren sie, ohne es zu besprechen, beide zu dem Entschluss gekommen, dass es besser war, sie zurückzulassen, wenn sie nur zu zweit und ohne vorgegebenen Termin unterwegs waren und somit keinem die Nichtbewegung der Geräte auffiel.

In diesem konkreten Fall war es sogar noch glaubwürdiger, denn der Vorschlag, sich erst später zu treffen, kam bekanntlich von den Eltern und er war sich sicher, dass diese sich nicht scheuten, allen und bei jeder Gelegenheit davon zu erzählen, wie viel gestern getrunken wurde und deshalb der freie Vormittag notwendig war, um sich auszukurieren.

Sie hatten zwar Jonathan gesehen, aber dieser schien sehr diskret zu sein oder, besser gesagt, machte dieser den Eindruck, ein Mann zu sein, der wusste, dass je weniger man sah, sagte oder sich einmischte, desto weniger Probleme hatte man schlussendlich. Er selbst sah das ähnlich und hatte deshalb ein gutes Gespür dafür, wenn er auf einen Gleichgesinnten traf.

„Vielleicht sollten wir am Abend mal ganz offen miteinander reden, was wir zu alldem hier sagen", schlug Aurora in einem vorsichtigen Ton vor.

„Vielleicht", erwiderte er trocken und ging wieder nach draußen, denn im Endeffekt gab es im Inneren nicht viel mehr zu sehen.

Der Holzschuppen war ein einzelner Raum mit besagtem Boden, einem kleinen Tisch mit zwei Stühlen - die schon sehr mitgenommen und eindeutig gebraucht waren - und einigen Stockbetten. Letztere standen direkt an den Wänden und erinnerten mehr an Feldbetten als an gemütliche Schlafmöglichkeiten. Außerdem verfügten sie nicht einmal über Matratzen.

Sie spazierten schweigend ein Stück weiter. Im Vergleich zu vorhin war Aurora aber nicht auf ihn fokussiert, sondern schien sich mit der Umgebung zu befassen, was die Ruhe angenehm und nicht angespannt wirken ließ, sodass er diese sogar fast ein wenig genoss. Als er sich gerade fragte, wie es zwischen ihnen wohl wäre, wenn sie sich nicht in der Arbeit, sondern woanders wieder getroffen hätten, und zum Entschluss kam, dass es vermutlich nicht groß etwas geändert hätte, standen sie auf einmal vor einem rot markierten Fleck, der mitten im Nirgendwo in den Erdboden gezeichnet war.

„Das muss dann wohl der Platz für den Brunnen sein ...", sprach er die für ihn einzig logische Erklärung aus.

„Ich fürchte, das wird stimmen", antwortete Aurora und blickte nochmals zurück. „Wir sind zwar langsam gegangen, aber waren jetzt sicher über zehn Minuten unterwegs ... Den könnte man doch näher zu den Schuppen bauen."

Es war ihr anzumerken, dass sie von Detail zu Detail, welches sie erfuhren oder selbst sahen, ungläubiger wurde. Immer öfter schien sich außerdem ein Hauch von Entsetzen hinzu zu mischen.

„Können ja …“, war ihm mittlerweile die Logik an diesem Ort vertraut. „Aber wollen nicht. Sie sind wohl der Meinung, dass selbst die grundlegend zum Leben notwendigen Güter mit Hürden und Aufwand verbunden sein sollten. Wer Wasser will, muss Leistung bringen … Und wenn es nur diese ist, hierher gehen zu müssen, um es zu holen. Das soll dann ein zusätzlicher Ansporn sein, damit die Bauernhäuser noch attraktiver wirken.“

Seine nüchterne und durchaus ernstgemeinte Einschätzung der Argumentation für dieses Vorgehen kam bei Aurora nicht gut an. Ihr Kopf wurde etwas rötlich und ihre Stimme verschlug sich beinahe.

„ANSPORN???“, fragte sie wütend, bevor sie einmal tief durchatmete und leiser, aber trotzdem mit erkennbarer Wut im Bauch weitersprach: „Ich weiß, du versuchst den Sinn dahinter aus ihrer Sicht zu erklären. Aber ehrlich, was ist denn das für eine Drecksargumentation. Wenn sie direkt bei den Schuppen einen Brunnen mit Wasser hätten und der hier von mir aus mit Saft gefühlt wäre, würde ich es mir noch einreden lassen. Hallo! Wasser braucht man zum Überleben! Und diese komischen Dinger, die wohl Betten sein sollen, und wie diese Schuppen gebaut sind … Das ist wohl 'Ansporn' genug, denke ich. Und überhaupt, wenn es theoretisch für jeden einzelnen Menschen sowohl einen Platz in einem Schuppen als auch einen Platz in einem Bauernhaus geben würde, dann könnte man wenigstens wirklich behaupten, sie hätten es in der eigenen Hand."

„Ich weiß, du willst das nicht hören", wusste er, was die Antwort auf diesen Einwand wäre. „Aber sie haben es ja trotzdem in der eigenen Hand. Sie müssen nur besser sein als die anderen."

Er ging auf Aurora und ihr versteinertes Gesicht zu, seine Stimme wurde wieder leiser und er flüsterte ihr ins Ohr: „Ganz egal, ob es uns gefällt oder nicht, aber das wird ihre Argumentation sein, und ich kann verstehen, dass dich das wütend macht, aber so funktioniert die Welt nun mal ... Man bekommt es nur nicht so häufig so unverblümt vor Augen geführt ... Auf mich wirkt es fast ein wenig so, als wäre das alles auch eine Art Test, ob so etwas eigentlich Schreckliches und Unmenschliches mittlerweile ohne einen öffentlichen Aufschrei machbar ist. Deshalb haben sie gestern gleich so krampfhaft klargestellt, dass die Kinder nicht in den Schuppen untergebracht werden, sondern in den Häusern. Das ist dann ihr Beweis für die Menschlichkeit und die Güte, die sie besitzen. Ansonsten würden sie die Kinder auch in den Schuppen unterbringen."

Aurora wich, so als ob sie es gar nicht hören wollte, was er zu sagen hatte, einen Schritt zurück und bestätigte ihr Verhalten zusätzlich mit Worten: „Ich bin nicht blöd. Ich weiß, das ist ihre Argumentation. Nur wird sie einfach nicht richtiger, je öfter und je lauter sie gesagt wird, und deshalb habe ich sie langsam satt. Aber du hast recht, vielleicht ist das ein Test, ob es machbar ist, und genau deshalb ist es gut, dass wir hier sind, weil wir diejenigen sein werden, die ihnen klarmachen, dass es eben nicht machbar ist. Captain wird das auch so sehen und wenn wir ihr berichtet haben, was hier abgeht, wird sie wissen, wo und wie am besten ein Veto dagegen eingelegt werden kann!"

Er konnte spüren, wie ihr Herz brannte, und sie am liebsten jedes Wort selbst glauben wollte, das sie aussprach. Doch es war der zunehmende Trotz in ihrer Stimme, der ihre Selbstzweifel offenbarte und verriet, dass sie sich mit ihren Aussagen alles andere als sicher war.

Er konnte ihre Theorie in Bezug auf Captain nicht zu hundert Prozent ausschließen und deshalb antwortete er ihr ehrlich und weiterhin im Flüsterton: „Selbst, wenn du recht hast und Captain es auch so sieht, was durchaus sein kann. Das heißt noch lange nicht, dass sie tatsächlich etwas dagegen unternehmen würde. Und falls sie es versuchen würde, heißt das nicht, dass es auch klappt ... Sagen wir, du hast recht und es läuft genauso, wie du sagst, Aurora, wir sind nur für Kinder zuständig. Vielleicht werden diese dann nicht hier sein. Nur

was ist mit den anderen Menschen, die hierfür vorgesehen sind? Dieser Brunnen und diese Schuppen
…"

Er pausierte kurz. „Menschen werden das Wasser
daraus trinken und Menschen werden darin schlafen. Und zwar weil sie keine andere Wahl haben …
Sie werden in diesem System leben, das uns gestern erklärt wurde. Das ist so und wir können
nichts dagegen tun. Es ist das was die Welt anscheinend so möchte. Denn selbst, wenn sie es
nicht möchte, wird sie nichts dagegen sagen oder
tun."

Aurora drehte sich hastig von ihm weg und er hatte
den Verdacht, dass der Grund dafür war, ihm nicht
ihre Tränen zeigen zu müssen. Ob diese aufgrund
von Entsetzen, Trauer, Wut oder sogar Verzweiflung flossen, konnte und wollte er nicht beurteilen,
da sich in ihrem Gesicht und in ihren Bewegungen
jeder dieser Gemütszustände abgezeichnet hatte.
Er fühlte sich deswegen sogar ein bisschen
schlecht. Irgendetwas hatte sie mit ihren letzten
Worten in ihm berührt. Vielleicht war es gar nicht
das Gesagte, sondern der ehrliche Kampfgeist, den
sie ihm gezeigt hatte.

Allerdings wusste er auch nicht, was er anderes sagen hätte sollen. Schließlich handelte es sich bei
seiner Aussage schlicht um die unverblümte, wenn
auch bittere Wahrheit. Er konnte verstehen, wie

schwer es für Aurora sein musste, denn er selbst war ihr einst nicht unähnlich gewesen, aber diese Zeiten waren vorbei.

„Wir reden später!", stellte Aurora mit bestimmtem Ton klar, dass dieses Gespräch für sie noch nicht zu Ende war, auch wenn jetzt etwas anderes im Fokus stand. „Wir müssen zurück. Die Eltern sollten bald kommen und wenn wir jetzt zurückgehen, geht sich noch gut etwas zu essen aus, bevor sie da sind."

Sie marschierte einfach los und ihm blieb nichts anderes übrig, als gut einen Meter hinter ihr zu bleiben. Denn selbst, wenn er sie einholen hätte wollen, hätte er bei ihrem Tempo wohl laufen müssen, um das zu bewerkstelligen. Kurz bildete er sich ein, ein zorniges Schnauben vernommen zu haben, doch er hütete sich davor, sich zu erkundigen, ob das stimmte.

„Gott bin ich froh, wenn ich endlich von diesem Ort wegkomme", dachte er sich, während er versuchte mit ihr Schritt zu halten. *„Das wird einfach alles zu viel."*

Diese Gedanken wurden bis zur Ankunft der Eltern nicht weniger. Es herrschte eine eisige Stimmung, während sie sich zu Mittag eine Kleinigkeit zu essen gönnten. Auch danach wurde es nicht besser, weshalb er froh war, als Jonathan sie in Kenntnis setzte, dass die Eltern nun da waren und vor dem Haus auf sie warteten.

„Dass ich mich irgendwann darüber freuen würde, diese beiden Wahnsinnigen zu sehen, hätte ich mir nicht gedacht", ging es ihm durch den Kopf, während er die Treppen nach unten stieg.

Als er ins Freie trat, wurde er bereits vom Vater mit einem unangekündigten Schulterklopfen sowie einem penetranten Lachen begrüßt. „Haha, das war gestern ein wilder Abend was? Ich hoffe du hast mehr geschlafen als ich. Oder auch nicht. Sag mal, du und die Kleine, habt ihr ...?" Der Vater stoppte abrupt, als Aurora aus dem Haus kam.

„So schnell geht es ... Wie angenehm doch die kalte Atmosphäre vorhin beim Essen war", brauchte es nur wenige Augenblicke mit dem Vater, um sich dem kleineren der beiden Übel bewusst zu werden.

„Sehr gut", wechselte der Vater in den offiziellen Modus, wobei er wie gegen Ende des Abends per Du mit ihnen blieb und nicht zur Höflichkeitsform zurückkehrte. „Jetzt wo ihr beide da seid, briefe ich euch kurz. Ihr habt euch sicher schon gefragt, wo meine bessere Hälfte ist. Keine Sorge sie wollte nur nicht zu Fuß hierher gehen und wartet im Helikopter. Der steht allerdings ein Stückchen von hier entfernt. Wir werden dann einen kurzen Rundflug machen, damit ihr alles seht, was wir gestern schon angeschnitten haben, beziehungsweise können wir euch zeigen, wo am Ende laut Plan alles stehen soll. Dann fliegen wir zum Aggregat hoch und ihr trefft dort die Wissenschaftler an ihrem Arbeitsplatz. Ich hoffe, das Fliegen ist kein Problem für euch?"

Aurora schien immer noch in derselben Stimmung zu sein wie während des Mittagessens, weshalb er die Aufgabe des Antwortens übernahm. „Ich bin nicht unbedingt der größte Flugfan, aber das wird schon gehen. Soweit ich weiß, hat Aurora kein Problem mit der Höhe, oder?"

„Habe ich nicht", bestätigte ihn Aurora trotzig und ihr Blick, mit dem sie ihn ansah, sprach Bände.

„Fliegen erfordert einen gewissen Mut, sich seinen Ängsten und Befürchtungen zu stellen und es einfach zu tun, und nicht von vornherein zu sagen, dass das nicht geht", adressierte sie ihre ein wenig schnippische Antwort mehr an ihn als an den Vater.

„Ähmm, sehr gut, denke ich ... Dann in diese Richtung", deutete der Vater den Weg und war sichtlich angestrengt, Auroras Aussage einzuordnen. Aurora ließ sich nicht zweimal bitten und stapfte los.

„Aha, dann habt ihr also doch?", zog der Vater einen Moment später seine eigenen Schlüsse aus Auroras Worten und teilte ihm diese ungefragt mit. Es

schien den Vater auch nicht sonderlich zu kümmern, ob Aurora ihn hören konnte. „Und dann hast
du ihr wahrscheinlich gesagt, dass du für sie nicht
deine Frau verlässt, oder? Hahaha, das kenne ich
…"

Er reagierte einfach gar nicht darauf, sondern ging
ebenfalls los, was der Vater wohl als Bestätigung
für die aufgestellte These auffasste. Das war ihm in
diesem Moment jedoch herzlich egal, immerhin
hatte Aurora die Aussage getätigt. Deshalb wäre es
auch ihre Aufgabe, es richtig zu stellen, wenn sie es
stören sollte. Nichtsdestotrotz wusste er genau, wie
er ihre Worte zu interpretieren hatte, und es wurde
ihm klar, dass sie sich nicht so einfach von ihren
Ideen und Vorstellungen abbringen lassen würde.
Vor allem grauste es ihn jetzt schon vor dem Gespräch, das sie für den Abend - so interpretierte er
jedenfalls ihre Zeitangabe 'später' - angesetzt hatte.

Der Weg, den sie gingen, kam ihm bekannt vor, und
als der Hubschrauber in Sichtweite war, wurden
Auroras Schritte langsamer. Ihr schien ebenfalls
aufzufallen, dass der Helikopter genau dort gelandet war, wo die rote Markierung auf den Boden gezeichnet war, die sie für jene gehalten hatten, die
den zukünftigen Platz des Brunnens ausweisen
sollte. Vielleicht hatten sie sich doch geirrt und der
Brunnen würde irgendwo zwischen den Schuppen
stehen und die Markierung war einfach die Lan-
dekennzeichnung für den Hubschrauber. Das

waren jedenfalls seine Gedanken. Dass Aurora kurzzeitig ihre Schritte drosselte deutete darauf hin, dass sie sich Ähnliches dachte.

Der Vater hingegen hatte erneut eine doch etwas eigenwillige Interpretation ihres Handelns. „Keine Sorge", grunzte er, „Nummer eins und zwei sind nicht mit, also braucht ihr keine Angst haben, dass wir Mutter hier in Flagranti erwischen. Wobei das nicht der schlechteste Anblick wäre. Hahaha."

„Entweder hat er noch den Restalkohol von gestern im Blut oder es hätte von vornherein gar keinen gebraucht ..." Er stellte sich erneut die Frage, ob er den gestrigen Abend von Anfang an völlig falsch eingeschätzt hatte. „Fliegt die Mutter oder du selbst den Helikopter?", erkundigte er sich beim Vater, um das Thema zu wechseln und auch, weil es ihn wirklich interessierte.

„Weder noch", frohlockte dieser. „Der fliegt ganz von alleine! Im Gegensatz zu den Autos, muss man bei dem nicht so tun, als würde man selbst steuern, obwohl man eh nur dasitzt und nichts tut. Das wird schon daran liegen, dass es weniger Helikopter als Autos gibt."

Auch wenn ihm dieser Umstand aufgrund seines Respekts vor dem Fliegen Sorgen bereiten sollte, war er nach den vorigen Aussagen des Vaters irgendwie sogar ein wenig froh darüber, dass der

Hubschrauber nicht von einem Menschen gesteuert wurde.

„Mit einem Autopiloten können wir die Mutter wenigstens nicht in Flagranti erwischen", versuchte er für sich das Positive zu sehen, wobei er gleich, nachdem er es sich gedacht hatte, es - bei alldem, was er seit gestern von den Eltern mitbekommen hatte - auch schon nicht mehr mit Sicherheit ausschließen konnte. Hinzu kam, dass er während des gestrigen Abends die Mutter als die Schamlosere der beiden wahrgenommen hatte und bei den ganzen Aussagen, die der Vater in der wenigen Zeit, seit sie von diesem abgeholt wurden, von sich gegeben hatte, wollte er gar nicht erst wissen, was die Mutter noch an Überraschungen bereithielt.

Die Mutter stand bereits vor dem Helikopter, als Aurora, der Vater und er dort ankamen. Die Landung musste viel Staub aufgewirbelt haben, denn die Markierung war kaum mehr zu erkennen. Genau das schien die Mutter ebenfalls zu beschäftigen, denn sie begrüßte sie nicht einmal, sondern machte den Vater auf diesen Umstand aufmerksam. „Die Markierung ist fast nicht mehr zu sehen. Das müssen wir gleich melden. Zuerst das mit der zu frühen Lieferung und jetzt das hier. Heute läuft anscheinend gar nichts nach Plan", jammerte sie los.

„Das ist doch kein Problem", beschwichtigte der Vater. „Das Überwachungsequipment wird derweil in den Schuppen untergebracht und hiermit haben wir doch auch gerechnet, oder? Das macht sofort jemand neu. Das ist ja irgendwie gut, damit alle etwas zu tun haben. Die Markierung ist noch ein bisschen zu sehen, also muss es nicht mal neu ausgemessen werden."

„Du hast wieder einmal recht!", war die Mutter sogleich wieder voller Tatendrang und wendete sich Aurora und ihm zu. „Ich muss euch leider sagen, dass ihr ab jetzt nicht mehr in die Schuppen hineinschauen könnt. Es hat da ein Problem mit einer Lieferung gegeben und deshalb wird dort vorerst etwas gelagert, was von Wert ist. Das wird natürlich bewacht und dann wäre es gefährlich für euch, dort hinzugehen, fürchte ich. Und so ärgerlich das ist, ist es natürlich ein gutes Training für die Sicherheitsleute, wie ich finde. Wir sehen in jedem Problem eine Chance und machen etwas Positives daraus. So sind wir eben." In dem Moment schien ihr etwas einzufallen, denn sie schaute zum Vater. „Man muss die Markierung nicht mal neu ausmessen hast du gesagt. Dann wäre das die perfekte Aufgabe für Mina, sonst haben wir ja leider nicht so viel, was sie tun könnte, und wir wollen sie doch nicht zu sehr verwöhnen."

Nachdem für die Mutter die dringlichsten Angelegenheiten geklärt waren, fiel ihr auf, dass sie sie noch gar nicht begrüßt hatte. „Ach herrje, wie unhöflich von mir", ließ sie Aurora und ihn wissen und tat zumindest so, als wäre es nicht vorgespielt, sondern ernst gemeint. „Aber wir haben im Moment so viel zu tun ... Naja, egal ... Es freut mich, euch zu sehen, und ich nehme an, ihr seid schon darüber informiert worden, was am Programm steht. Dann wollen wir mal keine Zeit verlieren und einfach loslegen."

Einige Augenblicke später saßen sie schon im Helikopter, der von selbst die Einstiegstüren schloss. Anschließend klärte sie der Vater darüber auf, dass sie mit einem sehr modernen Modell flogen, weshalb es nicht notwendig war, über Kopfhörer zu kommunizieren. Das lag nicht allein an der geringeren Lautstärke der Rotorblätter, die um einiges leiser waren als bei gewöhnlichen Modellen, sondern auch an dem schalldämpfenden Material der Kabine, in der sie saßen.

Dass der Hubschrauber an und für sich schon leiser sein musste, als man es gewohnt war, hatte er sich schon vorher gedacht, denn er hatte ihn nicht bemerkt, als die Eltern über das von Aurora und ihm bewohnte Bauernhaus hinweggeflogen sein mussten. Und bei der unangenehmen Ruhe, die zwischen ihnen zu Mittag geherrscht hatte, konnte das offensichtlich nicht an zu vielem Lärm in der direkten Umgebung gelegen haben.

Als sie abhoben, bemerkte die Mutter, dass durch den Wind der Rotoren die ohnehin schon verblasste Markierung am Boden noch mehr in Mitleidenschaft gezogen wurde. Augenblicklich griff sie zu ihrem Telefon, um die Anweisung zu geben, dass diese erneuert werden musste.

„Vielleicht sollte die Markierung anders eingezeichnet werden", entschloss sich Aurora etwas dazu zu sagen. „Sonst muss das doch ständig neu gemacht werden bei dem Hubschrauberlandeplatz."

Da die Mutter mit Telefonieren beschäftigt war, war es der Vater, der sich mit ihrem Ratschlag befasste und erwiderte: „Nein, nein, das passt schon so. Wir sind dort gelandet, weil es wegen dem Autopiloten nicht anders gegangen ist. Der ist an ein System gekoppelt, in dem der Grundplan mit den einzelnen Gebäuden und Plätzen eingezeichnet ist. Man muss dann eines von diesen auswählen und kann nicht einfach woanders landen. In dem Bereich ist kein Landeplatz vorgesehen, also haben wir einen Punkt genommen, der noch nicht bebaut wurde, aber schon im Grundriss eingetragen wurde."

„Der Brunnen zur Wasserausgabe für die Bewohner der Holzschuppen nehme ich an ...", fiel er dem Vater ins Wort und schaute dabei teilnahmslos ins Nichts.

„Ganz genau!", die Mutter hatte mittlerweile fertig telefoniert und stieg ins Gespräch ein. „Er ist ein bisschen außerhalb, damit es nicht zu großen Ansammlungen vor den Schlafräumlichkeiten kommt und sie sich schon auch ein bisschen Mühe geben müssen, um an ihr Wasser zu kommen. Das ist nämlich etwas Grundsätzliches ... Sie müssen lernen, dass man etwas tun muss, um etwas zu bekommen, und dadurch steigern wir zusätzlich die Motivation, dass sie auch wirklich gewillt sind, irgendwann ein Bauernhaus zu bewohnen."

„Ich verstehe ...", antwortete er, ohne eine Miene zu verziehen, und schaute nun zu Aurora, die wie versteinert aus dem Fenster blickte. *Das ist genau das, was passiert, wenn man auch nur für einen Moment einen kleinen Funken Hoffnung hat",* dachte er sich und schaute nun ebenfalls aus dem Fenster.

In diesem Augenblick war es trotz seiner Flugangst kein Problem für ihn, denn er hatte sich irgendwann angewöhnt, Situationen, die ihn beängstigten, erst später zu realisieren. Er wusste, dass er irgendwann in den nächsten Tagen in seinem Bett liegen würde und ihn dann der Gedanke daran, wie er in diesem Fluggerät gesessen war, beängstigend vorkommen und ihn nervös machen würde. Jetzt im Moment war er ruhig. Lediglich vor dem Start und beim langsamen Steigen zu Beginn des Flugs hatte er eine nicht gerade angenehme Aufregung in seinem Bauch und seiner Brust verspürt.

Von oben wurde nochmals deutlicher, wie riesengroß diese Kuppel werden würde. Es sah nahezu so aus, als ob jemand mit einem gigantischen Zirkel einen braunen Kreis in die Natur gezeichnet hätte, von dem in eine Richtung eine lange asphaltierte Linie wegführte. Er fragte sich, wie es hier wohl davor ausgeschaut hatte. Die Natur rund um den Kreis mitsamt seiner Linie ließen die Vermutung zu, dass es von atemberaubender Schönheit gewesen sein musste. Gebirge, Wälder, Wiesen sowie Bäche, die zu einem kleinen Fluss zusammenflossen, konnte er erspähen, und allein aufgrund des Anblicks konnte er schon beinahe die Frische der Luft riechen und schmecken. Doch dann war da eben dieser riesige braune Kreis und seine Linie, die den Geschmack und Geruch faulig werden ließen.

„Dieses Naturschutzgebiet erinnert mich fast ein wenig an einen menschlichen Körper", ging es ihm durch den Kopf, während er fasziniert aus dem Hubschrauber blickte.

Er hatte vom Naturschutzgebiet gehört und davon gewusst, aber Fotos oder Filme hatte er keine gesehen. Generell wurden immer seltener Fotos geschossen oder Dokumentationen gedreht, die die Natur zeigten und wahrnehmbar werden ließen. Solche gab es früher noch vermehrt, als es auch noch geheißen hatte, es gäbe so etwas wie Klimaziele und als sogar noch die Möglichkeit bestanden hatte, die vom Menschen gemachten

Klimaänderungen aufzuhalten oder wenigstens zu verlangsamen.

Obwohl er da praktisch noch ein Kind war, kam es ihm damals so vor, als wären diese Fotos und Dokumentationen entstanden, um den Menschen den Grund dafür zu zeigen, weshalb es wichtig war, bestimmte Gewohnheiten zu ändern, und der Industrie zu vermitteln, weshalb es wichtig war, Produktionsvorgänge zu ändern. Diese Bilder und Filme waren das sichtbare Ziel vor den Augen und alle waren sich einig, dass etwas getan werden musste, und so war die Welt zuversichtlich.

Die Welt war immer noch zuversichtlich, als klar wurde, dass jeder Staat und die meisten Menschen der Meinung waren, dass alle anderen etwas ändern sollten außer sie selbst. Und heute war die Welt immer noch zuversichtlich ...

Zumindest jene Teile, die noch nicht vom Meer verschluckt worden waren oder sich in eine Wüste verwandelt hatten. Regelmäßige extreme Wetterphänomene und Naturkatastrophen waren zur Routine geworden, verursachten Unmengen an Leid und kosteten jährlich immer noch mehr Menschenleben. Er hingegen hatte lediglich das Glück, auf dem richtigen Gebiet der Welt geboren worden zu sein, in welchem diese Phänomene noch nicht in einer existenzgefährdenden Häufigkeit vorkamen.

Deshalb beschäftigte ihn dieses Naturschutzgebiet so sehr. Denn es gab gar nicht mehr viele Orte, an denen überhaupt welche errichtet werden konnten, und umso wichtiger war, dass es diese wenigen geschützten Gebiete gab. Es wunderte ihn allerdings nicht, dass es so gekommen war, denn die Bilder und Dokumentationen über die Schönheit der Natur wurden irgendwann etwas, das der Welt eher zeigte, was sie verloren hatte. Die Erinnerung daran schien sie zu beschämen, da sie es am Ende einfach nicht für nötig befunden hatte, tatsächlich etwas gegen ihren Verfall zu unternehmen. Und das obwohl sie ganz genau gewusst hatte, was nötig gewesen wäre, um diese Entwicklung zu verhindern. Nämlich sich ein Herz zu fassen und einfach mit einem ersten Schritt anzufangen, ohne dabei auf Geld, Macht oder Eitelkeiten zu achten. Schlussendlich war es jedoch die Habgier, die sie nicht damit beginnen ließ.

„Es ist passend", dachte er sich und sah nach unten. *„Das Naturschutzgebiet sieht aus wie ein menschlicher Körper und in der Brust an der Stelle an der das Herz sitzen sollte, ist ein riesiger brauner, lebloser Kreis, auf dem etwas entsteht was der Inbegriff von Ausbeutung, Machtmissbrauch und Herzlosigkeit werden wird. Die Habgier entsteht, wenn das Herz zu einem kalten leblosen braunen Fleck geworden ist."*

„Dort drüben,", riss ihn die aufgeregt klingende Stimme der Mutter aus seinen Gedanken, „entsteht unser Zentrum für die Sicherheitsleute. Wie ihr sehen könnt, steht schon das ein oder andere Gebäude und wichtig ist natürlich auch das Trainingsgelände ... Ach, irgendwie bin ich froh, dass die Lieferung zu früh gekommen ist. Jetzt können die Ersten zeigen, was sie so draufhaben."

Die Mutter pausierte kurz, bevor sie mit nun abgeklärtem Tonfall fortfuhr: „Das ist jetzt die erste Generation, die wir eingestellt haben und die wir ausbilden. Glücklicherweise konnten wir die Anforderungen der Regierung drücken, so müssen wir ihnen nicht allzu viel zahlen, aber das sollte hoffentlich sowieso bald kein Problem mehr darstellen. Denn für die zweite Generation sollten wir unser Wach- und Sicherheitspersonal schon aus den Untergebrachten rekrutieren können. Dann läuft es so, wie wir es euch gestern erklärt haben, aber für den Anfang müssen wir leider noch externes Personal bezahlen."

Ihm fiel auf, dass die Gebäude, die zu sehen waren, weit moderner und auch komplexer aussahen als die restlichen Bauten auf dem Gelände. Zum Teil wirkten sie sogar so modern und futuristisch, dass einen zwangsläufig das Gefühl beschlich, allem und jedem dort unterlegen und ausgeliefert zu sein, falls es auf eine Konfrontation hinauslaufen würde. Verspiegelte Scheiben in jedem Gebäude waren ein Teil dieser Show und gleichzeitig das Paradebeispiel dafür. Man konnte nicht hineinsehen und beurteilen, was dort vor sich ging. Gleichzeitig wusste man jedoch, dass einen von dort aus jederzeit jemand beobachten konnte, was einen unwiderruflich dazu brachte, ganz automatisch vorsichtiger zu werden.

Auf den flachen Dächern der Gebäude waren Drohnen zu erkennen, die ungefähr die Größe des Helikopters hatten, in dem sie gerade saßen, und soweit er es aus der Luft erblicken konnte, standen auf dem Boden unterschiedlichste Landfahrzeuge. Alles in allem erinnerte ihn das Ganze an eine Militärbasis mit High-Tech-Anstrich. Er persönlich wäre nicht gerade scharf darauf gewesen, mit jemandem eine Diskussion zu führen, der dort lebte oder dort sein Handwerk gelernt hatte.

„Da führt eine Straße um dieses Zentrum herum", war Aurora verwundert, da es architektonisch und den Zeitfaktor mitdenkend weit sinnvoller gewesen wäre, wenn diese in einigem Abstand daran vorbeigeführt hätte.

„Ja!", erklärte der Vater stolz. „Es wird darauf geachtet, dass alle, die in der Kuppel leben werden, immer wieder einmal an dieser Straße entlang müssen ... Sie sollen schließlich sehen, wie hervorragend unser Sicherheitspersonal ausgebildet wird und über welche Möglichkeiten es verfügt. Wer weiß, vielleicht motiviert es manche ja dazu, dass sie selbst ein Teil davon werden wollen."

„*Das ganze Design und Drumherum dient zur Ein-schüchterung*", ging es ihm durch den Kopf, während er die Spiegelung des Hubschraubers an der Fassade des größten Gebäudes beobachtete. Dieser hatte, bereits als die Mutter von dem Sicherheitszentrum zu sprechen begonnen hatte, merklich sowie schnell die Höhe verringert und flog jetzt extra niedrig.

„*Wenn sie regelmäßig diese Übermacht vor Augen geführt bekommen und dieses Gefühl der Unterlegenheit und des Ausgeliefertseins spüren müssen, werden sie nicht einmal im Traum daran denken, aufzubegehren ... Und wer könnte ihnen das verübeln*", dachte er, während der Helikopter langsam wieder an Höhe gewann.

Für ihn war das auch höchste Zeit, denn kurzzeitig waren ihm schon Bedenken gekommen, ob dieser hier eventuell zur Landung ansetzen könnte, und ihm reichte es völlig aus, diesen Teil der Kuppel nur von außen zu sehen.

„Das mit dem Flug war eine hervorragende Idee!", war die Mutter ganz begeistert und wusste sofort, wem sie diesbezüglich ihr Lob aussprechen musste. „Aber das war ja schließlich auch meine! Jedenfalls konnten wir es euch nur so zeigen, weil das Sicherheitszentrum Sperrzone ist und ihr am Boden nicht hineindürft. Ihr seid ja wegen der Kinder hier und für die spielt das keine Rolle. In dem Alter kommen sie noch nicht für diesen Bereich in Frage. Ich wollte es euch aber trotzdem zeigen, weil es doch so ein entzückendes Schmuckstück ist."

„Vielen, vielen Dank, das ist sehr aufmerksam", streute er der Mutter Rosen, ohne ein Wort davon ernst zu meinen.

Als der Helikopter in die andere Richtung abdrehte, konnte er erkennen, dass das Sicherheitszentrum ein ordentliches Stück von der Siedlung, in der sie nächtigten, entfernt war und zwar noch weiter, als es die weiße Villa war. Diese drei Orte wirkten wie die Eckpunkte eines Dreiecks, bei welchem die direkte Linie zwischen der Siedlung und dem Sicherheitszentrum die längste Seite bildete.

Beim nächsten kurzen Stopp in der Luft wurde ihnen einfach nur Erde gezeigt und erklärt, dass dort in den nächsten Wochen mit dem Bau einer zweiten Siedlung begonnen werden sollte. Es würde mit diesen zwei Siedlungen gestartet werden und wenn alles nach Plan laufen sollte, würde eine Dritte entstehen. Eine dritte Siedlung schien eindeutig dem Wunsch der Eltern zu entsprechen, denn wie der Vater mit gierigem Blick feststellte, bedeuteten mehr Siedlungen mehr Arbeitskräfte, was wiederum mehr Ertrag zur Folge hatte.

Auch wenn sie ihm auf der Zunge lag, verkniff er sich die Frage, ob mit mehr Siedlungen auch mehr weiße Villen gebaut werden würden. Denn der Weg raus aus diesem Projekt führte bekanntlich nur über diese. In diesem Sinne standen mehr Siedlungen und Arbeitskräfte nicht nur für mehr Ertrag, sondern genauso für geringere Chancen, in die weiße Villa und in weiterer Folge zurück in Freiheit zu gelangen.

Im Gegensatz zu ihm verkniff sich Aurora die Frage nach den weißen Villen nicht und erntete dafür ungläubige Gesichtsausdrücke der Eltern. Wie die Mutter standhaft und fast ein wenig beleidigt erklärte, würde es diese keinesfalls geben, denn mehr weiße Villen hießen weniger Boden zum Anbau und das wiederum bedeutete weniger Ertrag.

Genau aufgrund dieser Logik hatte er erst gar nicht nachgefragt. Ihm war klar gewesen, dass exakt diese Antwort kommen würde. Trotzdem wollte er sie nicht hören. Glücklicherweise bewegte sich der Hubschrauber, noch während der vehement vorgetragenen Ausführungen der Mutter, aus dem Radius der Kuppel hinaus und flog in Richtung der Gebirgskette im Norden.

Er war erstaunt. Im Gegensatz zu allem, was sie bisher gesehen hatten, konnte er dort kein Gebäude erkennen oder besser gesagt stach einem keines ins Auge. Dafür wurde ein unglaublich nervtötendes, penetrantes Summen immer lauter und das trotz der schalldämpfenden Eigenschaften des

Helikopters. Erst als sie sich näherten und ihr Fortbewegungsmittel zu sinken begann, konnte er ein
kleines Gebäude sehen, das direkt an eine Fels-
wand gebaut war.

„Keine Sorge,", beruhigte der Vater, während sie zur
Landung ansetzten, „hier habt ihr Ohrstöpsel und
wenn wir drin sind, ist es nicht mehr so laut. Die
Forschungsanlage mitsamt den Unterkünften der
Wissenschaftler sowie die technische Kontrollbasis
der Kuppel ist in den Berg gebaut und deshalb unterirdisch. Das Stromaggregat befindet sich aber in
dem Gebäude, das ihr dort seht. Wegen der Lüftung
oder einer möglichen Überhitzung muss das so
sein, hat es geheißen ... Aber was weiß ich, wie das
funktioniert. Hahaha."

Sie betraten wieder festen Boden und die Ohrstöpsel wirkten Wunder. Obwohl sie jetzt direkt neben
der Lärmquelle standen, hielt sich die Lautstärke
des unangenehmen Geräuschs in Grenzen. Sie gingen geradewegs auf eine massiv wirkende Tür zu,
die direkt in den Fels führte. Bevor sie durch die
dicke Stahltür ins Innere traten, sah er sich nochmal um und konnte in der Ferne unten im Tal den
Boden der Kuppel erkennen. Der Flug war ihm für
die Entfernung, die er jetzt wahrnahm, zu kurz vorgekommen.

Nachdem sie die Stahltür hinter sich geschlossen
hatten und einige Meter eine steile Treppe

hinabgestiegen waren, mussten sie durch eine weitere Tür, um endgültig in einer Art Eingangsbereich zu landen. Dort gab ihnen die Mutter mit ihren Händen ein Zeichen, dass sie nun die Ohrstöpsel entfernen konnten. Sie schaffte es sogar hierbei, ihre Handbewegungen so aussehen zu lassen, als würde sie eigentlich etwas Obszönes meinen.

Während er sich noch wunderte, dass hier absolut nichts mehr von dem Summen zu vernehmen war, fiel ihm die Frage ein, die er schon vor dem Eintreten stellen wollte. „Wie weit sind wir denn hier von der Kuppel entfernt?"

„Na, du stellst immer Fragen ...", war es die Mutter, die antwortete und plötzlich nicht mehr den sichersten Eindruck machte. „Es wirkt ein bisschen weiter, als es in Wirklichkeit ist, habe ich gehört. Das liegt, denke ich, auch an den Höhenmetern ... In einer Maßeinheit kann ich es dir nicht sagen, aber es gibt Wissenschaftler, die die Strecke nach unten gerne zu Fuß gehen. Warum auch immer das jemand tut. Egal, jedenfalls brauchen die hinunter etwas weniger als zwei Stunden. Für den umgekehrten Weg braucht man klarerweise länger ... Aber es gibt auch eine unterirdische Bahnverbindung zur Kuppel, mit der fahren wir dann zurück."

Er nahm ihre Ausführung mit einem Nicken zur Kenntnis und folgte dem Vater, der bereits vorausgegangen war. Sie kamen an einer Tür vorbei, die laut der Mutter zu dem Wohn- und Schlafbereich der Wissenschaftler führte, und nachdem sie noch einige Meter weiter gegangen waren, standen sie vor einem Eisengeländer, von dem aus man nach unten blicken konnte. Von dort aus sahen sie einen riesigen Kontrollraum vor sich. Hunderte Bildschirme waren an den Wänden angebracht, doch seltsamerweise waren nur auf einigen davon Daten oder Bilder zu erkennen. Die gut ein Dutzend Personen, die allesamt mit einem weißen Kittel gekleidet waren, wirkten ob der Größe des Raums ein wenig verloren.

„Was soll denn das Ganze...?", wurde er aus dem, was er sah, nicht richtig schlau. *„Das wirkt doch lächerlich ... Als ob sie vor lauter Prahlerei alles viel größer gemacht hätten, als es eigentlich notwendig wäre."*

Mittlerweile viel mehr irritiert als erstaunt, blickte er weiterhin über das Geländer nach unten, als ihnen ein Mann mit großer runder Brille entgegenkam, der ebenfalls einen weißen Kittel trug und ein Clipboard zwischen einen Arm und seinen Körper geklemmt hatte. Er war glattrasiert und hatte braunes, mittellanges Haar, das er sich sorgfältig mit Gel hinter seine Ohren gekämmt hatte. Der fremde Mann wirkte nervös und kaute an der Unterlippe seines großen Mundes herum.

„Hall…, Hallo …", war auch seine Sprache von Nervosität gekennzeichnet. „Entschuldigung, ich mache das nicht so oft, deshalb bin ich etwas aufgeregt … Bitte folgen Sie mir."

Sie kamen der Aufforderung nach und stiegen hinter ihm wie aufgefädelt eine Wendeltreppe nach unten, bis sie sich mitten in dem großen Raum befanden, den sie zuvor von oben betrachtet hatten.

„Ihr habt euch sicher schon gefragt, warum nur einige Monitore funktionieren und so viele nicht", begann der Wissenschaftler mit der Brille und dem zurückgegelten Haar zu erklären. Dabei wirkte er nicht sonderlich souverän, ließ seine großen dunklen Augen schnell im Raum herumwandern und stammelte mehr als er sprach: „Nun ja, das ist, weil … Ähm also … Also irgendwann funktionieren die alle, weil darauf alles zu sehen sein wird, was so in der Kuppel geschieht. Sowohl die Bilder der Überwachungskameras als auch die anderen Datenaufzeichnungen wie Wärmebilder, Audioaufnahmen, Vitalfunktionsdarstellungen und so weiter werden dann darauf zu sehen sein. Aber das geht alles erst, wenn die Kuppel fertiggestellt ist. Wie erkläre ich das am besten … Ähm … Nun ja, praktisch beginnt alles erst zu laufen, wenn das letzte Puzzleteil, also in diesem Fall das letzte Stück der Plexiglasfassade eingesetzt ist. Deshalb haben wir jetzt nur vereinzelt Bilder und Daten von Geräten, die wir selbst aufgestellt haben."

„Schon gut, schon gut", näherte sich plötzlich eine weitaus souveräner klingende Stimme.

„Vielen Dank, Peter, du kannst jetzt gehen, ich übernehme ab hier. Verzeihen Sie bitte meinen Kollegen, er ist Molekularbiologe und kennt sich deshalb nicht wirklich mit der Technik aus. Ich habe ihn angewiesen euch zu empfangen, weil ich noch kurz mit etwas anderem beschäftigt war", ließ sie ein älterer, hagerer ebenfalls mit einem weißen Kittel gekleideter Mann wissen.

Peter schien froh über die Ablöse zu sein und überließ diesem die Bühne, indem er sich mit mehrmaligem Kopfnicken, das schon beinahe an Verbeugungen erinnerte, verabschiedete. Der ältere Mann hatte die gleiche Frisur wie Peter, mit dem Unterschied, dass seine Haare grau, wenn nicht schon fast weiß waren. Er trug eine eckige Brille, die seine hellen Augen kleiner und seine ohnehin schon schmalen Wangen noch etwas schmaler wirken ließ. Ein weißer kleiner Bart zierte sein Kinn, ansonsten war er - wenn auch ein wenig unsauber - glattrasiert und sein Mund mit den dünnen Lippen wirkte etwas zu klein für seine große Nase.

Alles in allem verlieh ihm sein Äußeres und sein Auftreten eine gewisse Unberechenbarkeit, die ihn zwar nicht unbedingt bedrohlich wirken ließ, aber man spürte, dass man bei ihm besser Vorsicht walten lassen sollte. Die dunkelgrünen Schuhe, die er trug und die auf den ersten Blick eher schwarz aussahen, passten nicht wirklich zu dem restlichen Eindruck. Die Schuhe fielen ihm deshalb auf, weil Peter dasselbe Paar trug und generell schien dieses hier in Mode zu sein, denn es wurde auch noch von der ein oder anderen weiteren Person in einem weißen Kittel getragen, die an ihnen vorbeilief.

„Mein Name ist Dr. Braunhofer", stellte sich der Mann in dem weißen Kittel nun vor und begann sogleich mit einer Ausführung: „Ich bin verantwortlich für dieses kleine Forschungszentrum. Peter hat Ihnen ja eben schon einiges gesagt und genau so ist es. Aber etwas möchte ich noch klarstellen. Wir haben kein Interesse daran, Menschen zu überwachen – das hat ja beinahe so geklungen. Unser Interesse gilt selbstverständlich allein der Wissenschaft und der Technik."

Der Wissenschaftler war bemüht das Gesagte mit seiner Mimik zu unterstreichen. „Natürlich wollen wir sicherstellen, dass alles reibungslos funktioniert und klarerweise wollen wir auch die individuellen Reaktionen darauf nachvollziehen können. Deshalb werden anfangs so viele Daten wie nur möglich erfasst, die wir dann auswerten können. Und wir sind natürlich froh darüber, dass uns dafür so großzügig Mittel bereitgestellt wurden. Bei zukünftigen ähnlichen Projekten wollen wir uns dann auf die Daten beschränken, die die Funktionsfähigkeit der Kuppel, das Klima und den Boden betreffen. Interessanterweise ist das genau der Schwerpunkt von Peter. Seine Forschungen dazu finden auf der Ebene statt, die sich unter uns befindet."

„Also kann nur diese Kuppel hier diese ganzen Daten erfassen und andere werden das dann nicht mehr können?", wurde Aurora sogleich neugierig.

Dr. Braunhofer war es sichtlich ein Anliegen, eine ausführlichere Antwort zu geben. „Zuerst einmal ist das Wichtigste, dass dieses Pilotprojekt hier funktioniert, damit es überhaupt weitere solche geben kann. Und als Zweites ist es so, dass wir diese Daten dann nicht mehr auswerten werden, da sie uns in Bezug auf die Optimierung des landwirtschaftlichen Anbaus und der Technik nicht weiterhelfen, aber ..."

„Das Sicherheitszentrum innerhalb der Kuppel kann diese Daten gebrauchen", beendete Aurora desillusioniert den Satz und ließ sich dabei anmerken, dass sie solche Aussagen in der letzten Zeit schon mehrfach gehört hatte.

„Tja, die Sicherheitszentrale", ließ sich Dr. Braunhofer nicht aus dem Konzept bringen und redete weiter wo er zuvor aufgehört hatte, „ist für die Untergebrachten und deren Sicherheit zuständig, weshalb ihnen diese Daten selbstverständlich zur Verfügung gestellt werden. Das wurde so mit allen

Verantwortlichen abgesprochen. Dort unten in der Sicherheitszentrale gibt es einen ähnlichen Raum wie diesen hier."

„Ist das nicht fantastisch", schaltete sich die Mutter begeistert sowie beinahe überschwänglich ins Gespräch ein und unterbrach den Doktor. „Es beeindruckt mich einfach immer wieder aufs Neue, was wir hier auf die Beine gestellt, entwickelt und geschaffen haben."

„Naja", war Dr. Braunhofer nicht mit allem einverstanden, was die Mutter zu sagen hatte, und wohl auch nicht damit, dass er erneut unterbrochen wurde. Der leitende Wissenschaftler räusperte sich kurz und rückte seine Brille zurecht, bevor er fortfuhr: „Um ehrlich zu sein, haben wir fast nichts entwickelt. Das war die künstliche Intelligenz und unsere Aufgabe ist es jetzt, sicherzustellen, dass es so funktioniert, wie es von ihr berechnet und geplant wurde. Es ist gar nicht lange her, da konnte ich wenigstens noch alles verstehen und nachvollziehen, was die KI entwickelt hat, auch wenn ich von selbst nie auf diese Ideen und Berechnungen gekommen wäre. Mittlerweile ist sogar das nahezu ein Ding der Unmöglichkeit geworden, weil es einfach zu schnell geht. Wenn ich eine Sache verstanden habe, sind in der Zwischenzeit zwei neue dazugekommen. Es ist ein wenig wie mit dem Kopf der Hydra, deshalb konzentrieren wir uns nur noch darauf, wie das

Ergebnis aussieht und ob dieses dann hält, was es verspricht."

„Daran muss ich mich immer noch gewöhnen. Also selbst wenn wir wollen würden, dass bestimmte Daten nicht mehr erfasst werden, wüsste ich nicht, ob das überhaupt möglich wäre ... Ich habe schlussendlich keine Ahnung, wie das alles bis ins kleinste Detail funktioniert und wie alles zusammenhängt, damit es das tut. Interessieren würde es mich natürlich schon, schließlich bin ich ein anerkannter Wissenschaftler und als solcher wäre es schon schön, alles verstehen und nachvollziehen zu können", fügte der Doktor hinzu, schaute sich dabei fast schon ehrfürchtig im Raum um und wirkte etwas verlegen.

„Hauptsache, es funktioniert!", versuchte der Vater den Wissenschaftler aus seiner einsetzenden Lethargie zu holen und diesen an das für sie Wesentliche zu erinnern.
„Und das wird es ganz sicher", sprang ihm die Mutter unverzüglich zur Seite und versprühte Optimismus.

„Warum zeigen sie uns das hier?", fragte er sich und begann zu mutmaßen. „Was bringt es ihnen, außer prahlen zu können? Oder geht es ihnen darum, uns einzuschüchtern und uns zu zeigen, wie viel Geld und auch Prestige in diesem Projekt steckt? Das

könnte sein ... Damit wir nicht auf die Idee kommen, irgendwas dagegen zu sagen."

Dieser Raum und das Gesprochene wirkten irgendwie surreal auf ihn. Es war fast schon zu futuristisch für seinen Verstand und das, obwohl er wusste, dass solche Dinge wie künstliche Intelligenz, Überwachung und Optimierung längst zum Alltag gehörten. Im Grunde war es erstaunlich, wie schnell man Dinge als gegeben hinnahm, ohne sich genauer damit auseinanderzusetzen.

Jetzt in diesem Moment, als er es so hautnah miterlebte, war es für ihn beinahe, als wäre er in einem Film. Plötzlich wurden all diese Vorstellungen, von denen er zwar wusste, dass es sie gab, er ihnen aber nie so richtig eine Form geben konnte, zur Realität. Gepaart mit den Eindrücken des Rundflugs über das Sicherheitszentrum, den am Vormittag besichtigten Holzschuppen und allem, was er am Abend zuvor gehört hatte, ergab es einen düsteren, kalten und unmenschlichen Gesamteindruck, der ihn erschaudern ließ. Selbst wenn er versuchte, das weder an sich heran- noch zuzulassen.

„Es ist nur ein riesiges rundes Ding in dem Nahrungsmittel angebaut werden", redete er sich rasch ein, um die Eindrücke wieder loszuwerden.

„Und warum fühlt es sich dann so an, als ob das alles mehr eine Waffe zur Unterdrückung wäre als

sonst irgendetwas", ließ ihm allerdings ein kleiner Teil in seinem Hinterkopf keine Ruhe, den er schon lange nicht mehr wahrgenommen hatte.

„Es ist ein rundes Ding, in dem Nahrungsmittel angebaut werden, nichts weiter", wiederholte er in Gedanken mit etwas Nachdruck, um den kleinen Teil in seinem Kopf klein zu halten, was ihm damit zu gelingen schien.

„Ich gebe Ihnen recht", ging Dr. Braunhofer auf die zuvor geäußerte Bemerkung der Mutter ein. „Es wird funktionieren! Daran gibt es keine Zweifel. Eventuell mit ein paar Startschwierigkeiten, aber es wird funktionieren. Und wenn es das tut, werden wir Schritt für Schritt herausfinden, wie es das tut. Das gilt wie gesagt natürlich nur für die Technik und die wissenschaftlichen Aspekte. Für den Rest bin ich weder verantwortlich noch zuständig."

„Da brauchen Sie sich keine Sorgen machen, Herr Doktor!", versprühte die Mutter weiterhin Optimismus und wirkte sogar ein wenig gelöst. „Um den Rest kümmern wir uns. Und der wird genauso hervorragend funktionieren."

Mit einem „Das denke ich auch" sowie einem der gequältesten Lächeln, die er jemals aufgesetzt hatte, stimmte er der Mutter zu. Auch wenn er es sich anders gewünscht hätte, war diese Aussage nicht gelogen, sondern seine ehrliche Einschätzung.

„Wenn ich noch etwas fragen darf ... Warum wird uns das hier gezeigt? Wir kennen uns mit der Technik nicht aus und ich sehe keinen Zusammenhang mit unserer Tätigkeit. Das Sicherheitszentrum wurde uns schließlich auch nicht von innen gezeigt", stellte er nun doch eine letzte Frage.

„Haha, du gefällst mir", schien den Vater die Frage zu beeindrucken. „Das hast du gut beobachtet und deshalb zeigen wir euch auch nicht die Ebene darunter, weil diese für euch nicht relevant ist. Aber diese Ebene hier ist es, weil wir natürlich begabte Kinder fördern wollen und ihnen die Chance geben möchten, hier mitzuarbeiten, wenn sie ein Talent und das nötige Köpfchen dazu haben. Im Gegensatz zum Sicherheitsdienst könnten sie hier schon damit beginnen, erste Erfahrungen zu sammeln, wenn sie noch jünger sind. Hier gibt es im Gegensatz zur Arbeit als Sicherheitsmann nichts, das gefährlich sein könnte. Wir wollen unsere Kleinen ja schließlich nicht gefährden, das wäre doch furchtbar ... Wenn ich nur daran denke, dass jemandem etwas passieren könnte."

Es wirkte fast wie ein Laientheater, als der Vater kurz durchschnaufte, sich dann schnell wieder fing und mit erwartungsvollem Blick nachsetzte. „Jedenfalls wäre es natürlich auch hier von Vorteil, wenn wir bei dieser Sache anhand der Lebenslauf-prognosen bereits Vorstellungen hätten, wer dafür geeignet ist und wer nicht."

„Und deshalb ist es Teil des vorgegebenen Proto-kolls, dass ihr das hier seht", fügte die Mutter ganz sachlich und abgeklärt hinzu.

„Und keine Sorge, die Kinder müssen nicht mit dem Helikopter und Ohrstöpsel hierherkommen. Das hat sich bei uns nur so ergeben, wegen des kleinen Rundflugs vorhin. Sie schlafen ganz normal unten in ihrem eigenen Haus und können dann mit der Untergrundbahn hier hochfahren und dann auch wieder zurück. Wie das abläuft, bekommt ihr dann gleich mit, wenn wir damit zurück in die Kuppel fahren. Das ist doch aufregend, oder?!", kam sie am Ende doch nicht ganz ohne einen Hauch von Be-geisterung aus.

„Also wegen möglicher Rekrutierungen müsst ihr es uns zeigen. Am liebsten hättet ihr, wenn wir die Kleinkinder schon in ewige Erntehelfer, eventuelle zukünftige Sicherheitsbedienstete, unterwürfige Hausangestellte oder potentielle Wissenschaftler einteilen würden. Dann könntet ihr sie, ohne dabei selbst einen Finger rühren zu müssen, von Anfang an in diese Richtungen zwängen, ohne ihnen jemals etwas anderes zu zeigen, geschweige denn sie in ir-gendeiner Form selbst mitentscheiden zu lassen ...",

war sein innerliches Resümee zu der erhaltenen Erklärung.

„Okay, das verstehe ich. Wie gestern schon angekündigt, werde ich diese Bitte gerne an Captain weiterleiten", fasste er laut zusammen.

Dr. Braunhofers Interesse bezüglich ihrer Gespräche schien sich in Grenzen zu halten und es machte den Eindruck, als würde dieser sich nur einklinken, wenn die Technik zur Sprache kam. Da es diesbezüglich nichts mehr hinzuzufügen gab oder der Doktor nicht mehr dazu sagen und auch keine Fragen dazu beantworten konnte, verabschiedete er sich.

Es blieb der Eindruck eines Wissenschaftlers, der überzeugt davon war, Teil von etwas Bahnbrechendem zu sein, und der trotzdem immer einen Schritt hinterherlaufen musste, was ihn, durch den verzweifelten Versuch, diesen irgendwann aufzuholen, gestresst und gehetzt erscheinen ließ. In welchem Fach er seinen Doktortitel hatte, blieb ebenso unklar wie die zweite Ebene einen Stock darunter, denn wie vom Vater angekündigt, gingen sie am Weg nach unten einfach daran vorbei.

Wenn es nicht erwähnt worden wäre, hätte nichts darauf schließen lassen, dass es diese zweite Ebene überhaupt gab. Es war nur eine dunkle unscheinbare Tür, die einem nicht einmal sonderlich auffiel, wenn man die Treppen nach unten stieg. Hätte er nichts davon gewusst, hätte er dahinter einen Pausenraum oder eine Abstellkammer vermutet.

Da er es aber wusste, wollte er die Gelegenheit nicht verstreichen lassen, zumindest einen kurzen Blick zu erhaschen, was sich dahinter verbergen könnte, als just in dem Moment, als sie daran vorbeigingen, eine Frau aus dem Raum trat.

Sie war in ihr Clipboard vertieft und schrieb etwas darauf, während sie mit dem Fuß in der Tür stand, als der Vater sie mit einem doch ein wenig zornig klingenden „Hallo!" darauf aufmerksam machte, dass sie nicht alleine war. Noch bevor sie die Begrüßung erwiderte, war ihr der Schreck deutlich anzumerken und sie zog hastig den Fuß aus der Tür, sodass diese von selbst ins Schloss fiel. Um der sichtlich unangenehmen Situation zu entgehen, stieß sie ein kurzes „Ja, ähm Hallo" aus, packte das Clipboard in beide Arme und floh eilig die Treppen nach oben.

„Wer war das denn?", erkundigte sich Aurora sofort, während sie der Frau verdutzt hinterherschaute und ihrer Verwunderung über deren Verhalten Ausdruck verlieh.

„Ach, die ist ganz neu ...", versuchte die Mutter die Situation herunterzuspielen. „Deshalb ist sie wohl noch ein bisschen nervös. Aber sie ist wirklich ausgezeichnet auf ihrem Gebiet."

„Auf welchem Gebiet?", wollte er nun wissen.

Er hatte in dem kurzen Zeitfenster, das er hatte, um an der Wissenschaftlerin vorbei durch die Tür zu spähen, eine kleine Glaskonstruktion, die er für ein Miniaturglashaus hielt entdeckt. Ebenso hatte er verschiedene Töpfe mit Erde gesehen, aus der bei einigen schon kleine Pflanzen wuchsen. Außerdem war da noch eine Glasvitrine, in der seines Erachtens nach wohl verschiedene Samen gelagert werden mussten. Und er hatte einen Mann gesehen, der dieser Peter von zuvor sein musste und Notizen auf etwas schrieb, das sicherlich kein Clipboard war, sondern etwas anderes gewesen sein musste.

„Molekularbiologie", antwortete der Vater, da die Mutter noch zögerte, und schickte sogleich eine ungefragte Ausführung hinterher: „Wie ihr euch vorstellen könnt, arbeiten hier Wissenschaftler aus verschiedensten Bereichen, weil doch alles sehr komplex ist, und ihr habt ja selbst gesehen, dass Dr. Braunhofer etwas eingeschnappt ist, weil die künstliche Intelligenz ganz einfach viel mehr am Kasten hat als er. Deshalb fordert er ständig neue Wissenschaftler aus verschiedenen Bereichen an, die ihm dabei helfen sollen, es zur Gänze zu verstehen, und wir versuchen ihm diesen Wunsch zu erfüllen. Wenn ihr mich fragt, müsste er einfach einsehen, dass es nun mal so ist und das auch passt, solange alles funktioniert. Aber was will man machen, es ist seine Sache und die Leitung dieser Forschungseinrichtung hier ist direkt von der Regierung eingesetzt. Deshalb liegt es nicht an uns, zu entscheiden, ob er der richtige Mann für diesen Job ist ... Unter uns gesagt, ist es sowieso egal, weil ja die KI alles macht und er gar nichts, außer verwundert dabei zuzuschauen, was die alles kann, zu was er nicht in der Lage ist ... Hahaha ... Irgendwie ist er ja ein armer Kerl, der Doktor."

„Ich verstehe, der Doktor wirkt schon ein wenig getrieben ...", stimmte er dem Vater in einem Punkt zu.

„*Wenn das der einzige Aspekt wäre, hätte die Mutter nicht gezögert und er hätte die Antwort nicht so lange ausformuliert, bis er bei einem ganz anderen Thema angekommen ist. Außerdem ist dieser Peter doch auch Molekularbiologe und wenn es nur darum geht, Dinge nachzuvollziehen, müsste einer aus diesem Gebiet reichen. Mir kommt es vor, als versuchten sie etwas vor uns zu verheimlichen ... Etwas, das unangenehm für sie sein könnte*", hatte er in seinem Kopf allerdings noch eine andere Vermutung.

Während sie die restlichen Treppen hinunterstiegen, versuchte er sich erneut von den Gedanken zu befreien und sich klarzumachen, dass es sowieso egal war. Sie waren wegen etwas anderem hier und diese Tür mitsamt der Forschungsebene dahinter hatte nichts damit zu tun.

Die Vorstellung, dass sie, sobald sie unten angekommen waren und hoffentlich bald wieder in dem Bauernhaus ankommen würden, eigentlich alles gesehen hätten, was es zu sehen gab, beruhigte ihn immerhin ein klein wenig, auch wenn er wusste, dass Aurora noch auf das von ihr eingeforderte Gespräch bestehen würde. Allein der Gedanke daran strengte ihn an.

Am Ende der Treppen angekommen standen sie plötzlich auf einer Plattform und vor ihnen befand sich ein Gefährt, welches eher an eine Kapsel als an eine Bahn erinnerte. Die Türen standen offen und vor dieser Kapsel konnte er einen engen Tunnel erkennen, der nach unten und scheinbar ins Nichts führte.

„Kommt, steigt ein", forderte sie die Mutter voller Vorfreude auf und ging mit dem Vater voraus, um sich in der Kapsel hinzusetzen. Aurora und er folgten ihnen und ließen sich ebenfalls auf einer der vier Bänke nieder.

Es war um einiges geräumiger, als es von außen zu vermuten gewesen wäre, und auf jeder Bank konnten bis zu vier Personen Platz nehmen. Zumindest dann, wenn diese keine Probleme damit hatten, sich ein wenig zusammenzuquetschen. Gurte oder

sonstige Sicherheitsutensilien suchte man vergeblich. Er wäre froh darüber gewesen, als der Vater
sie darauf hinwies, nicht auf die Idee zu kommen,
während der Fahrt aufzustehen.

Die Türen schlossen sich, die Kapsel setzte sich
langsam in Bewegung und er machte sich darauf
gefasst, dass sie jederzeit Fahrt aufnehmen könnte.
Er griff nach einer Halterung, die neben den Bän-
ken montiert war.

„Wie lange dauert die Fahrt? Und ist das auch so
eine neue Technik mit diesen Kapseln?", warf er etwas unsicher zwei Fragen in den Raum.

„Hahaha", schien sich der Vater aufgrund seiner
Unsicherheit köstlich zu amüsieren. „Ein bisschen
länger als zehn Minuten werden wir schon brauchen. Das ist einfach eine Bahn, die unter der Erde
fährt, so wie überall anders auch. Die kann leider
nichts Besonderes."

Während er seine Hand vom Haltegriff nahm, ergänzte die Mutter fast schon spöttisch: „Hihihi,
diese Bahn ist so ziemlich als Erstes gebaut worden, als die Pläne gerade erst entstanden sind, hier
dieses Projekt zu starten. Da in den alten Wägen
aber nur maximal drei Leute Platz gehabt haben,
haben wir neue gebraucht und da haben wir uns
für dieses tolle Design entschieden. Es passt einfach besser und sieht so wunderbar modern aus."

Umgehend kam er sich wegen seines Verhaltens ein wenig blöd vor und antwortete gar nicht erst auf die Erklärungen. Trotzdem glaubte er, sich nun wenigstens ein bisschen entspannen zu können. Auroras zu ihm geflüsterte Bemerkung inklusive schelmischen Grinsen, ob er sich schon überlegt hatte, welchen Dinosaurier er gerne als Erstes sehen würde, wenn sie erst in der Vergangenheit angekommen wären, überhörte er einfach.

Während der Fahrt wurde zu seinem Glück nicht viel besprochen, was ihm wie eine wohltuende Abwechslung vorkam. Bei den Dingen, über die gesprochen wurde, war er nicht involviert, weshalb er versuchte, einfach nur dazusitzen und zur Abwechslung einmal an nichts zu denken.

Das schien ihm allerdings nicht so richtig gelingen zu wollen. Sein Kopf schaltete sich immer wieder ungefragt ein und drehte sich um die Gedanken, die er im Laufe des Tages und des Vorabends bewusst verdrängt hatte. Zuerst gelang es ihm noch, neuerlich daran zu denken, dass sie alles gesehen hatten und er somit nichts Neues mehr in sich aufnehmen musste. Doch das beruhigte ihn nur kurz.

Nach und nach schlichen sich aus dem Hinterkopf weitere Vorstellungen ein. Er fragte sich, wie es hier wohl aussehen und ablaufen würde, wenn die Kuppel fertiggestellt war und die Menschen in den

Siedlungen untergebracht sein würden. Oder wie das Leben für die Kinder aussehen würde.

Plötzlich hatte er dazu passende Bilder vor Augen und diese traten etwas los. Er wurde unruhig.

Egal wie sehr er sich auch bemühte, er schaffte es nicht, diese Vorstellungen und Bilder aus seinem Kopf zu bekommen. Die Anspannung in ihm stieg.

So war es nur eine Frage der Zeit, bis schließlich in einem kleinen Moment der Unaufmerksamkeit ein winziger Impuls in seiner Brust zu einem flüchtigen Gedanken wurde, der ihm zu sagen wollen schien:

„Man muss doch irgendetwas dagegen tun können".

Schnell versuchte er sich daran zu erinnern, dass das nicht möglich war und es jeder Versuch nur schlimmer machen würde. Und am Ende würden Leute die Konsequenzen von einem zum Scheitern verurteilten Vorhaben zu spüren bekommen, die nichts mit der Sache zu tun hatten. Unter keinen Umständen wollte er derjenige sein, der dann für deren Leid verantwortlich war.

Mit mehr als nur ordentlicher Kraftanstrengung gelang es ihm irgendwie doch noch, den Gedanken wieder in die Unweiten seines Kopfes zu verbannen.

Aber der kurze Augenblick, in dem er ihn vernommen hatte, schien gereicht zu haben, um etwas in ihm auszulösen.

Er konnte wahrnehmen, wie die Unruhe zunahm und es langsam in ihm zu rumoren begann.

Sein angespannter Körper versuchte über Empfindungen, die unerwünschten Impulse zurück in sein Bewusstsein zu bringen, wenn er die Gedanken schon nicht seinem Kopf erlaubte. Ironischerweise blitzten dadurch auch erneut jene Gedanken auf.

Er begann dagegen anzukämpfen.

Immer wieder ballte er seine Faust in der Hosentasche, um die Impulse durch wiederholtes Zudrücken in sein Inneres zurückzuschicken.

„Ich muss nur die Fahrt überstehen, wenn ich wieder draußen bin, wird es aufhören", redete er sich anfangs noch gut zu und schob alles auf die Fahrt in der so bedrohlich wirkenden Kapsel.

Doch immer, wenn er dachte, er hätte es geschafft, die unliebsamen Impulse und Gedanken und mit ihnen die beginnenden körperlichen Symptome verschwinden zu lassen, kamen sie von einem Moment auf den anderen wieder.

Und sie wurden schlimmer.

In seinem Bauch und seiner Brust machte sich ein diffuses Gefühl breit. So, als wolle etwas daraus ausbrechen und dabei sein Inneres zerreißen. Seine Arme wurden steif. Seine Beine weich und schwach.

Glücklicherweise saß er bereits.

Er begann vorsichtig und so unauffällig wie möglich mit seinem Hinterteil herumzurutschen, um den Empfindungen und der stetig wachsenden Anspannung ein klein wenig Abhilfe zu schaffen.

„Ist alles in Ordnung?", vernahm er eine Frage, ohne beurteilen zu können, wer diese Frage gestellt hatte.
Seiner Vermutung nach musste es Aurora gewesen sein, denn sie war die Einzige, von der er glaubte, dass ihr sein Wohlbefinden tatsächlich am Herzen liegen könnte.

„Ja, alles in Ordnung", hörte er sich selbst sagen, während er sich dabei zusah, wie er ein gequältes Lächeln aufsetzte und sich, bereits leicht zittrig, mit seiner rechten Hand durch die Haare fuhr.

„Ich spüre nur den Restalkohol von gestern. Da ist so ein enges Gefährt zusammen mit meiner vorigen Befürchtung von zu viel Geschwindigkeit wohl kontraproduktiv", hörte er seine eigene Stimme, die ihm unwirklich und fremd vorkam.

Das Gelächter, das seine Antwort bei den Eltern hervorrief, war unfassbar laut in seinen Ohren.

Es war nicht auszuhalten.

Am liebsten hätte er sich sein Gehirn aus seinem Kopf gerissen, um den Druck, den das Gelächter in seinen Ohren und seinem Kopf erzeugte, loszuwerden.

Es dauerte eine halbe Ewigkeit, bis es verstummte.

„Ich muss mich einfach nur zusammenreißen ... nur noch ein bisschen durchhalten ... Bald sind wir da ... Dann hört es auf ...", redete er sich gebetsmühlenartig und eigentlich schon zwanghaft zu, als er bemerkte, dass ihm auf einmal viel zu heiß wurde.

Er begann an den Beinen, die sich wie Pudding anfühlten, zu schwitzen. Der Schweiß fühlte sich im Kontrast zu der in ihm aufsteigenden Hitze viel zu kalt an und sorgte für Gänsehaut.

Das brachte ihn noch mehr aus der Fassung.

Sein Mund war wie versteinert und selbst wenn er gewollt hätte, hätte er ihn nicht aufbekommen. Es war wie ein gespenstischer, nicht aufhörend wollender Beißreflex.

Er begann flach und schnell durch die Nase zu atmen.

Trotz alledem war er weiterhin bemüht, sich nichts anmerken zu lassen. Da die Eltern, miteinander zu sprechen schienen, fokussierte er seinen starren Blick auf den Haltegriff hinter ihnen.

Er achtete darauf, sein versteinertes Lächeln im Gesicht zu behalten.

„Nur noch ein bisschen ...", dachte er sich, während er in seinen Schuhen seine Zehen immer wieder abwechselnd zusammenzog und losließ, um wenigstens irgendetwas gegen die stetig steigende Anspannung und den größer werdenden Druck in seinem Inneren zu tun.

Doch es half nichts.

Am liebsten hätte er geschrien, sich seinen Brustkorb aufgerissen oder seinen Kopf gegen die Wand geschlagen, um die Anspannung und den Druck entweichen zu lassen.

Es fühlte sich so an, als wäre es das Einzige, was wirklich dagegen helfen könnte.

Stattdessen saß er ruhig da und begann immer wieder seine Zunge im Mund zusammenzurollen und gegen die Hinterseite seiner Zähne zu drücken.

Es kam ihm vor, als würde die Fahrt schon eine Stunde andauern.

Plötzlich wurde ihm klar: *„Ich schaffe es nicht mehr ... Es geht sich nicht mehr aus ... Es soll aufhören ... Es soll einfach nur aufhören ..."*

Umgehend war eine erste kalte Schweißperle auf seiner Stirn zu spüren und Schwindel setzte ein.

Sein Kopf arbeitete in Höchstgeschwindigkeit, um eine Lösung zu finden, doch das schien seinen Zustand nur weiter zu verschlimmern.

Je mehr er dagegen ankämpfte, desto schlimmer wurde es.

Es kam ihm vor, als könnte er jederzeit das Bewusstsein verlieren.

„Gleich war es das ...", sagte etwas in ihm, als er verschwommen zu sehen begann.

Auf einmal und für ihn völlig unerwartet wurde die Kapsel langsamer – und blieb stehen.

Die Eltern und Aurora erhoben sich, während er weiterhin mit sich kämpfte. Er wartete mit dem Versuch aufzustehen. Irgendwie gelang es ihm.

Er wollte sichergehen, dass er mit etwas Abstand der Hinterste war. So würden die anderen seinen unsicheren, schwankenden Gang nicht bemerken. Seine mittlerweile stark zitternden Hände vergrub er in den Hosentaschen.

Er war so darauf bedacht, halbwegs gerade zu gehen und sich nichts anmerken zu lassen, dass er von der Umgebung nichts mitbekam, bis sie auf einmal im Freien standen. Er schaute sich hastig und nervös um.

In einiger Entfernung erspähte er einen kleinen Weg, der nach oben auf eine Erhöhung führte, die man von hier unten nicht einsehen konnte.

„Das ist der Ausweg ...", wurde ihm klar, während er immer noch versuchte, ruhig zu bleiben und sich nichts anmerken zu lassen. Innerlich wurde es von Sekunde zu Sekunde schwerer auszuhalten. *„Ich muss da irgendwie hoch ..."*

Währenddessen sprachen die Eltern mit Aurora. Er bekam nichts von dem Gesagten mit.

Zu sehr war er damit beschäftigt, die Hintergrundgeräusche, die von der Untergrundbahn kamen, in seinem Kopf leiser zu stellen. Sie waren so penetrant laut und machten ihn verrückt.

„Okay, dann machen wir das so. Auf Wiedersehen",
hörte er Aurora sagen, ohne eine Ahnung davon zu
haben, um was es ging.

„Ja, das passt gut", schloss er sich einfach an und
zeigte fragend auf den Weg.

Dabei nützte er seine letzte Kraft, um sich noch einmal zu konzentrieren und alles wegzudrücken, was
gerade in und mit seinem Körper passierte. Er
hoffte, dass seine Hand nicht zu sehr zitterte.

„Das ist der Fußweg nach oben zum Aggregat und
dem Eingang der Forschungsanlage", klärte ihn die
Mutter auf, während er sich nichts sehnlicher
wünschte, als dass sie etwas schneller reden und
ihre Ausführungen zur Abwechslung mal kurzhal-
ten würde. Diesen Gefallen tat sie ihm aber nicht:
„Ursprünglich, war es der Weg für die Arbeiter, die
oben gebaut haben, da die Bahn zu dem Zeitpunkt
nicht so viele Leute transportieren konnte. Gerätschaften und Material wurden natürlich mit einem
Helikopter geliefert. Ihr seht da hinter dem Auf-
gang, aus dem wir herausgekommen sind, die
Grenze der Kuppel in den Boden gezeichnet und
wenn sie dann fertig ist, ist dort Plexiglas. Die Arbeiter sind da immer hochgegangen und auch wieder hinunter. So ist dann dieser Pfad entstanden
und jetzt benützen ihn manchmal die Wissenschaftler, wenn sie nicht mit der Bahn fahren wollen ... Ich verstehe das manchmal ja sogar ... Die

sind die ganze Zeit in dieser dunklen Einrichtung ohne Tageslicht und ohne frische Luft, aber trotzdem würde ich …"

„Interessant", unterbrach er sie innerlich gehetzt, weil er nicht sagen konnte, wie lange er es noch hinauszögern konnte.

„Geht ihr schon mal vor, ich gehe noch ein Stück den Pfad entlang, um den Restalkohol loszuwerden …", ergänzte er und hoffte auch hierbei, dass seine Stimme nicht zu abgehakt und zittrig klang.

„Ich komme mit", schien Aurora seine Idee zu gefallen.

„Nein, tust du nicht! … Es ist mir ein wenig unangenehm, wenn du sehen würdest, wie ich mich übergebe …", brachte er noch heraus und hielt an seiner Katerausrede fest.

Die Befürchtung war nicht mal gelogen.

Mittlerweile hatte sich auch Übelkeit zu den anderen Symptomen hinzugesellt und er konnte nicht sagen, ob und, falls nicht, wie lange er noch alles in seinem Magen behalten konnte. Wenigstens sah er wieder etwas klarer.

„Okay." Aurora schaute besorgt, hatte aber seine Ansage zur Kenntnis genommen.

„Hahaha", amüsierte sich der Vater hingegen und versetzte ihm einen leichten Schlag der Verbundenheit auf den Rücken. „Das war ein Abend gestern, was ... Da ist schon einiges geflossen. Das verträgt nicht jedermann gleich."

„Das stimmt wohl ... Bis später, Aurora, und wir sehen uns", verabschiedete er sich bei den Eltern ohne einen Händedruck. Es befand es für klüger, seine feuchten und zitternden Hände nicht vollends zu offenbaren.

Er drehte sich um, ging langsam und behutsam in Richtung des Pfades und stieg ihn mit der gleichen Vorsicht hoch. Nach ein paar Minuten war er auf der Erhöhung angekommen und sicher, dass ihn hier niemand mehr beobachten konnte.

Er begann zu taumeln, atmete flach und rang nach Luft.

Etwas entfernt sah er einen umgestürzten Baumstamm am Boden liegen.

Er mobilisierte endgültig seine allerletzten Kräfte.

Während sein Herz immer schneller und, wie er es zu spüren meinte, immer unregelmäßiger schlug, schleppte er sich irgendwie zu dem Holzstamm.

Er setzte sich darauf, stützte seine Ellenbogen auf seine Oberschenkel und begrub sein Gesicht in seinen Händen.

Kurz fühlte es sich angenehm an, das Gewicht seines Kopfes nicht mehr allein mit seinem Nacken heben zu müssen, und der Stamm hatte die perfekte Höhe, sodass er mit den Fußsohlen den Boden berühren konnte.

Dieses Gefühl blieb nur kurz.

Als Erstes kam der Schwindel zurück und war schlimmer als zuvor.

Jede Muskelfaser seines Körpers war so angespannt, dass er das Gefühl hatte, eine jede könnte jeden Augenblick reißen.

Plötzlich hörte er sein eigenes Herz in einer Lautstärke schlagen, die alles andere übertönte. Es klang nicht rhythmisch.

Ihm wurde noch heißer.

Der kalte Schweiß begann sich über seinen ganzen Körper auszubreiten, bis er ihm von der Stirn tropfte. Sein T-Shirt war klitschnass. Seine Finger wurden schrumpelig.

Es kam ihm vor, als könnte er seine Gliedmaßen nicht mehr richtig spüren.

Sein Mund war abwechselnd wie ausgetrocknet und dann wieder mit viel zu viel Speichel gefüllt.

Ihm wurde übel.

Auf einmal hatte er das Gefühl, dass jederzeit seine Lunge kollabieren könnte. Er wusste nicht mehr, wie er ein- und ausatmen sollte.

Im nächsten Moment glaubte er, dass sich in jedem Augenblick seine Blase und sein Darm entleeren würden.

Es war zu viel.

Er konnte nicht mehr.

Es war nicht mehr auszuhalten, dieses so grausame angespannte, schmerzende Druckgefühl in seiner Brust und seinem Bauch. So als wäre es die Kulisse, vor der die restlichen Symptome ihr makabres Stück aufführten.

In wiederkehrenden Intervallen ging es so immer und immer und immer wieder weiter.

In einem Moment war es sein Herz, das ihm am meisten Sorgen bereitete, im nächsten seine

Körperflüssigkeiten und dann wieder der Schwindel und die Atmung. Kurz war der Schwindel so extrem, dass er sicher war, jeden Augenblick von dem Baumstamm zu kippen und das Bewusstsein zu verlieren. Doch es passierte nicht.

Er hatte jegliches Zeitgefühl verloren und bemerkte nur, wie sich die Intervalle langsam veränderten. Zwischendurch waren die Symptome weniger stark, bevor sie wieder an Kraft zunahmen und mit der Zeit gab es auch ganz ruhige Phasen, in denen nur noch dieses unangenehme Schwächegefühl in den Beinen da war und er sich absolut kraftlos und müde fühlte.

Immer noch mit seinem Gesicht auf seine Hände gestützt saß er da und ließ es über sich ergehen. Anstatt darauf zu warten, dass es aufhörte, wartete er darauf, dass es wieder von vorne anfing.

Er konnte nicht sagen, wie lange er schon dasaß. Seine Hände waren vor seinen Augen und so konnte er nicht einmal beurteilen, ob überhaupt noch die Sonne schien oder ob bereits die Nacht angebrochen war.

Er wusste jedoch, dass die Phasen ohne Symptome länger und die mit den Symptomen kürzer werden würden, bis sein Körper irgendwann zu ausgelaugt war, um den Kreislauf von vorne zu starten.

Zumindest hatte er es früher so erlebt.

„So schlimm hatte ich es schon lange nicht mehr, wenn es überhaupt schon einmal so schlimm war ...", dachte er sich, als ihm auffiel, dass es langsam aber doch Richtung Ende seines grausamen Zustands ging.

Ob dieser Gedanke der Wahrheit entsprach, wusste er im Grunde genommen gar nicht. Denn diese Worte dachte er sich jedes Mal, bevor es dann doch wieder passiert war und er erneut einen solchen Anfall durchleben musste. Selbst wenn das letzte Mal schon einige Zeit zurücklag.

„Dieser verdammte Ort", hatte er für sich den Grund seines Zustands gefunden. *„Ich habe gedacht, es wird nicht wieder passieren. Ich hatte es doch unter Kontrolle."*

Er wusste bis heute nicht, was ihm bei diesen Anfällen widerfuhr oder woher sie kamen. Er konnte nicht einmal sagen, ob es Angst war, die dahintersteckte.

Todesangst konnte es eigentlich nicht sein, denn der Gedanke daran, tot zu sein, erschreckte ihn nicht. Dann wäre er einfach nicht mehr da und es wäre vorbei, hatte er sich gedacht, nachdem er ein solchen Anfall zum ersten Mal erlebt hatte. Allerdings wäre er bei seinen letzten Atemzügen gerne allein. Er mochte die Vorstellung nicht, dass ihn andere dabei beobachten könnten.

„Vielleicht wollte ich deshalb hier hoch?", kam es ihm in den Sinn, doch er wusste, dass es nichts brachte, zu viel darüber nachzudenken.

Es änderte sowieso nichts daran. Ansonsten hätten diese Anfälle bereits nach dem ersten, zweiten oder spätestens nach dem dritten aufgehört.

Damals hatte er bemerkt, dass es nicht der Tod war, den er fürchtete, sondern das, was passieren könnte, wenn er einfach nur das Bewusstsein verlor. Er wäre alles und jedem ausgeliefert und hätte keinerlei Möglichkeit mehr, zu agieren oder zu reagieren. Er wäre völlig macht- und hilflos.

„Wenn es mich von diesem Stamm hinunter dreht und ich allein bin, wache ich vielleicht auf, bevor mich jemand findet", versuchte er sich zu erklären, weshalb er ganz automatisch einen Ort aufgesucht hatte, an dem er unbeobachtet war.

Wenn ihn jemals jemand so sehen oder ihn bewusstlos auffinden würde, hätte er ein großes Problem. Und zwar eines, das nicht mehr lösbar wäre. Andere Menschen würden das vielleicht anders sehen, aber er war überzeugt, dass es so war.

Ab dem Zeitpunkt würde er unter Beobachtung stehen, müsste sich rechtfertigen und würde im schlimmsten – für ihn aber nicht unwahrscheinlichsten – Fall sogar seine Unabhängigkeit verlieren. Ironischerweise bestünde jetzt zusätzlich noch die Gefahr, dass er als Insasse in dieses Gefängnis zurückkehren müsste, welches als Kuppel getarnt war.

Er wusste, dass ihm der eben erlittene Anfall noch ein paar Tage nachhängen und er sich hin und wieder schwach und kraftlos fühlen würde. Wenn er Pech hatte, meldeten sich manche der Symptome nochmals, aber dann schwächer ausgeprägt und nicht so lange. *„Nichts, bei dem ich mich nicht einfach durchbeißen könnte, bis es vorbei ist ..."*

Alles, was er tun musste, war vorsichtiger zu sein und wenn es ging, Umstände zu vermeiden, in denen er nicht unbedingt die Kontrolle hatte.

Immer noch saß er da, als ihm auffiel, dass sich die Symptome schon eine Zeit lang nicht mehr gemeldet hatten. Als er sich recht sicher war, dass es wenigstens fürs Erste vorbei war, nahm er seinen Kopf aus seinen Händen und nach oben.

„Vielleicht kommt es am Abend vor dem Einschlafen wieder, aber da ist es in Ordnung", erinnerte er sich, dass das manchmal der Fall war und öffnete langsam seine Augen.

Er brauchte eine Weile, bis er sie ganz geöffnet hatte. Die Sonne schien nach wie vor, was es ihm erschwerte, seine Augenlider davon abzuhalten, einfach wieder von selbst zuzufallen. Nach ein paar vergeblichen Versuchen erinnerte er sich, dass er seine Sonnenbrille in seiner Lederjacke hatte. Sie lag neben ihm im Gras, auch wenn er nicht mehr wusste, dass er sie überhaupt ausgezogen hatte. Er griff nach ihr und zog neben der Sonnenbrille noch eine Zigarette heraus, die er schon gedreht hatte.

Mit der Sonnenbrille vor den Augen war es gleich angenehmer und er ärgerte sich ein bisschen, dass er sie nicht schon während der Fahrt oder spätestens, nachdem sie aus der Kapsel ausgestiegen waren, aufgesetzt hatte. Das hätte zwar ein wenig seltsam gewirkt, aber es hätte ihm einiges an Mühe und Kraft erspart, wenn man seine Augen nicht sehen hätte können und er nicht darauf achten hätte müssen, sich nicht durch diese zu verraten.

Er zündete sich die Zigarette an und nahm einen tiefen Zug. Es fühlte sich gut an und zeigte ihm, dass seine Atmung wieder normal funktionierte.

In nicht allzu großer, aber doch einiger Entfernung sah er den braunen Fleck, der den Standort der Kuppel zeigte. In unmittelbarer Nähe sah es anders aus. Ein paar Meter entfernt stand eine große Trauerweide und der Boden war mit wild wachsendem Gras, Blumen und Sträuchern übersät. Einzelne große Quellwolken waren am ansonsten blauen Himmel zu sehen und die Sonne erwärmte die Umgebung, sodass er den süßlichen Duft des Grases, der Blumen und der Sträucher riechen konnte. Er konnte das Summen und Brummen der Insekten hören und auch Vogelgezwitscher nahm er wahr.

Auf einmal fühlte es sich friedlich an und fast nichts erinnerte ihn an das, was noch vor wenigen Minuten in ihm vor sich gegangen war. Eine dumpf schmerzende Stelle an seinem Oberarm und das leichte Brennen an einem seiner Ohrläppchen musste er sich wohl im Eifer des Gefechts zugezogen haben, als er wie in Trance zu dem Baumstamm getorkelt war. Doch diese kleinen Beschwerden waren zu vernachlässigen.

Jetzt musste er lediglich darauf achten, seinen Kopf oben zu halten, denn wenn er diesen senkte, übertünchte der Geruch seines immer noch vom Schweiß durchtränkten T-Shirts jenen der Natur. Deshalb hielt er seine Nase, so gut es ging, davon fern.

Mit einem Hauch von Erleichterung rauchte er seine Tschick.

„Ist alles in Ordnung mit dir?", hörte er plötzlich eine leise, zaghafte und schüchterne Stimme hinter sich.

Nicht nur von der Stimme überrascht, sondern auch von dem Umstand, dass sie ihn gar nicht erschreckt hatte, drehte er sich um.

„Mein Körper scheint keinen Saft mehr übrig zu haben, um erschrecken zu können", dachte er sich ein wenig zynisch.

Vielleicht lag das aber auch ganz einfach an der Stimme, die alles andere als angsteinflößend klang. Als er ein paar Meter entfernt ein kleines Mädchen entdeckte, wurde diese Annahme bestätigt.

„Ja, mit mir ist alles in Ordnung", antwortete er und versuchte so freundlich wie möglich zu wirken, auch wenn er nicht sagen konnte, ob das aufgrund seines noch vor Kurzem durchlebten Zustands möglich war. Er vermutete, dass sein Gesicht bleich sein musste, außerdem war er völlig durchnässt. Das konnte er selbst sehen und auf seiner Haut spüren.

„Okay ... Dann ist es ja gut", war das Mädchen zögerlich, blieb auf der Stelle stehen, an der es sich befand, und beobachtete ihren eigenen Fuß, wie er mit drehenden Bewegungen einen Kreis in den Boden zeichnete.

„Möchtest du dich zu mir setzen?", fragte er und rutschte ein bisschen zur Seite, um ihr Platz auf dem Baumstamm zu schaffen, während er die

Zigarette in seinem kleinen verschließbaren Aschenbecher auslöschte und diesen danach einsteckte.

„Äh ... okay", überlegte das Mädchen nur kurz, bevor es zum Baumstamm ging, raufkletterte, sich neben ihn setzte und die Beine in der Luft baumeln ließ.

Es war ganz eindeutig das Mädchen, das er am Vormittag vom Balkon aus gesehen hatte. Aus der Nähe konnte er erkennen, dass sie in ihren dunklen beinahe schwarzen langen Haaren, die weit bis unter die Schultern reichten, eine natürliche weiße Strähne hatte, was im ersten Moment zwar ein wenig seltsam wirkte, aber irgendwie gut zu ihr passte. Es verlieh ihr sogar etwas Besonderes.

Das Mädchen hatte braune Augen, die eine gewisse Treuherzigkeit ausstrahlten, wie es bei Kindern oftmals vorkam, und trotzdem konnte er darin eine gewisse Skepsis erkennen. Dass sie wohl unbewusst ihre dünnen Lippen zusammenpresste, verstärkte diesen Eindruck. Sie hatte immer noch dasselbe braune Kleid an wie vor ein paar Stunden, nur dass es genauso wie ihre Hände mit Flecken, die von roter Farbe stammen mussten, übersät war.

„Du musst Mina sein, wenn ich mich nicht irre", sagte er mit ruhiger Stimme, nachdem er seine Sonnenbrille abgenommen hatte. Er hätte diese grundsätzlich zwar lieber aufbehalten, aber er wollte dem Kind die Möglichkeit geben, seine Augen sehen zu können, um es nicht zu verschrecken und um sich ehrlich auf allen Ebenen mit ihm unterhalten zu können.

„Ja, so heiße ich, woher weißt du das?", riss Mina überrascht ihre braunen Augen auf.

„Nun ja, weißt du, ich bin ein Hellseher", versuchte er ihr weiszumachen und wollte so die Situation auflockern.

„Nein, bist du nicht!", protestierte das Mädchen sogleich. Ihr Mund, der eben noch offen gestanden war, zog sich zusammen.
„Du schwindelst!", stellte sie mit zusammengekniffenen Augen und auch etwas Empörung fest.

„Du hast mich erwischt", lachte er und war beruhigt, als dieses Geständnis auch Minas Gesichtszüge zu lockern schien. „Ich weiß es, weil ich gehört habe, wie jemand gesagt hat, dass eine Mina die Markierungen für den Brunnen neu einzeichnen soll und genau die Farbe, die diese Markierungen haben, sehe ich an deinen Händen und deinem Kleid. Deshalb habe ich mir gedacht, dass du Mina sein musst."

„Ach so, dann war das doch leicht zu erraten, wie ich heiße", wirkte Mina fast enttäuscht darüber.

„Haha", musste er erneut lachen. „Ich finde ich habe mir das schon ganz gut zusammengereimt, aber ich merke, dich beeindruckt das nicht so richtig."

„Nö, tut es nicht", war ihre knappe Antwort und erstaunlicherweise wirkte diese auf ihn einfach nur ehrlich und in keinster Weise schnippisch.

„Na gut", startete er einen neuen Anlauf, ein Gespräch zu beginnen. „Wie alt bist du denn eigentlich?"

„Ich bin acht."

„Ich habe gedacht, du bist älter", war er über ihr Alter verwundert.

Vom Äußeren her erschienen ihm die acht Jahre durchaus realistisch, doch aufgrund des bis jetzt Gesprochenen, der Mimik und Gestik, die sie dabei an den Tag legte, und ihrem gesamten Ausdruck nach, hätte er sie gut zwei Jahre älter geschätzt.

Mina schien diese Einschätzung als Kompliment aufzufassen. Plötzlich erhellte sich ihr Gesichtsausdruck und wohl angetrieben vom Stolz darauf begann sie mehr von sich zu erzählen. Die Dinge, die ihn aufgrund seines beruflichen Hintergrundes interessiert hätten, wollte sie allerdings nicht preisgeben und er verzichtete darauf, nachzufragen.

Einerseits wollte er sie nicht unter Druck setzen und andererseits genoss er es, zum ersten Mal seit seiner Ankunft an diesem Ort Teil eines ungezwungenen Gesprächs zu sein. Wenn er genauer darüber nachdachte, hatte er solche Unterhaltungen seit geraumer Zeit ansonsten fast ausschließlich mit Nico Robin geführt und die letzte war schon ein ganzes Weilchen her.

Die Zeit verging und er wusste nicht, woher Mina kam, was der Grund war, warum sie in dieser Kuppel lebte oder was ihre Aufgabe hier war. Dafür wusste er jetzt, dass Grün ihre Lieblingsfarbe war, sie sich ein wenig vor Spinnen fürchtete oder auch, dass sie Fäden sammelte, die sie hin und wieder irgendwo entdeckte. Außerdem fand sie seine Haare lustig, weshalb sie sofort begeistert sein Angebot annahm, einmal mit der Hand durch sie hindurch zu wuscheln. Dabei kicherte sie freudig. Auch, dass sie schon lesen gelernt hatte, erfuhr er, was sie liebend gerne tat, aber hier leider nicht so oft konnte. Es gab an diesem Ort nicht viele Bücher und zu ihrem Leidwesen stand vor allem nicht ihre Lieblingsbuchreihe zur Auswahl. Aus dieser hatte sie früher immer von ihrer Schwester vorgelesen bekommen.

Für einen kleinen Augenblick schien es so, als würde er in sich eine gewisse Melancholie spüren, als sie anfing von diesen Büchern zu erzählen. Er hatte sie selbst alle gelesen, als er noch ein Kind war, und obwohl sie für Kinder gedacht waren, hatte er sie bis vor ein paar Jahren immer wieder einmal gelesen. Früher hatte er die Geschichten, die darin erzählt wurden, faszinierend und für auf den Punkt gebracht befunden und in seinen Augen waren sie sowohl für Kinder als auch für Erwachsene geeignet. Für die Werte, die darin vermittelt wurden, gab es keine Altersbeschränkung.

Vor allem aber waren die Bücher für ihn mit Wehmut und Schmerz verbunden, selbst wenn er das schon gar nicht mehr richtig fühlen konnte. Er war als Kind sehr von der Protagonistin angetan gewesen und so war sie für ihn eine Art erster Schwarm gewesen. Auf eine bestimmte Weise wurde sie sogar seine einzige große Liebe.

Die Buchreihe hieß „Kiddy & KidKad". Es ging um eine junge Frau namens KidKad, die in einem kleinen Haus mit Garten und einer Werkstatt lebte. Dort fertigte und verkaufte sie verschiedenste individuelle Werkstücke, wie etwa Figuren oder Schilder, aus Holz. Eines Tages stand plötzlich eine streunende Katze in ihrer Küche, die völlig abgemagert, ausgehungert und verwahrlost war. Sie schien einiges durchgemacht zu haben, denn sie war schreckhaft und gleichzeitig aggressiv. KidKad gab ihr etwas zu fressen und wusste nicht, was sie anschließend mit der Katze tun sollte.

Alle Leute, die sie fragte, inklusive eines Tierarztes, gaben ihr den Rat, die Katze zu verscheuchen oder irgendwie anders loszuwerden, weil man doch nicht wissen konnte, welche Krankheiten die Katze haben und auf sie übertragen oder was sie sonst so alles anstellen könnte. Außerdem würde es eine Menge Geld kosten, sich um dieses Tier zu kümmern, und KidKad hatte gerade einmal genug Geld, um selbst irgendwie über die Runden zu kommen. Zu allem Überfluss hatte die Arme auch noch eine Katzenallergie.

Deshalb war sie kurz davor gewesen, den Rat der Leute anzunehmen. Als sie schließlich in einem Moment der Unachtsamkeit von der Katze gekratzt wurde und deshalb ein wenig Angst bekam, hatte sie die Vierbeinerin sogar eingefangen und war bereits am Weg zum Tierheim. Dort wäre die Katze aufgrund ihres Verhaltens wahrscheinlich getötet worden.

Im letzten Moment aber, als sie während der Fahrt das leidige Miauen der Katze in ihren Ohren hörte, bemerkte sie, dass es nicht ihre eigene Angst war, die sie verspürte, sondern die der anderen Leute. Deren Geschichten und Befürchtungen waren es, die sie die Angst fühlen ließen.

Sie drehte um und noch im Auto auf der Heimfahrt gab KidKad der Katze den Namen Kiddy. Danach dauerte es einige Zeit und es gab noch den ein oder anderen nicht so schönen Zwischenfall für KidKad, doch am Ende hatten sich die beiden aneinander gewöhnt, gelernt einander zu vertrauen und wurden am Ende beste Freunde.

So erlebten sie in weiteren Büchern verschiedenste Abenteuer, in denen sie stets füreinander da waren. Und wie sich herausstellte, verdiente KidKad nach einiger Zeit sogar mehr Geld durch Kiddy, da die Katze sie auf neue gewinnbringende Ideen brachte. Ihre Allergie bekam sie durch regelmäßiges Waschen von Kiddy mit einem speziellen Shampoo in den Griff. Dem Tier gefiel das allerdings überhaupt nicht und es versuchte sich deshalb immer wieder auf unterschiedlichste Art und Weise davor zu drücken. Nachdem ihr von KidKad erklärt wurde, dass es wichtig sei, damit sie nicht ständig niesen müsse, ließ Kiddy es aber unter miauendem Protest über sich ergehen.

Auf jeder Seite eines jeden Buches gab es eine Illustration und er hatte die letzte Seite des ersten Buches vor Augen, auf der KidKad mit Kiddy auf ihrer Schulter abgebildet war und von einer Freundin, die anfangs, wie alle anderen auch, gegen das Haustier war, gefragt wurde, weshalb sie sie nicht weggegeben oder verscheucht hatte.

„Selbst, wenn nur eine kleine Chance bestanden hätte, dass es so kommt und wir beide wissen, so klein wäre sie nicht gewesen ... Ich hätte sie niemals einfach weggeben und dadurch das Risiko eingehen können, sie deshalb vielleicht sterben zu lassen", war KidKads Antwort und gleichzeitig der letzte Satz des Buches gewesen.

Als er das zum ersten Mal gelesen hatte, hatte es ihn tief berührt und er hatte alle weiteren Bücher und Abenteuer von „Kiddy & KidKad" gekauft und verschlungen, bevor die Reihe noch vor dem 'Umbruch' eingestellt und auch die bereits existierenden Geschichten nicht mehr gedruckt wurden. In den Angeboten der digitalen Buchanbieter suchte man „Kiddy & KidKad" ebenfalls vergeblich.

Als er Mina davon erzählte, dass er alle diese 'richtigen' Bücher besaß und sie in seinem und Nico Robins Bücherzimmer standen, kam sie aus dem Staunen gar nicht mehr hinaus. Im nächsten Moment tat es ihm schon leid, da er nicht wusste, was er auf ihren erfreuten Ausruf „Da will ich unbedingt mal hin!" antworten sollte, ohne sie enttäuschen oder belügen zu müssen. Deshalb ging er gar nicht darauf ein und kramte stattdessen in seiner Jackentasche herum, zog die Sonnenbrille heraus, setzte sie sich auf und fragte Mina: „Willst du sie auch mal aufsetzen?"

„Jaaa", kam ohne das geringste Zögern die Antwort und er überreichte sie ihr.

Er konnte sich ein kurzes Lachen nicht verkneifen, als sich Mina die Fliegerbrille auf ihre kleine Nase setzte, die dadurch kaum noch zu sehen war, weil das halbe Gesicht durch die großen verdunkelten Gläser verdeckt wurde.

„Wow, damit schaut ja alles toll aus", war sie fasziniert und drehte, hob und senkte ihren Kopf immer wieder, um möglichst viel erblicken zu können.

„Das ist super, oder?", war er froh, dass sein Plan, sie abzulenken und auf andere Gedanken zu bringen, funktioniert hatte, bevor er zu ihren Erwartungen in Bezug auf einen möglichen Besuch in seinem Bücherzimmer eine Antwort geben hätte müssen.

„Die Gläser sorgen dafür, dass die Farben alle ein wenig anders wirken, und bestimmte Dinge schauen dann einfach ein bisschen schöner aus, finde ich zumindest", erklärte er ihr. Diese Eigenschaft seiner Fliegersonnenbrille hatte er einmal zufällig entdeckt und er wusste nicht, ob das so üblich war oder ob er ein besonderes Modell ergattert hatte. Er hatte beim Kauf gar nicht darauf geachtet, aber nachdem es ihm aufgefallen war, passte er besonders gut auf die Sonnenbrille auf, weil er nicht wusste, ob er noch einmal eine solche bekommen würde.

„Das stimmt ...", war Mina darin vertieft, die Welt mit dieser für sie neuen Perspektive zu erforschen, und blieb mit ihrem Blick bei der Trauerweide hängen.

„Schau mal nach oben", ermutigte er das kleine Mädchen. „Der Himmel und die Wolken schauen besonders schön aus mit dem Kontrast, den ihnen die Sonnenbrille verleiht."

Mina wendete ihren Blick Richtung des blauen Himmels mitsamt den vereinzelten großen Quellwolken. Ihrem Gesichtsausdruck oder besser gesagt ihrem offenstehenden Mund zufolge gefiel ihr, was sie dort oben sehen konnte. Er sagte nichts und wechselte seinen Blick immer wieder zwischen dem Himmel und ihrem von Begeisterung gezeichneten Gesicht. So saßen sie für einige Minuten da, ohne etwas zu sprechen, und für einen kleinen Moment kam ihm die Stille seltsam vertraut vor.

„Wolken sind schon sehr toll ...", war Minas Fazit, nachdem sie mit ihrer Beobachtung fertig war und wieder ihn ansah.

„Das sind sie", stimmte er ihr zu und schaute selbst hinauf zu den großen weißen Wolken, die so weich und trotzdem undurchdringlich wirkten.

„Weißt du, wieso der Himmel Wolken braucht?", fragte er das Mädchen mit einem wehmütigen und zugleich friedfertigen Gesichtsausdruck.

„Nö, weiß ich nicht. Wieso?"

„Nun ja, weißt du …", begann er mit ruhiger Stimme zu erklären, „selbst Engel brauchen manchmal einen Platz, an dem sie sich ausruhen und sich sicher fühlen können, auch wenn sie es selbst gar nicht bemerken und vielleicht noch nicht einmal wissen, dass sie für andere Engel sind … Deshalb braucht der Himmel Wolken."

Mina schien skeptisch zu sein. „Echt? Glaubst du das wirklich?", bohrte sie ungläubig nach.

„Ob ich das glaube?", überlegte er laut, bevor er weitersprach. „Es ist egal, ob ich es glaube. Mir hat das einmal jemand Besonderes gesagt und ich finde einfach die Vorstellung schön … Sie schauen doch so gemütlich aus, die Wolken, oder etwa nicht?"

„Das tun sie", lachte Mina. „Ich glaube das jetzt auch einfach. Es wäre schon toll, auf einer sitzen zu können. Und wenn das so ist, wie du sagst, sitzt meine Schwester sicher auf der allerfeinsten und schönsten von allen."

„Duuu?" Sie nahm auf einmal die Sonnenbrille ab und fragte mit ein wenig Besorgnis in ihren Augen: „Geht es dir wirklich gut?"

„Ja, warum fragst du?" Er war erstaunt, dass sie so plötzlich das Thema wechselte und auf genau diese Frage kam.

„Ich habe dich schon hier sitzen gesehen, bevor ich etwas gesagt habe ...", erklärte Mina. „Du hast komisch ausgeschaut ... Nicht so, als ob es dir gut geht."

„Das hast du gut beobachtet", lobte er das Mädchen für ihre Aufmerksamkeit und versuchte sie umgehend zu beruhigen: „Es ist lieb von dir, dass du fragst. Weißt du, ich bin davor mit dieser Untergrundbahn gefahren und das habe ich nicht so gern getan und auch nicht so fein gefunden. Deshalb ist mir ein bisschen schlecht geworden und ich bin hierher gegangen, damit es wieder besser wird. Also war es nichts Schlimmes, okay?"

„Ich bin noch nie damit gefahren", schien Mina herausfinden zu wollen, ob einem von dieser Fahrt tatsächlich schlecht werden konnte. „Aber mir wird manchmal schlecht, wenn ich mich zu lang im Kreis drehe."

„Ja, so ungefähr war es", nahm er ihr Beispiel auf. „Und nach einer Weile hört es dann von alleine wieder auf ..."

Mina war mit dieser Erklärung zufrieden und ließ ihn das mit einem „Ach so, dann versteh ich das" wissen.

Sie saßen noch eine Weile auf dem Baumstamm und Mina erzählte ihm, dass sie jeden Mittwoch um diese Zeit hierherkomme, weil die Erwachsenen da immer eine Besprechung hätten, bei der sie nicht anwesend sein durfte, sie sich deshalb selbst beschäftigen müsste und niemand darauf achtete, was sie dann tat. Es war ihre Zeit in der Woche, in der sie sich mit Gras, Pflanzen und sogar einem Baum beschäftigen konnte und in der sie sich, wie er vermutete, wohl auch unbeobachtet fühlte. Während sie davon erzählte, war ihr anzumerken, wie wichtig ihr das war und auch welche Freude es ihr schenkte.

„Ooohhhh ...", sprang Mina plötzlich auf, während sie eigentlich noch dabei war, ihm zu erklären, wie sie einmal einen großen Käfer auf dem Baumstamm gefunden hatte. „Ich muss los!"

Der Auslöser dafür schien das überhaupt nicht laute, sondern eher schwer vernehmbare Geräusch eines laufenden Motors gewesen zu sein.

„Jonathan fährt Mutter und Vater zurück zur weißen Villa. Ich muss zurück, bevor sie merken, dass ich ganz woanders war!", war sie ganz aufgeregt und blieb nochmal kurz stehen, obwohl sie schon losgelaufen war. „Deine Zauberbrille." Sie streckte ihm seine Sonnenbrille entgegen.

„Danke." Er war froh, dass sie daran gedacht hatte, und nahm die Fliegerbrille wieder an sich. „Ich hätte sie jetzt glatt vergessen."

„Der Himmel und die Wolken ...", murmelte die Kleine lächelnd vor sich hin, als sie nochmal kurz in die Luft schaute und anschließend in Richtung des Weges lief.

„Es war nett, dich kennenzulernen!", rief er ihr aufgrund ihres hastigen Aufbruchs etwas perplex hinterher.

„Ja, dich auch!", hörte er noch leise Minas aufgeregte Stimme, als sie den Weg nach unten laufend auch schon aus seinem Blickfeld verschwand.

„Ob sie weiß, dass sie nicht mehr hierherkommen kann, wenn die Kuppel geschlossen ist?", fragte er sich, während er mit der Hand den Baumstamm an jenem Fleck berührte, an dem Mina damals den Käfer gefunden hatte.

Er stand auf, setzte sich seine Sonnenbrille auf und ging ebenfalls in Richtung des Weges. Auf diesem angekommen, drehte er sich um und betrachtete nochmals den Baumstamm, die Trauerweide und auch den Himmel. „Tja, der Himmel und die Wolken ...", seufzte er schwermütig, zündete sich eine Zigarette an und ging los.

Der Weg bis zur Grenze der Kuppel kam ihm länger vor als zuvor und er wusste nicht, ob es daran lag, dass er extra etwas langsamer ging, um die Zigarette fertig geraucht zu haben, bevor er sie erreicht hatte oder ob es seine Gedanken waren, die es nur so wirken ließen.

„Ob ich daran glaube?", erinnerte er sich an die Frage der kleinen Mina und konnte nicht sagen, ob er ihr ehrlich geantwortet hatte oder ihr nur ein klein wenig Hoffnung und den Glauben an irgendetwas Gutes schenken wollte.

Viel mehr davon würde sie hier an diesem Ort nicht mehr bekommen. Und falls sie irgendwann in ferner Zukunft tatsächlich von hier wegkommen sollte, würde der einzige Weg durch die weiße Villa und über die Eltern führen. Und wie viel Hoffnung oder Glaube an Gutes Nummer eins und Nummer zwei noch in sich trugen, müsste man die beiden erst einmal fragen.

„Vielleicht hilft es ihr dabei, alles durchzustehen ... ", redete er sich ein. *„Mehr kann ich nicht machen. "*

Gerade als er mit seiner Kippe fertig geworden war, erblickte er die Grenze und trat über diese in die Kuppel. Den Weg zurück zum Bauernhaus verbrachte er damit, sich auszurechnen, wie viele Vollräusche und durchzechte Nächte es benötigte, um das alles vergessen oder wenigstens in seinen Hinterkopf verbannen zu können. Er rechnete schon mit einer nicht gerade geringen Anzahl, als ihm auffiel, dass noch weitere Tage hinzukommen würden, die er ebenfalls vergessen würde müssen.

Er klammerte sich an die Vorstellung, die ihn schon vor ein paar Stunden beruhigt hatte, nämlich, dass sie jetzt eigentlich alles gesehen hatten. Hinzu kam, dass sein Körper für die nächste Zeit alle Schreckenssymptome aufgebraucht haben sollte und ihn deshalb hoffentlich in Ruhe ließ, bis sie endlich von hier verschwunden waren. Sobald er zurück in der Stadt wäre, würde das Credo *„aus den Augen aus dem Sinn"* gelten. Und das galt neben dem Erlebten auch für Aurora.

Als er bei der Unterkunft angekommen war, fiel ihm auf, dass es bereits dunkel geworden war. Er war so in seine Gedanken vertieft gewesen, dass er das gar nicht bemerkt hatte und auch nicht sagen konnte, wie spät es mittlerweile war. Im Prinzip war es ihm egal, welche Zeit die Uhr anzeigte, denn er wollte sowieso nur noch ins Bett. Allerdings musste er davor noch einige Kleinigkeiten erledigen.

„Das wird funktionieren. Vielleicht muss ich eine Zeit lang durchbeißen, bis die Erinnerungen verschwunden sind, aber irgendwann wird es klappen", bestärkte er sich in seinen vorigen Gedankengängen abschließend nochmals, als er die Treppen zu ihrem Stockwerk hinaufstieg.

Dort angekommen führte sein erster Weg in die Küche, um etwas zu essen und neben einer Mahlzeit wartete dort schon Aurora auf ihn.

„Alles gut bei dir?", fragte sie ihn sofort, als er eintrat. Dabei ließ sie ihn spüren, dass sie besorgt war.

„Ja, ja, alles klar. Ich habe nur ein bisschen Zeit für mich alleine gebraucht. Ich bin es einfach nicht gewöhnt, gar nie für mich alleine sein zu können", log er.

„Oh", wirkte Aurora plötzlich schuldbewusst. „Wenn das auch an mir liegen sollte, tut mir das leid ..."

„Schon gut, das passt schon", beruhigte er sie, während er ein Stück Brot hinunterwürgte.

„Ich gehe jetzt duschen und danach kannst du mich aufklären, was zum Schluss noch so geredet wurde und was für morgen geplant ist. Ich muss zugeben, ich habe gegen Ende hin nicht mehr so aufgepasst und nicht mehr viel mitbekommen", erklärte er anschließend.

„Gut, dann machen wir das so", vernahm er, dass Aurora einverstanden war, während er schon am Weg ins Badezimmer war.

Er war froh, als er das warme Wasser auf seiner Haut spürte, und erst jetzt fiel ihm durch den salzigen Geschmack auf, wie viel Schweiß sein Körper produziert haben musste.

„So spare ich mir wenigstens morgen in der Früh die Dusche ...", versuchte er sich das Positive an der Situation vor Augen zu führen, denn grundsätzlich duschte er sowieso lieber am Abend. Seltsamerweise hatte er sich auf Reisen, wenn er nicht zu Hause war, angewöhnt nach dem Aufstehen zu duschen.

Er trödelte bewusst, um sich einen Plan für das anstehende Gespräch mit Aurora zurechtzulegen, denn er wollte gerne noch die Informationen erhalten, die ihn interessierten, bevor er sich in sein Zimmer zurückzog. Allerdings hatte er keine Lust und wahrscheinlich auch keine Kraft mehr, um selbst viel zu sprechen und schon gar nicht um irgendwelche Diskussionen zu führen.

Nach der Dusche ging er zurück in die Küche, in der Aurora immer noch auf ihn wartete, und ihren Kopf, der zuvor über den Tisch gebeugt war, hob, als er durch die Tür trat.

„War die Dusche angenehm?", wollte sie mit einem vorsichtigen Tonfall wissen.

„Sie war nötig ...", antwortete er, setzte sich neben sie an den Tisch und wollte das Gespräch gleich in die Bahnen lenken, die er sich zuvor überlegt hatte: „Dann erzähl mal ... Was haben die Eltern am Ende und dann, als ich weg war, noch gesagt? Und wie lautet der Plan für morgen?"

„Tja", war Aurora überrumpelt und überlegte kurz, bevor sie auf seine Frage einging. „Erstmal haben sie sich köstlich amüsiert, dass dir der gestrige Abend noch so nachgehangen ist und neben den üblichen anzüglichen Bemerkungen waren sie anscheinend recht stolz darauf, dass es für sie kein Problem war. Auf mich hat es fast so gewirkt, als wäre dein Verhalten bei ihnen sogar gut angekommen ... Warum auch immer das so ist."

„Es verwundert mich", unterbrach er sie mit leicht beschämter Stimme, während er den Kopf senkte. „Und gewissermaßen auch wieder nicht. Sie werden sich gedacht haben 'der wäre gerne so wie wir, aber kann es einfach nicht'. In ihren Augen zeigt das, wie überlegen sie mir sind und wie unterlegen ich ihnen bin, und das wird ihnen gefallen, schätze ich."

„Das könnte sein", stimmte ihm Aurora halb zu, bevor sie sichtlich neugierig wurde und trotzdem vorsichtig blieb. „Aber das mit dir heute hatte doch nichts mit gestern Abend zu tun, oder?"

„Hauptsache, sie glauben das", wimmelte er sie ab.

„Was haben sie noch gesagt?", stellte er umgehend die nächste Frage, um dieses Thema im Keim zu ersticken.

„Es ist okay, wenn du nicht mehr dazu sagen willst ...", war Aurora nicht glücklich mit dem

Gesprächsverlauf. Trotzdem akzeptierte sie diesen, wenn auch ein wenig zähneknirschend. Sie haben erzählt, dass sie zu einem Treffen gehen, das in dem Haus abgehalten wird, in dem dann die Schule für die Kinder untergebracht sein wird. Das findet jeden Mittwoch zur gleichen Zeit statt und da scheint hier alles still zu stehen, weil da alle hinkommen, die sich im Moment in der Kuppel aufhalten. Auf mich hat es den Eindruck gemacht, als würden sie das machen, um sich selbst zu inszenieren und um Befehle zu erteilen. Der Vater hat gesagt, sie machen das so, bis die Kuppel geschlossen und alles funktionstüchtig ist. Dann werden sie es über Lautsprecher machen, die in die Konstruktion eingebaut sind und ihre Gesichter können sogar auf einzelne Plexiglasplatten projiziert werden. Er scheint sehr begeistert davon zu sein, weil sie damit über die Kameras die Reaktionen von allen ansehen können. Ich glaube so, wie sie es jetzt machen, ist es für sie einfach weniger Arbeit und Aufwand, als wenn sie mit den Leuten einzeln reden müssten, um die Aufgaben zu verteilen und sie über den aktuellen Stand zu informieren", erläuterte sie das mit den Eltern Besprochene.

„So etwas nennt man dann wohl Effizienz", kommentierte er die Ausführungen und setzte so auch einen sarkastischen Schlussstrich darunter, ohne die Bedeutung davon wirklich aufnehmen zu müssen.

„War sonst noch etwas?", fragte er weiter.

„Nein, das war es dann eigentlich schon, aber diese Aktion mit den Lautsprechern ist doch wild … Sie wollen auf diese Weise dann immer die Leistungen der untergebrachten Personen verkünden, also auch wer wo hinkommt und warum das so ist. Das ist doch ein öffentliches An-den-Pranger-Stellen", wollte Aurora die von ihm zuvor befürchtete Diskussion in Gang setzen.

„Wenn es das Konzept so will, ist das halt so. Da kann man nichts machen", schmetterte er den Versuch mit einer gehörigen Portion Zynismus ab. „Dann geh ich mal in mein Zimmer, wenn das alles war. Wann frühstücken wir morgen?", ließ er sie anschließend wissen.

„Ähmmm", war Aurora einen Moment perplex, bevor sie antwortete: „Passt um neun Uhr, so wie heute?"

„Okay gut, das passt für mich." Er erhob sich.

„Ach ja, wir können morgen um zehn Uhr mit dem Mädchen reden. Jonathan bringt uns zu ihr. Sie heißt übrigens Mina und ich habe den Eltern gesagt, dass ich sie gesehen habe und wir mit ihr reden müssen, weil es unsere Aufgabe ist, wenn ein Kind vor Ort ist. Sie waren nicht begeistert, aber haben, ohne eine Riesensache daraus zu machen, zugestimmt. Ich glaube, sie haben irgendwie schon damit gerechnet ...", erklärte Aurora und war sichtlich stolz darauf, dass sie das so eingefädelt hatte. Dementsprechend schien sie sich lobende Worte von ihm zu erwarten.

„Okay", war das Einzige, was er dazu sagte, und er fand dabei weder lobende Worte für Aurora noch erwähnte er, dass er Mina bereits kennengelernt hatte. Stattdessen machte er sich auf den Weg in sein Zimmer.

Als er die Tür schon geöffnet hatte und bereits mit einem Fuß im Raum stand, hörte er ein aufgebrachtes „Hey!" hinter sich.

Aurora schien mit dem Ablauf und dem Ende des Gesprächs alles andere als zufrieden zu sein und hatte noch etwas zu sagen. „Ich weiß nicht, was da heute mit dir los war," sprach sie von einem Moment auf den anderen plötzlich mitfühlend und sanft, „aber ich weiß, dass das nicht von gestern Abend gekommen ist. Du kannst mir sagen, wenn etwas nicht stimmt ... Ich verstehe es, wenn dich das alles hier nicht kalt lässt, es ist für mich doch auch ziemlich viel ..."

„Es ist alles gut", antwortete er kühl und ohne sich umzublicken.

„Das glaube ich dir aber nicht", genügte Aurora diese Antwort nicht. Mit weiterhin ruhiger sowie sanfter, allerdings auch etwas fordernder Stimme fügte sie hinzu: „Außerdem müssen wir noch wegen dem heutigen Vormittag reden ... Du weißt doch noch, 'Wir reden später'..."

„Es gibt nichts zu reden", stellte er klar, während er die Tür schloss und somit Auroras folgendes Kontra nicht mehr hören konnte.

Er hatte sich extra nicht mehr umgeschaut, um ihr Gesicht nicht sehen zu müssen, als er so abweisend und im Grunde sogar schon gemein zu ihr war. Doch anscheinend war sein Kopf, der ihm über den ganzen Tag verteilt eigentlich schon genug Ärger bereitet hatte, noch für einen letzten Streich zu haben. Plötzlich sah er ihr Gesicht vor seinem inneren Auge und konnte in ihren blauen Augen ihr Mitgefühl für ihn genauso erkennen, wie ihre Willenskraft und ihren Kampfgeist, hier und auf der Welt nicht alles so hinzunehmen, wie es war.

„Es reicht!", brüllte er sich selbst in seinem Kopf an. „Es reicht ein für alle Mal ... Du weißt, was passiert, wenn du nicht aufpasst!"

Er hatte keine Lust und keine Kraft mehr.

Ohne überhaupt daran zu denken, ob er noch eine Zigarette rauchen sollte und ohne sich auszuziehen, ließ er sich ins Bett fallen und wartete darauf, dass ihn die Überbleibsel der Symptome des Nachmittags einholen und solange quälen würden, bis er irgendwann einschlafen würde.

Hier in einem Bett und in der Dunkelheit war es ihm egal. Falls die körperlichen Beschwerden dafür sorgen sollten, dass er morgen nicht mehr aufwachen würde, dann wäre da wenigstens ein Nichts, und wie er sich manchmal vorstellte, für zumindest einen kurzen Moment, diese so angenehme Stille, nach der er sich so sehr sehnte.

✿

Als er am nächsten Morgen aus dem Bett stieg, erinnerte er sich an das flache Atmen vor dem Einschlafen, an die Herzstolperer, die ihn immer wieder in den Wachzustand zurückholten, wenn er kurz davor gewesen war, weg zu dösen, und an den Schweiß, der sein Gewand an seinem Körper kleben ließ, als er durch die kalte Nässe immer wieder aufgewacht war. Eine Stille hatte er wahrgenommen, aber von angenehm konnte keine Rede sein.

„So viel zum Thema: Ich spare mir die Dusche nach dem Aufstehen", dachte er sich, während er mit seinen Händen die Feuchtigkeit seiner Kleidung spürte. Er fühlte sich fast schon an zu Hause

erinnert, wo es auch immer wieder vorkam, dass er sich nach dem Aufstehen aufgrund von nächtlichem Schweiß duschen musste, obwohl er das gar nicht vorgehabt hatte.

Wenigstens war er vor dem Wecker munter geworden. Dadurch geriet er durch die nun notwendig gewordene Körperpflege nicht unter Zeitdruck. Pünktlich um neun Uhr betrat er die Küche, nachdem er bereits geduscht war und auch schon eine Zigarette geraucht hatte. Es überraschte ihn nicht, dass Aurora bereits am Küchentisch saß und ihn - wie es anscheinend zur Gewohnheit geworden war - erwartete. So wie der gestrige Abend geendet hatte, wusste er nicht wirklich, wie er das Gespräch mit ihr eröffnen sollte.

„Weißt du, dass ich manche Wörter richtig super finde", startete Aurora sogleich das Gespräch und ersparte ihm somit diese Bürde.

„Ähm, okay", wusste er nicht, was er mit dieser Feststellung anfangen sollte.

„Ja, ich meine zum Beispiel das Wort 'später'..." fuhr sie nicht ganz ohne Ironie in der Stimme fort. „Später kann einfach irgendein Zeitpunkt in der Zukunft sein. Wenn du zum Beispiel an einem Vormittag sagst 'Wir reden später', kann das der Abend des gleichen Tages sein, aber genauso der nächste Tag. Oder auch erst eine Woche darauf oder vielleicht sogar erst in einem Jahr. Aber irgendwann wird dieses 'Später' kommen."

„Vergiss es", entgegnete er und schnappte sich einen Kaffee sowie ein leeres Brötchen, das am Tisch lag.

„Wann treffen wir uns mit Jonathan?", fragte er noch nach, ohne sich dabei hinzusetzen.

„Um Viertel vor zehn", grinste Aurora zufrieden, da ihre Botschaft sichtbar angekommen war.

„Gut, dann sehen wir uns unten", verabschiedete er sich auch schon wieder Richtung seines Zimmers, weil er befürchtete, dass Aurora sein dezentes Schmunzeln auffallen könnte, denn er konnte ihrer kleinen Ausführung zum Wort 'später' durchaus etwas abgewinnen.

Das Schmunzeln war dann gar nicht mehr so dezent, als Aurora aus der Küche ein trockenes „oder treffen wir uns doch später" folgen ließ. Zu diesem Zeitpunkt war er glücklicherweise schon in seinem Zimmer verschwunden und musste sich eingestehen, dass ihm der Lacher, der ihm entkam, wohl so etwas mitteilen wollte wie *„Sie hat einfach irgendetwas an sich"*.

Wie vereinbart standen Aurora und er um Viertel vor zehn bereit. Auch Jonathan war wie immer punktgenau zur ausgemachten Zeit zur Stelle. Nachdem sie sich begrüßt hatten, gingen sie Richtung des halbfertigen Hauses, welches für die Unterbringung der Kinder vorgesehen war. Allerdings nicht bevor ihnen Jonathan pflichtbewusst zwei Regenschirme überreicht hatte, denn es nieselte ein wenig. Es war seltsam, denn ein paar Minuten von ihrem Standort entfernt, wären diese gar nicht nötig gewesen. Dort verhinderte das Plexiglas bereits, dass der Regen am Boden ankam.

Wie Jonathan ihnen erzählte, wartete Mina bereits in einem Raum auf die beiden. Ursprünglich war Jonathans Idee gewesen, das Mädchen im Freien zu treffen, da Mina dessen Einschätzung nach ängstlich und schüchtern war und sich im Freien wohler fühlte. Doch bei diesem Plan spielte das Wetter nicht mit.

Er hatte Aurora immer noch nicht erzählt, dass er Mina bereits kennengelernt hatte, und beschloss, es vorerst dabei zu belassen, da es keine wirkliche Rolle spielte. Trotzdem verwunderte ihn Jonathans Einschätzung, da sie nicht wirklich dem Bild entsprach, das er selbst am Vortag von dem Mädchen gewonnen hatte. Nach ein paar Minuten waren sie am Ziel angekommen und folgten Jonathan in einen großen Raum, der für klassischen Schulunterricht ausgelegt zu sein schien.

Es gab ein großes Whiteboard, einen Beamer und um die vierzig Einzeltische. Vor dem Whiteboard stand ein größerer Tisch, der in Zukunft wohl für die Lehrperson gedacht war, und an diesem saß ein kleines Mädchen, das eine weiße Strähne in ihren langen, fast schwarzen Haaren hatte und in ein Blatt Papier vertieft war.

„Bei dem, was dieses Riesending aus Plexiglas sonst alles kann oder können wird, ist dieses Klassenzimmer doch ziemlich mager ausgestattet", dachte er sich, als sie sich dem Lehrerpult näherten.

„Hallo, Mina", sagte Jonathan erstaunlich behutsam. „Das sind die zwei Leute, von denen ich dir erzählt habe."

„Okay", antwortete Mina teilnahmslos, ohne dabei aufzuschauen.

„Ähm, gut", schien Jonathan sich eine andere Begrüßung erwartet zu haben. „Dann gehe ich mal und lasse euch alleine."

„Okay", sagte Mina erneut und war mit ihrer Aufmerksamkeit weiterhin bei dem Blatt Papier.

„Danke, Jonathan", verabschiedete Aurora den Butler und wartete, bis dieser den Raum verlassen hatte.

Danach schnappte sie sich einen Stuhl, setzte sich neben Mina an den großen Tisch und stellte sich dem Kind vor. Er hingegen blieb ein bisschen entfernt stehen, lehnte sich an einen der Einzeltische und verschränkte die Arme vor seinem Körper.

Er konnte nichts von dem Mädchen erkennen, das er gestern bei dem Baumstamm kennengelernt hatte. Wenn er jetzt gefragt worden wäre, hätte er sie jünger als acht Jahre geschätzt. Von der Heiterkeit, Neugierde und Lebhaftigkeit, die sie am Vortag ausgestrahlt hatte, schien nichts mehr übrig zu sein. Es machte eher den Eindruck, als wäre sie übertrieben konzentriert, sehr auf sich fokussiert und nervös. Ihre Bewegungen waren vorsichtig. Sie wirkte ganz einfach kindlicher und weniger selbstbewusst.

„Gestern, als sie mich getroffen hat, war ich ein hilfloser Fremder außerhalb dieses Gefängnisses", dachte er sich und konnte diese merkliche Verwandlung nachvollziehen. *„Und heute bin ich jemand, mit dem sie in eben jenem Gefängnis sprechen muss, und somit jemand, den sie eigentlich fürchten muss."*

„Wie ist es hier so für dich?", fragte Aurora die kleine Mina, während diese mit einem Stift weiterhin auf dem Blatt Papier herumkritzelte.

„Es geht so", ließ Mina sich immer noch nicht von ihrer Beschäftigung ablenken.

„Hmmm, okay", wollte Aurora sich nicht einfach so abspeisen lassen. „Und was heißt 'es geht so'?", hakte sie vorsichtig nach.

Mina antwortete nicht auf die Nachfrage und war weiter dem Blatt Papier zugewandt. Aurora blieb ruhig, saß daneben und folgte mit ihren Augen den Bewegungen des Stifts. Er stand nach wie vor ein wenig entfernt und beobachtete die beiden, wie sie einfach nur ruhig dasaßen, und bewunderte Aurora für ihre Geduld und ihre Ausstrahlung, die, ohne dass sie ein Wort sagen musste, ausdrückte, dass sie hier war, Zeit hatte und auf eine Antwort wartete, bis Mina bereit dazu war. Nach einiger Zeit schien Mina mit der Zeichnung fertig geworden zu sein. Sie legte den Stift zur Seite, schob das Blatt Papier etwas von sich weg und drehte sich zu Aurora.

„Ich werde in Ruhe gelassen", erklärte Mina. „Ich glaube, das heißt es."

„Du wirst in Ruhe gelassen?", wiederholte Aurora die Worte, um ihr zu zeigen, dass sie zuhörte und lächelte. „Das klingt nach 'geht so'... Gefällt es dir hier?", wollte sie nun mit wohlwollender Stimme wissen.

„Ich kann spielen ... Auch wenn ich fast immer alleine bin, aber das darf ich jetzt, weil ich in Ruhe gelassen werde ... Ich habe gelernt, wie man das macht", sagte Mina und wirkte dabei bedrückt.

Er sah, dass ihr Tränen in die Augen stiegen.

„Außerdem ist es egal, ob es mir gefällt oder nicht. Ich muss froh sein, dass ich überhaupt hier sein darf und in Ruhe gelassen werde", sprach die Kleine Worte aus, die nicht so klangen, als ob sie ein Kind von sich aus aussprechen würde, ohne diese irgendwo aufgeschnappt zu haben.

„Wer sagt das?", unterbrach er Mina, mit einem wohl etwas nachdrücklichen Ton, wenn er Auroras erschrockenen Gesichtsausdruck richtig deutete.

„Wer sagt, dass du froh darüber sein musst?", wiederholte er nun ruhiger und präzisierte dabei seine Frage.

Mina schien im Gegensatz zu Aurora nicht erschrocken zu sein, sondern eher verwundert. Sie schaute ihn verdutzt an und antwortete, ohne darüber nachdenken zu müssen: „Alle, glaube ich ... Mutter und Vater haben es gesagt und ein paar von den anderen. Jonathan hat es nicht gesagt, aber der denkt das sicher auch ... Ich mag Jonathan ... Er spielt manchmal mit mir und schenkt mir manchmal Fäden ... aus Mitleid."

„Aus Mitleid?", fragte Aurora etwas überrascht nach und der kleinen Mina kullerten nun die Tränen über die Wangen.

„Ja, aus Mitleid, weil aus einem anderen Grund spielt niemand mit mir!", schluchzte sie und hörte nicht mehr auf. „Ich habe gehört, wie er das einmal zu Mutter gesagt hat, dass er es deshalb tut ... Erwachsene reden immer nur untereinander ehrlich und nie mit mir."

Sie vergrub ihr Gesicht in ihren Händen und ihr Weinen klang herzzerreißend. Aurora legte ihr eine Hand auf den Rücken und streichelte sie mit einer sanften ruhigen Bewegung.

„Was tust du da?", schien Mina auf einmal doch noch erschrocken zu sein, was ihren Weinkrampf stoppte.

„Ich tröste dich", antwortete ihr Aurora erstaunt, blieb dabei aber ruhig.

„Das fühlt sich fein an", schien ihr Vorhaben für Mina zu klappen, die dadurch die Tränen von zuvor bereits wieder vergaß.

„Mina", näherte er sich langsam und vorsichtig den beiden. „Weißt du, was eine Umarmung ist?"

„Ja", war Mina stolz, dass sie wusste, wovon er sprach, „aber ich weiß nicht mehr, wann ich das das letzte Mal gemacht habe ..."

„Na dann", antwortete er mit einem Lächeln und ging in die Knie. „Dann bekommst du jetzt eine von mir, wenn du das möchtest?"

„Jaaaa", sprang sie begeistert auf, lief auf ihn zu und schlang ihre Arme um ihn. Er konnte spüren, dass sie sie, so fest es ging, zudrückte. Als sie ihren Kopf auf seine Schulter legte, streichelte er mit seiner linken Hand behutsam darüber und schaute zu Aurora, die ebenfalls mit den Tränen zu kämpfen schien.

*„Kinder brauchen manchmal einfach eine Umarmung", dachte er sich, während die Umarmung einige Augenblicke anhielt, bevor sich Mina daraus löste und lächelnd zurück zu ihrem Stuhl hüpfte.

„Mina", hatte er noch eine weitere Frage, „du hast davor gesagt, du hast gelernt, dass sie dich in Ruhe lassen ... Wie hast du das genau gemeint?"

„Wenn ich einfach alles mache und brav bin, dann können sie mir nichts tun", war Mina stolz auf ihren Trick. „Und wenn ich dann alle Aufgaben erledigt habe, kann ich spielen ... Ich darf nur nicht weinen und muss schauen, dass niemand wütend wird ... Wenn ich glaube, dass jemand wütend wird, dann entschuldige ich mich einfach schnell und frage, was ich tun kann ... Dann schimpfen und hauen sie mich auch nicht, wenn ich das dann gut mache. Ich muss nur aufpassen, dass ich keinen Fehler mache. Dann lassen sie mich in Ruhe."

„Und klappt das immer?", wollte er wissen und bemühte sich, dabei so ruhig wie möglich zu bleiben, was ihm nicht leichtfiel.

„Nicht immer." Mina guckte auf den Boden und war dennoch gefasst, als sie weiterredete: „Aber dann ist es meine Schuld, weil ich es zu spät gemerkt habe oder etwas falsch gemacht habe."

Plötzlich schien ihr etwas einzufallen, was sie zu verängstigen schien, denn sie schaute ihn an und stammelte verzweifelt: „D..., duuu ..., du darfst niemandem sagen, wo du mich gestern gesehen hast. Da darf ich eigentlich nicht hin ... Sonst werde ich sicher wieder in den dunklen Raum gesperrt, wenn sie das herausfinden ... Biiiiittteee niiicht..."

Sie wurde nahezu panisch und er versuchte sie zu besänftigen. „Hey ...", sagte er mit ruhiger Stimme, „ich werde es niemanden sagen. Außer dir, mir und Aurora wird das nie jemand erfahren, okay?"

Er ging zum Tisch, stellte sich neben sie hin, legte seine Hand auf ihre Schulter und sagte aufrichtig: „Ich verspreche es dir."

„Nein, nein, nein", schien das Letztgesagte Mina nur noch mehr aufzuregen, nachdem sie sich zuvor bereits wieder ein wenig beruhigt hatte.

„Nichts versprechen, bitte nichts versprechen ...", war die Kleine geradezu verzweifelt und schüttelte dabei unentwegt den Kopf.

„Okay, okay", blieb er weiterhin ruhig und ging wieder etwas in die Hocke, um auf Augenhöhe mit ihr zu sein, als er weiterhin versuchte sie zu beruhigen: „Dann verspreche ich es nicht, sondern sage es dir einfach so. Aurora und ich werden es niemandem erzählen. Okay? Wir sind ja nicht mehr lange hier und wir arbeiten auch gar nicht hier, also bringt es uns nichts, wenn wir es irgendjemandem erzählen. Verstehst du das?"

„Ja, ich glaube schon", beruhigte das sachliche Argument die kleine Mina, obwohl ihr nach wie vor noch ein wenig Verängstigung anzumerken war.

„Gut", war er froh, als er merkte, dass seine Worte Wirkung zeigten, und beschloss, dass sie das arme Mädchen genug gequält hatten.

Mina würde wohl eine sehr lange Zeit hier verbringen und wie schon am Tag zuvor bezweifelte er, dass es besser werden würde, wenn die Kuppel in nicht allzu ferner Zukunft fertig gebaut und funktionstüchtig war. Er wusste, wie es sich anfühlte, wenn einem plötzlich vor Augen geführt wurde, wie schlimm eigentlich alles war, und er wusste auch, dass es die Sache nicht leichter machte.

Deshalb griff er mit der rechten Hand nach dem Blatt Papier, zog es näher zu sich heran, sodass Mina es auch sehen konnte.

„Erzähl mal, was hast du denn da gezeichnet? Was ist das für eine Katze?", fragte er.

Mina war schlagartig wie ausgewechselt. „Das ist Kiddy!", rief sie begeistert. „Erkennst du sie?", wollte sie mit großen Augen von ihm wissen.

„Natürlich, das habe ich mir doch gleich gedacht." Er lächelte sie an. „Du kannst wirklich gut zeichnen."

„Es geht so …", wollte das Mädchen das Lob nicht so richtig annehmen und wirkte geknickt. „Menschen kann ich überhaupt nicht zeichnen, deswegen fehlt ja auch KidKad."

„Ich finde, die Katze schaut schön aus …", schaltete sich Aurora mit ihrer Einschätzung dazu. „Und du bist ja noch nicht so alt, also hast du noch sehr viel Zeit, um das Zeichnen von Menschen zu üben. Ich bin sicher, irgendwann bekommst du das prima hin", versuchte sie ihr Mut zuzusprechen.

„Glaubst du das echt?", wurde Mina hellhörig, aber schien Aurora gleichzeitig nicht so recht glauben zu wollen, wie ihr skeptischer und dennoch niedlicher Gesichtsausdruck verriet.

„Ja, das tue ich …", bestätigte Aurora das Gesagte nochmal, ohne eine Sekunde zu zögern, und untermauerte es mit einem liebevollen, aber doch ernsten Blick.

„Sehr viel Zeit?" gingen ihm Auroras Worte durch den Kopf und verselbstständigten sich. *„Ja, die hast du, bis hier alles zu laufen begonnen hat. Dann verbringst du die Zeit, die du nicht in der Schule bist, auf den Feldern oder sonst irgendwo, wo du ihnen einen Mehrwert bringst. In der bisschen Zeit, die dir dann noch bleibt, um etwas anderes zu tun, wirst du so müde sein, dass du nichts anderes tun können wirst, außer zu schlafen."*

„Wenn Aurora das sagt, muss es ja stimmen", sagte er laut zu Mina. „Hast du Kiddy auch erkannt?", fragte er anschließend Aurora.

„Ähm, nein", wurde Aurora verlegen. „Weil ich nicht weiß, von welcher Kiddy ihr da redet."

„Du kennst Kiddy & KidKad nicht?", spielte er den Ungläubigen und schaute bewusst und fast schon übertrieben verdutzt zu Mina. „Ich glaube, dann musst du ihr es erklären, Mina."

Mina ließ sich nicht zweimal bitten und war sichtlich stolz, dass ihr diese Ehre zuteilwurde. Sie erzählte voller Tatendrang und immer wieder stellte Aurora Fragen, auf die das Mädchen, ohne nachdenken zu müssen, einging. Er war beeindruckt. Mina konnte jede noch so knifflige Frage detailliert beantworten und bei manch einer hätte sogar er sich schwergetan. Vor allem aber war er froh, dass aus ihr dadurch wieder das Mädchen vom Vortag geworden zu sein schien.

„Ich lasse euch zwei einmal alleine, mit dem Wissen von Mina kann ich sowieso nicht mithalten", ließ er die beiden mit einem Augenzwinkern wissen und ging nach draußen.

„Das, was wir tun können, ist ihr nochmal ein wenig Zeit zu schenken, in der sie dieses Mädchen sein kann. Wenn wir fahren und wir uns von diesem Mädchen verabschieden, wird sie das leider auch tun müssen. Nur so wird sie hier überleben können", dachte er sich, als er vor die Tür trat.

Als er sich gerade eine Zigarette anzünden wollte, fiel ihm ein, dass hier Rauchverbot herrschte. Deshalb entfernte er sich ein Stück und ging in Richtung des Platzes außerhalb der Kuppel, an dem er gestern auf Mina getroffen war. Zu seinem Glück hatte es zu regnen aufgehört, auch wenn die Wolken weiterhin den kompletten Himmel bedeckten und der Regen jederzeit wieder beginnen konnte.

Das war auch der Grund, warum er nicht bis zum Baumstamm ging, sondern sich hinter die Grenze neben den Weg stellte und sich dort seine Zigarette anzündete. So wie er neben dieser Begrenzung außerhalb der Kuppel stand, fühlte es sich so an, als wäre er wieder in der Stadt und würde auf einen Bus oder Zug warten. Allerdings war er hier alleine und musste sich den Platz zum Rauchen nicht mit anderen Leuten teilen.

Während er darüber nachdachte, wie er Aurora später erklären sollte, warum er Mina bereits kannte, vernahm er das Geräusch von Schritten, die von etwas oberhalb zu kommen schienen. Als das Geräusch die Erhöhung passiert hatte und über den Pfad weiter nach unten kam, konnte er erkennen, dass es sich um zwei Personen handelte. Kurze Zeit später standen sie auch schon neben ihm und er sah, dass es sich um zwei von gestern bekannte Gesichter handelte.

„Guten Tag, Dr. Braunhofer und Peter", eröffnete er das Gespräch. „Was führt Sie denn nach hier unten?"

„Ähmm, wir sind unterwegs, um Proben von der Erde zu nehmen ...", antwortete Peter mit der gleichen Nervosität, die er bereits gestern an den Tag gelegt hatte, und schien das Gesagte schon in dem Moment zu bereuen, in dem er es ausgesprochen hatte. Augenblicklich drehte sich der

Molekularbiologe zu Dr. Braunhofer, als wolle er von diesem, dass der ihn rettete.

„So ist es", wirkte der Doktor lockerer, als er ihn gestern kennengelernt hatte, was vielleicht auch am Fehlen des weißen Kittels lag, wobei das für Peter genauso gegolten hätte. „Und ich begleite ihn. Nach unserem gestrigen Aufeinandertreffen habe ich mir gedacht, es wäre vielleicht nicht schlecht, wenn ich mehr über diese zweite Forschungsebene wüsste und da habe ich beschlossen, heute mal mit Peter den Tag zu verbringen. Ich muss schon sagen, zu Fuß hier runterzugehen und nicht zu fahren ist bereits eine neue Erfahrung für mich."

„Der arme Kerl sucht verzweifelt irgendetwas, das er nachvollziehen und verstehen kann", suchte er sich seine eigenen Erklärungen für dieses Verhalten zusammen. *„Und er sieht bessere Chancen, wenn er sich in einem fremden Fachgebiet mit der Arbeit von Menschen auseinandersetzt als in seinem eigenen mit der Arbeit der künstlichen Intelligenz."*

„Ich gehe eigentlich fast immer zu Fuß, wenn ich runterkomme", ließ sich Peter von der Lockerheit anstecken, nachdem er bemerkt hatte, dass sein Vorgesetzter frei zu sprechen schien, und erklärte die Vorteile dieser Routine: „Wenn man das drei- bis viermal in der Woche macht, dann hält das einen schon fit."

„Ja, manchmal ist es ganz angenehm, wenn man sich die Füße vertreten kann", stieg nun auch er in das oberflächliche Gespräch ein und bemerkte, dass es seine Chance war, Antworten zu erhalten, die er in Anwesenheit der Eltern nicht bekommen würde.

Ganz offen zu fragen, hielt er allerdings für keine gute Idee, da er nicht wusste, wie die beiden zu den Eltern standen. Und selbst wenn sie ihnen nicht hörig waren und kein Interesse daran hatten, sofort zu melden, dass sie merkwürdige Fragen gestellt bekommen hatten, wusste er nicht, welche Geräte sie bei sich trugen.

„Aber irgendwann wird das nicht mehr gehen, wenn hier Plexiglas ist ...", sagte er und hoffte darauf, dass dieser Satz bei einem der beiden eine Reaktion hervorrufen würde.

„Das stimmt leider", stieg Peter ein wenig geknickt darauf ein und man spürte, dass ihm diese Spaziergänge wirklich wichtig waren.

„Aber das dauert schon noch ein bisschen", versuchte Dr. Braunhofer Peter sogleich aufzumuntern. „Du weißt doch, dass genau hier bei dem Weg ganz unten die allerletzte Plexiglasplatte eingesetzt wird, bevor alles fertig wird. Also kannst du deinen Fußweg noch einige Zeit lang gehen."

„Ich weiß, ich weiß ...", wirkte Peter weiterhin zerknirscht und sah so aus, als wolle er nichts davon hören.

„Haha", lachte der Doktor plötzlich und wirkte belustigt. „Ich sehe Peter schon vor mir, wenn er sich in drei bis vier Monaten hier ein letztes Mal durchquetscht, wenn nur noch eine Platte fehlt und nichts mehr durchpasst außer ein Mensch, der sich kleinmacht oder ein Kind ... Schau, vielleicht kannst du das sogar öfter als einmal machen, weil Mutter und Vater das Einsetzen der letzten Platte ja so richtig zelebrieren wollen. Das werden sie dann bei einer Mittwochsbesprechung ankündigen. Wenn du also Glück hast und es ist genau ein Donnerstag, an dem nur noch eine Scheibe fehlt, dann hast du nochmal eine ganze Woche, in der du dich da durchzwängen kannst."

Peter wirkte nicht begeistert. Dr. Braunhofer war anzusehen, dass er wirklich versuchte ihn aufzuheitern und etwas Positives zu sagen. Trotzdem klang es nicht unbedingt danach.

„Ach, Peter und seine Spaziergänge", wendete sich der leitende Wissenschaftler jetzt ihm zu, nachdem dieser wohl bemerkt hatte, dass er es durch seine Aussagen nicht besser machte, und versuchte das Thema zu wechseln, obwohl es weiterhin um Peter ging. „Wissen Sie, in mancher Hinsicht ist er ein bisschen altmodisch. So wie mit seinen

Forschungsergebnissen, die schreibt er immer mit einem Stift in so ein kleines Heft. Dabei wird sowieso alles automatisch abgespeichert."

„Jeder hat so seine Macken", antwortete er und hielt seine Tschick in die Luft, um sogleich zu zeigen, welche die seine war. Zumindest war es jene, von der es ihm egal war, wenn andere davon wussten. Peters Angewohnheit mit dem kleinen Heft kam ihm ohnehin sehr vertraut vor.

„Und wenn es euch recht ist, würde ich in meiner Pause gerne auf Höflichkeitsformen verzichten. Das ist noch so eine Macke", fügte er hinzu, während er einen Zug nahm.

„Ich verstehe", antwortete Dr. Braunhofer und bejahte seinen Wunsch, indem er es einfach tat. „Deshalb stehst du hier außerhalb der Grenze, schön, wenn sich wenigstens einer an das Rauchverbot hält."

„Regeln sind Regeln", ging er nicht auf die Anspielung ein, auch wenn sie ihn irritierte, und wechselte wieder zu für ihn interessantere Themen. „Drei bis vier Monate klingt nach einem kurzen Zeitraum, wenn ich mich so umsehe ... Da fehlt doch noch so einiges."

„Da hast du nicht Unrecht, aber das ist die Zeit, die berechnet wurde, also wird das stimmen", bekräftigte der Doktor seine Aussage von zuvor, während Peter danebenstand und sich immer wieder seine Frisur richtete.

„Das, was berechnet wurde, stimmt immer. Das gilt jedenfalls für die Fassade. Wie es dann hier drinnen ausschaut, ist nicht mein Gebiet, aber wenn die Fassade fertig ist und hier Leute untergebracht sind, kann mit dem Anbau begonnen werden. Soweit ich es mitbekommen habe, werden die Landwirtschaftsmaschinen in einem Monat geliefert, also ist dann alles, was es braucht, vor Ort. Für die Pflanzen, die Luft und das simulierte Wetter ist es egal, ob die Leute, die hier arbeiten und sich um den Anbau kümmern im Freien auf dem Boden schlafen oder schon in einem Schuppen. Da spielt es keine Rolle, ob das inhaltliche Konzept ausgearbeitet ist und funktioniert", führte Dr. Braunhofer trocken und nicht unbedingt empathisch aus.

„Ich verstehe das Argument", konnte er nachvollziehen was gemeint war und war gleichzeitig besorgt, weil er nicht ausschließen konnte, dass es im Fall tatsächlich so kommen könnte, wie von dem leitenden Wissenschaftler beschrieben.

„Das kann ich bestätigen!", begann Peter wie aus heiterem Himmel so überschwänglich zu sprechen, als hätte nun seine große Stunde geschlagen. „Saatgut und Dünger für den ersten Anbau wird bei uns oben gelagert und wäre sogar jetzt schon einsatzbereit. Das ist noch nicht das optimierte, an dem wir dran sind, damit der Ertrag größer wird, aber wir hoffen, dass wir das bald hinbekommen und es spätestens in einem halben Jahr einsatzbereit ist. Deshalb brauchen wir immerzu neue Proben von der Erde, um alles, soweit es möglich ist, anzupassen."

„Armer Peter, die Eltern wären gerade sehr unglücklich mit dir … Das scheint das zu sein, von dem sie nicht wollten, dass wir es hören oder sehen", fiel ihm auf, während er Peter weitersprechen ließ.

„Und wegen der Unterkünfte. Naja, die einzigen Gebäude, bei denen es wirklich viel Know-how und auch einiges an Zeit braucht, sind die im Sicherheitszentrum, und die sind praktisch alle fertig. Es wird ein paar Tage benötigen, bis sie dort mit der Technik und den Informationen, die sie von der Kuppel geliefert bekommen, zurechtkommen, weil ihnen das erst gezeigt werden kann, wenn es läuft … Wir wissen ja selbst noch nicht mal, wie das dann genau ausschaut." Peter sagte allerdings nichts mehr zu dem vorigen Thema.

„Tja, das stimmt", war nun wieder Dr. Braunhofer an der Reihe und es entstand eine Dynamik, die so wirkte, als wollten sich die beiden ein Wettrennen liefern, wer am Ende mehr verriet. „Und die ganz großen Geräte wie Drohnen und Helikopter sind schon da, weil es, wenn die Kuppel einmal geschlossen ist, gar nicht mehr so einfach sein wird, die rein und raus zu bekommen. Da musst du dann schon fast mit einem Tag rechnen, weil dafür extra die Waggons der U-Bahn, die dann beim Eingang sein wird, ausgetauscht werden müssen, und selbst dann bekommst du sie nicht in einem Stück hindurch. Deshalb werden die großen Geräte hier drinnen repariert, gewartet und nur die Einzelteile geliefert. Falls du also irgendwann wieder zu Besuch kommst, musst du das Auto draußen stehen lassen und mit der Bahn unterirdisch hereinfahren. Dann musst du in ein Fortbewegungsmittel umsteigen, das dich dort abholt, weil man mit einem eigenen nicht mehr hereinkommt."

„Davon habe ich noch nichts gehört", war er einigermaßen erstaunt und erinnerte sich an ihre Anreise. „Wir sind doch durch eine Durchfahrt in der Fassade hierhergekommen."

„Tja", wurde der Doktor verlegen. „Das wäre so auch der ursprüngliche Plan gewesen, aber die künstliche Intelligenz hat etwas anderes vor. Zuerst haben wir gedacht, wir können das ändern und irgendwie anders machen, aber die besteht darauf, dass die komplette Kuppel geschlossen in den Boden übergeht. Deshalb sind die zwei einzigen Ausgänge dann die über die zwei U-Bahnen. Ich hoffe, dass wir bei zukünftigen Projekten durch die Erfahrung hier mehr Wissen haben, um bei solchen Designfragen Einfluss nehmen zu können. Jedenfalls steht das erst seit ungefähr zwei Wochen fest, dass es so sein wird. Deshalb haben sie es vielleicht nicht gesagt, oder sie haben nach wie vor die Hoffnung, dass es anders geht, aber das wird es nicht. Entweder so oder gar nicht, da kann man leider nichts machen, wenn die KI es so möchte."

Mit dieser Zusatzinformation im Kopf war er gleich noch erleichterter darüber, dass sie bereits jetzt, da nur die halbe Kuppel stand, hier waren und nicht erst, wenn sie bereits fertig war.

„Und was, wenn das Ding beschließt, den Sauerstoff aus der Luft zu ziehen oder es so lange durchgehend regnen zu lassen, bis es kein Terrarium mehr ist, sondern ein Aquarium?", gingen ihm schon Schreckensszenarien durch den Kopf. *„Die Wissenschaftler haben es fein, die sind oben, wo es eine Tür als Ausgang gibt, die man zur Not händisch öffnen kann. Ich wette, in der weißen Villa wird es auch irgend so etwas geben. Einen Tunnel, über den man im Notfall nach draußen kommt, oder etwas Ähnliches"*, war ihm ebenfalls klar, wer in einem solchen Szenario die Leidtragenden sein würden.

„Erstaunlich, das alles hier", sagte er laut, während er den letzten Zug von seiner Zigarette nahm und sie gleich danach auslöschte. „Ich muss jetzt leider schon zurück, sonst ziehen sie mir das noch von der Arbeitszeit ab. Es war mir eine Freude und auf

Wiedersehen", verabschiedete er sich, da er genug gehört hatte.

„Haha", lachte Dr. Braunhofer über seine letzten Worte. „Manche Sachen sind doch in allen Bereichen dieselben. Dann bis zum nächsten Mal. Komm, Peter, wir müssen auch weiter ..."

„Tschüss", schloss sich Peter an und die beiden marschierten schnurstracks dorthin, wo in drei bis vier Monaten Felder zum Anbau brach liegen sollten.

„Ich hoffe nicht, dass es ein nächstes Mal geben wird, wenn man hier nicht mehr über einen normalen Weg rauskommt. Was musste ich mir gestern auch denken, dass wir alles gesehen haben und es nichts mehr geben wird, das weitere Befürchtungen hervorrufen kann?", ärgerte er sich innerlich über sich selbst.

Als er den Schritt über die Grenze ging und wieder innerhalb der noch imaginären Abgrenzung stand, fühlte er sich eingeengt und musste sich erst einmal schütteln, bevor er sich auf den Weg zurück zu Aurora und Mina machte. Der just in diesem Moment wieder einsetzende leichte Regen sorgte zwar dafür, dass er ein bisschen nass wurde, doch war ihm das wohl noch nie lieber gewesen als in diesem Augenblick, denn es bedeutete, dass der Boden noch nicht durch Plexiglas vom Himmel abgetrennt war.

Als er wieder zu Aurora und Mina stieß, waren die beiden immer noch in dasselbe Thema vertieft. Mina gab ihr Bestes, die Geschichten so lebendig wie möglich zu erzählen, und tat dies mit vollem Körpereinsatz. Insbesondere wenn Kiddy vorkam, legte sie sich ins Zeug, nutzte ihre Arme sowie Beine und versuchte die Geräusche einer Katze nachzuahmen. Er konnte nicht anders, als sich zu erkundigen, ob sie Aurora schon erzählt hatte, wie Kiddy KidKad einmal gekratzt hatte. Obwohl sie es schon getan hatte, ließ Mina es sich nicht nehmen, es zu wiederholen. Als sie fauchend und ihre Finger als Krallen benutzend durch den Raum tobte, musste Aurora laut lachen und sah ihn mit glänzenden Augen an.

Vom Moment mitgerissen lachte auch er, selbst wenn sich seine Mundwinkel augenblicklich wieder nach unten bewegten und in einem ernsten Gesichtsausdruck endeten.

„Es ist schade um dich, kleine Mina", dachte er sich. *„In einer anderen Welt, zu einer anderen Zeit wärst du bestimmt ein glückliches Mädchen geworden."*

Nachdem er sich entschlossen hatte, sich nicht auf seine Gedanken zu konzentrieren, sondern mit den beiden in Interaktion zu gehen, verging die Zeit wie im Flug. Als Jonathan den Raum betrat, um ihnen zu sagen, dass es für Mina an der Zeit war, zu essen, sowie dass auf Aurora und ihn in ihrer Unterkunft ebenfalls ein Mittagessen wartete, waren sie gerade damit beschäftigt, Verstecken zu spielen.

Die kleine Mina hätte sich vor lauter Lachen fast in die Hose gemacht, als der ahnungslose Jonathan nur sie und ihn vorgefunden hatte, bevor Aurora aus dem Hintergrund hervorsprang und diesem einen gehörigen Schreck einjagte. Zum Glück ließ sich der Butler von der ausgelassenen Stimmung anstecken und lachte heiter mit ihnen mit, nachdem der kleine Schock verflogen war.

Er mochte Jonathan irgendwie, denn selbst wenn es den Eindruck machte, dass dieser wie die anderen Menschen an diesem Ort auf eine bestimmte Art nur eine Spielfigur auf dem Spielfeld der Eltern war, wirkte es so, als wüsste der Butler das und würde sich zumindest dann, wenn die Möglichkeit bestand, wie er selbst verhalten und nicht durchgehend wie diese Spielfigur. Nummer eins und zwei, Peter, Dr. Braunhofer und all die anderen namenlosen Personen, die sie bis jetzt getroffen oder gesehen hatten, taten das nicht, wenn wohl auch aus verschiedenen Beweggründen.

Er vereinbarte mit Mina, dass er sie nach dem Mittagessen nochmal besuchen kommen würde, und machte sich danach mit Aurora auf den Weg ins

Bauernhaus, um Mittag zu essen. Dort angekommen setzten sie sich zum Essenstisch und als sie begannen, die vorbereitete Tomatensuppe zu löffeln, eröffnete Aurora das Gespräch.

„Warum hast du mir nichts davon gesagt, dass du Mina bereits gestern getroffen hast?", stellte sie die Frage, auf die er schon die ganze Zeit gewartet hatte. Zu seinem Erstaunen klang ihre Frage weder vorwurfsvoll noch schwang darin ein Hauch von Enttäuschung mit. Es klang einfach nur so, als würden sie seine Beweggründe interessieren. Nachdem er kurz überlegte, verwarf er seinen ursprünglichen Plan, den er sich überlegt hatte, als er davon ausging, sich gegen einen Vorwurf wehren zu müssen, und beschloss ihr einfach die Wahrheit zu sagen.

„Hör zu, Aurora", begann er und gab mit einem kurzen Seufzer zu verstehen, dass eine längere Erklärung folgen sollte: „Weil es keine Rolle gespielt hätte. Versteh mich nicht falsch, ich weiß, ich hätte es dir auch sagen können, aber es hätte Kraft gekostet und die habe ich gestern Abend ganz einfach nicht mehr gehabt. Heute Früh, als wir losgegangen sind, habe ich kurz überlegt, ob ich es noch erzählen soll, nur war ich mir sicher, dass es dann nur zu Stress geführt und dich eher verunsichert hätte. Vielleicht bilde ich mir das auch nur ein und es wäre nicht so gewesen, aber ich habe es in diesem Moment so gesehen und mich dann dazu entschieden. Dieser Ort ... Er macht mir zu schaffen, Aurora ... Vielleicht ist das der Grund."

„Schon gut, ich verstehe ...", war Aurora mit der Antwort und wahrscheinlich mehr mit der Art, wie er es sagte, zufrieden.

„Für mich ist es hier auch nicht leicht ...", gestand sie ihm, bevor sie doch noch an ihn appellierte: „Aber trotzdem hätte ich mich gefreut, wenn du was gesagt hättest und wenn es nur gewesen wäre 'ich habe das Mädchen gestern getroffen und sie war ganz nett, aber über Genaueres möchte ich nicht sprechen'. Das hätte mir gereicht und ja, eventuell hätte ich nachgefragt, aber dann hättest du immer noch sagen können, dass du mir nicht mehr erzählen möchtest. Ich hätte es verstanden, weil es ja auch sein kann, dass Mina das gar nicht gewollt hätte, und genau deswegen werde ich jetzt nicht mehr nachfragen ... Wir sind doch ein Team und ich würde mir wünschen, dass du mir davon erzählst, wenn du das Mädchen triffst, von dem wir noch gesprochen haben, dass wir mit ihm reden wollen."

„Du hast recht", gab er mit geläutertem Tonfall zu. „Wir sind ein Team und so hätte ich es machen sollen."

„Noch sind wir ein Team und genau deshalb ist es besser, wenn wir bald keines mehr sind", sagte er

sich in seinem Kopf. *„Irgendwie ist es schade, aber es ist besser für uns beide."*

„Ich bin dir jedenfalls nicht böse, falls dir das Sorgen macht", stellte Aurora klar und bezog sich wohl auf sein traurig wirkendes Gesicht, was mehr seinen Gedanken geschuldet war als seinen Worten.

„Was sagst du zu Mina? Also nicht wegen gestern, sondern generell? Sie ist so ein liebes, aufgewecktes Mädchen, oder?", fragte sie ihn mit einem beinahe entzückten Tonfall.

„Das ist sie ...", waren nun doch seine Worte der Grund für sein traurigen Gesichtszüge. „So wie sie gestern war und heute, nachdem wir sie beruhigt hatten ... Ich fürchte aber, sie wird mehr und mehr zu dem Mädchen werden, das sie war, als wir heute den Raum betreten haben. Dieses ganze Projekt wird sie zu diesem Mädchen machen."

„Oder auch nicht!", war wieder einmal Auroras Kampfgeist geweckt. „So wie das geplant ist, ist das nichts für Kinder oder besser gesagt für keinen Menschen. Aber wir reden mit Captain und ich habe ja die Brosche. Wir werden dafür sorgen, dass das Konzept hier geändert wird, wenigstens für die Kinder. Dann kann sie das Mädchen bleiben, das sie ist! Und deswegen habe ich mir schon überlegt, dass wir heute mit Jonathan sprechen und uns alles nochmal anschauen. Vielleicht finden wir noch etwas, was uns bei diesem Vorhaben hilft."

„Ich bewundere dein Engagement, Aurora." Er war fast ein wenig angetan von ihrem Willen und gleichzeitig sah er dahinter reine Naivität. „Aber das klingt ein bisschen nach Verzweiflung. Du weißt genau so gut wie ich, dass es nichts bringen wird. Vielleicht wird unsere Rolle eine kleinere werden und die Lebenslaufprognosen werden nicht so eingesetzt wie von ihnen gewünscht. Aber das würde nichts ändern, außer dass sie hier ein bisschen mehr Arbeit hätten, sich selbst mehr mit der Einteilung befassen müssten und nicht alles eins zu eins von uns übernehmen könnten. Ansonsten wird alles gleich bleiben, außer dass wir die einzige Möglichkeit, die wir haben, um ein bisschen einwirken zu können auch noch aus der Hand geben. Und deine Brosche, die wird dir oder uns beiden höchstens den Kopf kosten."

„Ich werde in der Zeit, die wir noch hier sind, trotzdem weitersuchen und gebe nicht auf, weil ich deinen Pessimismus nicht so akzeptieren kann", gab sich Aurora widerspenstig und entschlossen. „Und weil ich Mina mag und ihr einfach helfen will", fügte sie fast mehr zu sich selbst sagend hinzu, während sie vom Tisch aufstand.

„Dann tu das", antwortete er ruhig und wirkte resigniert. „Ich mag sie auch und deshalb tue ich mit der Zeit, die wir noch hier sind, das Einzige, was ihr wirklich etwas nützt. Ich werde sie mit ihr verbringen und mit ihr spielen, damit sie wenigstens jetzt noch das Mädchen sein kann, dass sie ist. Das ist es, was wir tun können ... Ihr zumindest dieses Geschenk machen, dass sie noch ein letztes Mal dieses Mädchen sein darf."

Zu seiner Verwunderung schien Aurora mit seinem Vorhaben einverstanden zu sein, denn sie räumte ihren leeren Suppenteller weg und verließ mit den Worten „Das klingt nach einer passenden Arbeitsteilung, wie bei einem guten Team!" den Raum.

Er blieb allein am Esstisch zurück und brauchte einen Moment, um sich zu sammeln, ehe er ebenfalls seinen Teller wegräumte und sich danach auf den Weg zum Balkon machte, um seinem Laster zu frönen. Als er diesen gerade betreten hatte, musste er ihn auch schon wieder verlassen. Sein Handy rief ihn mit einem lauten Klingeln in sein Zimmer.

„Captain?", hob er ab.

„Ich komme euch übermorgen um zwölf zu Mittag abholen", hörte er Captains Stimme am anderen Ende der Leitung.

„Okay, ich werde es gleich Aurora sagen. Gibt es sonst noch irgend...?"

„Gut, dann bis übermorgen", ließ Captain ihn gar nicht erst ausreden und legte auch schon wieder auf.

„Das, was Aurora zu viel redet, redet Captain zu wenig", musste er kurz für sich schmunzeln und überlegte, wie hier alles abgelaufen wäre, wenn statt Aurora Captain mitgekommen wäre.

„Jonathan hätte dann auf jeden Fall einen Schreckmoment weniger zu überstehen gehabt", dachte er an die Situation im Klassenraum zurück und an die Heiterkeit, die daraus entstanden war. Ihm wurde klar, dass er Auroras und Minas ansteckendes Lachen in Erinnerung behalten würde. Er hatte es genau in den Ohren und auch wenn ihn dieser Gedanke im Moment noch aufheiterte und angenehm berührte, wusste er, dass er in spätestens einer Woche nichts weiter war als eine zusätzliche Erinnerung, die er vergessen musste.

„Captain kommt uns übermorgen zu Mittag abholen!", rief er durch die offene Zimmertür, als er vernahm, dass Aurora gerade ihr Zimmer verlassen hatte.

„Gut, ich geh jetzt mal los. Wir sehen uns am Abend und richte Mina liebe Grüße aus. Ich werde sie morgen auch nochmal besuchen kommen", hallte ihre Stimme zurück, bevor er eine Tür zufallen und leiser werdende Schritte auf der Treppe hörte.

„*Mach ich*", dachte er sich und ging auf den Balkon, um sich die Zigarette anzuzünden, die er schon vor dem eingehenden Anruf rauchen wollte.

Nachdem er fertig war, machte er sich auf den Weg zu Mina. Die Wolken hatten in der Zwischenzeit aufgelockert, was erfreulich war, denn so mussten sie den Nachmittag nicht im Innenraum verbringen und konnten stattdessen im Freien spielen.

Genau das taten sie dann auch. Obwohl er sich nicht erinnern konnte, wann er das letzte Mal Fangen gespielt hatte oder andere improvisierte Spiele, wie etwa wer mehr Steine in einen in die Erde gezeichneten Kreis werfen konnte, bereitete es ihm den Großteil der Zeit unerwartet viel Freude. Ausnahmen bildeten jene Momente, in denen er sich erinnerte, dass bald übermorgen wäre und was das für die kleine Mina bedeutete.

Mina hingegen schien das nicht zu stören und sie schien einfach nur froh darüber zu sein, dass sich jemand mit ihr beschäftigte und sie keine anderen Aufgaben zu erledigen hatte.

„Mit dir ist es toll", hatte sie zwischendurch zu ihm gesagt. „Ich kann mit dir spielen und die anderen lassen mich in Ruhe. Sonst bekomme ich immer irgendeine Aufgabe, wenn ich zu lange spiele. Das ist so viel toller, wenn sie mich wegen dir in Ruhe lassen."

Es war ein klein wenig tröstlich, wenn er sich vorstellte, dass es für Mina anders war als für ihn. Für sie waren die eineinhalb Tage, die sie nun mit ihm und auch Aurora verbringen konnte, etwas unerwartet Schönes, mit dem sie nicht gerechnet hatte. Selbst wenn sie dann weg waren, würde sie gar nicht bemerken, dass sie mit der Zeit und Stück für Stück zu einem anderen Mädchen werden würde.

Vielleicht würde sie sich irgendwann in ferner Zukunft an diesen Moment zurückerinnern und daran, wie es war, als sie ein aufgewecktes, lebenslustiges und neugieriges Mädchen war. Doch viel wahrscheinlicher war, dass sie es einfach vergessen würde, so wie er es auch vorhatte. Denn er wusste, falls sie sich irgendwann erinnern würde, würde es ihr nur Schmerzen bereiten. Es würde Wehmut mit sich bringen, wenn sie sich die quälende Frage stellen müsste, warum sie es irgendwann nicht mehr war. Er wusste aus eigener Erfahrung, dass ihr die genauso richtige wie simple Antwort 'um zu überleben' dabei nicht weiterhelfen und es nicht einfacher machen würde.

Genau deshalb war es besser, es zu vergessen und sich nicht der trügerischen Hoffnung hinzugeben, dass es eventuell möglich wäre, wieder so zu werden. Diese Hoffnung machte den Schmerz der Enttäuschung zumeist nur schlimmer. Eine Lektion, die Aurora erst lernen musste. Trotzdem wollte er der fröhlichen Mina diese Zeit noch schenken, obwohl er nicht einmal genau wusste, weshalb dem so war. Zu allem Überfluss war ihm auch noch bewusst, dass es aus seiner Perspektive grundlegend töricht von ihm war. Denn es würde das Vergessen für ihn selbst nur schwieriger gestalten.

Der Nachmittag verging schnell und war kurzweilig, genauso wie die Gespräche, die sie während des Spielens führten. Immer wieder musste er aufpassen, Mina nichts zu versprechen und darauf achten, bestimmten Fragen auszuweichen. Wenn sie etwa von ihm wissen wollte, ob er ihr irgendwann Schach spielen beibringen könnte oder ob er ihr irgendwann die Aussichtsplattform zeigen könnte, auf der er so gern Zeit verbrachte. Ab und an kam Jonathan vorbei, bei dem er das Gefühl hatte, dass ihm tatsächlich etwas an Mina lag und er freiwillig auf das Mädchen achtgab und nicht auf Geheiß der Eltern. Mina war dann stets aufs Neue begeistert, wenn der Butler wieder ging, ohne ihr etwas aufgetragen zu haben oder ihr zu sagen, dass sie mitkommen müsse.

Als Jonathan dann schließlich gegen Abend ein letztes Mal kam und es für sie tatsächlich an der Zeit war, mitzukommen, war sie im ersten Moment ein wenig frustriert. Sie machte sogar ihn und nicht Jonathan dafür verantwortlich, weil er gesagt hatte, dass es für ihn auch langsam Zeit wäre, da Aurora schon auf ihn wartete. Als er ihr versichert hatte morgen wiederzukommen und ihr von Aurora ausrichtete, dass sie sie morgen ebenfalls besuchen kommen wolle, überzeugte sie das jedoch und sie ging, ohne zu murren, mit Jonathan mit.

„Jonathan wird ein Auge auf dich haben, wenn wir nicht mehr da sind", ging es ihm durch den Kopf, während er den beiden hinterherschaute und nicht beurteilen konnte, ob er das wirklich glaubte oder ob dieser Gedanke nur zu seiner eigenen Beruhigung diente.

Im Bauernhaus angekommen, war er alleine, denn Aurora war zu seiner Verwunderung noch nicht zurückgekommen. Deshalb nutzte er die Gunst der Stunde und aß die Hälfte des vom Mittagessen übrig Gebliebenen und genoss es, während der Mahlzeit zur Abwechslung einmal kein Gespräch führen zu müssen. Danach begab er sich in sein Zimmer und schaute gar nicht mehr auf die Uhr. Er war einfach nur müde. Die Anstrengungen, die sein Körper am Vortag über sich ergehen lassen musste, hatten Spuren hinterlassen. Das war ihm während des Nachmittags gar nicht so richtig aufgefallen.

Trotz der Müdigkeit lag er noch einige Zeit wach und kämpfte mit ähnlichen körperlichen Einschlafschwierigkeiten wie am Abend zuvor, weshalb er mitbekam, als Aurora spät in ihr momentanes Zuhause kam. Er hörte ihr zaghaftes Klopfen an seiner Zimmertür, doch entschied er sich, nicht darauf zu reagieren, woraufhin sie sich wieder entfernte. Den Geräuschen nach zu urteilen, nahm Aurora noch ihr Abendessen zu sich und verschwand danach ebenfalls in ihrem Zimmer.

Obwohl er diese Geräusche so vernahm und auch noch so bewerten konnte, fühlte er sich nicht mehr richtig wach.

☼

Am nächsten Morgen konnte er nicht mehr beurteilen, ob er das Klopfen wirklich gehört oder ob er es nur geträumt hatte. Eine Erfahrung, die er immer wieder einmal machte und für die er bis heute keinen wirklichen Umgang gefunden hatte.

Er stand auf und erledigte die Morgenroutine, die er sich hier angewöhnt hatte, bevor er sich auf den Balkon begab und dort überraschenderweise auf Aurora traf.

„Heute habe ich auch Lust auf eine Tschick", teilte sie ihm umgehend mit, was erklärte, warum sie dort und nicht wie gewöhnlich in der Küche auf ihn wartete.

Als Antwort reichte er ihr sein kleines Täschchen, um ihr zu signalisieren, dass sie sich gerne eine drehen dürfe. Dabei fiel ihm auf, dass er mit dem mitgebrachten Tabak gut bis zum nächsten Tag und damit bis zum Abholzeitpunkt durchkommen sollte. Er war doch einigermaßen erstaunt darüber, denn zwischenzeitlich war er sich so gut wie sicher gewesen, dass sich das nie und nimmer ausgehen könnte, da er mehr Tabak konsumiert hatte, als er zu Anfang angenommen hatte.

Am gestrigen Nachmittag allerdings hatte er keine einzige Zigarette geraucht. Er war so in die Interaktion mit Mina vertieft gewesen, dass er gar nicht an sein Laster und die wohltuenden Pausen, die es ihm normalerweise verschaffte, gedacht hatte. Das hatte jetzt eben jenen positiven Effekt, dass noch genug davon vorhanden war.

„Hast du gestern schon früh geschlafen? Ich habe noch geklopft, als ich zurückgekommen bin", fragte ihn Aurora, während sie sich ihre nicht gerade ästhetisch aussehende Zigarette anzündete.

„So halb ...", antwortete er und wusste nun wieder, dass er es wohl doch nicht nur geträumt hatte.

„Ich habe ziemlich vorsichtig geklopft, also war es nicht sonderlich laut", wies ihn Aurora subtil darauf hin, dass sie Rücksicht auf ihn genommen hatte.

„Es war auch nicht so wichtig ... Sonst wäre ich einfach in dein Zimmer spaziert", ließ sie ihn mit einem

Augenzwinkern wissen. „Ach, komm", legte sie nach, als er ihr durch einen irritierten Blick zu verstehen gab, dass er nicht wusste, ob das für ihn in Ordnung gewesen wäre. „Was wäre denn das Schlimmste gewesen, bei dem ich dich erwischen hätte können? Ich glaube, es wäre nichts gewesen, das ich nicht schon einmal in meinem Leben gesehen hätte."

Ihm fielen einige Dinge ein, die ihm unangenehm und sehr wahrscheinlich sogar richtig peinlich gewesen wären, wenn es so gekommen wäre. Seltsamerweise glaubte er ihr aber, dass es bis auf einen kurzen Moment der Peinlichkeit zu keinen weiteren Problemen geführt hätte. Bei anderen Menschen hätte er das nicht so gesehen. Er wusste, dass bestimmte Situationen gerne mal als Druckmittel herhalten mussten, sobald es für jemanden von Vorteil war. Deshalb achtete er stets darauf, anderen Menschen so wenig als möglich von diesen Druckmitteln zu liefern, auch wenn ihm in der konkreten Situation, die Aurora ansprach, nichts in den Sinn kam, was es am Ende sein hätte können.

„Du hast mich überzeugt, trotzdem wäre es mir unangenehm gewesen", wollte er das Thema nicht weiterverfolgen, es aber auch nicht einfach so stehen lassen. „Was wolltest du denn, wenn du geklopft hast?"

„Nichts Wichtiges", wiederholte sie sich und wirkte dabei enttäuscht. „Leider ... Ich wollte dir nur sagen, dass ich nichts Neues gesehen oder herausgefunden habe. Ich bin nochmal bei den Holzschuppen gewesen, aber zu nahe habe ich mich nicht hin getraut, weil da überall Sicherheitspersonal gestanden ist, das ausgerüstet war, als würden sie einen Geldtransporter bewachen. Dann bin ich dorthin, wo du vorgestern hin verschwunden bist, aber es hat nichts gebracht. Vielleicht habe ich es zu sehr versucht ... Beim Zurückgehen habe ich mir gedacht, dass es eigentlich ein Wahnsinn ist, wie lange ich dafür gebraucht habe. Ich schätze das passiert, wenn man vor jedem kleinen Etwas minutenlang stehenbleibt und mit aller Gewalt versucht etwas zu entdecken."

„Es ist schwierig für uns", versuchte er ihre Enttäuschung zu dämpfen. „Oder klug von ihnen ... Im Prinzip gibt es noch nicht wirklich etwas zu sehen und auch niemanden, mit dem man sprechen könnte. Außer Jonathan, Mina und vielleicht noch die Wissenschaftler scheinen alle Menschen, die sich hier in der Kuppel befinden, wie Zombies zu sein, die penibel darauf achten, uns nicht näher als zwei Meter zu kommen. Wir kennen das Konzept und bekommen ein paar halbfertige Gebäude zu sehen ... Selbst wenn wir Bedenken haben, gibt es nichts, was wir groß beanstanden könnten, weil es zum Großteil Spekulation ist ... Wir wissen noch nicht einmal, ob diese Bedenken und

Spekulationen nicht genau so gewollt und abgesegnet sind. Trotzdem wirkt es so, als ob es irgendwas gäbe, was sie zu besorgen scheint, sonst hätten sie uns alles erst zeigen können, wenn es läuft."

„Das Gefühl habe ich eben auch", stimmte ihm Aurora zu und löschte ihre Kippe aus, obwohl sie diese erst zur Hälfte fertig geraucht hatte.

„Oder wir interpretieren zu viel hinein", sah er nun die andere Seite. „Für sie ist unsere Aufgabe lediglich das Erstellen der Lebenslaufprognosen, um ihnen im Optimalfall einen Haufen Arbeit zu ersparen, und bis auf Mina gibt es hier noch kein Kind. Deshalb wollten sie uns dem Protokoll folgend so früh es geht hier haben, damit wir sobald als möglich mit dem Erstellen der Lebenslaufprognosen für die vorgesehenen Kinder starten können und sie diese schon bei der ersten Generation zur Verfügung haben. Und da sie sich bei manchen Sachen selbst noch gar nicht so sicher sind, wie es dann ablaufen wird, wirkt es auf uns nur so, als wäre da etwas im Busch."

„Vom Gefühl her ist es das, was du zuerst gesagt hast", wischte Aurora diese zweite Interpretation einfach weg und ließ das so stehen. „Ich hüpfe jetzt noch schnell unter die Dusche", informierte sie ihn, klopfte ihm auf die Schulter und begab sich wieder nach innen.

„Trotzdem", war er noch nicht fertig, „werden wir uns, wenn wir wieder im Büro sind, und mit ein bisschen Abstand, überlegen müssen, was genau unsere Rolle ist und vor allem, ob die Dinge, die wir als problematisch sehen, nicht genau so gedacht sind. Sonst schneiden wir uns ins eigene Fleisch und wenn wir Pech haben, verlieren wir dann nicht nur unseren Job, sondern landen zusätzlich auf irgendwelchen Beobachtungslisten und das war es dann."

Aurora gab ihm mit einem Handzeichen zu verstehen, dass sie ihn noch gehört hatte, bevor sie aus seinem Sichtfeld verschwand.

„Oder besser gesagt, ich muss es mir überlegen", sagte er zu sich selbst, als ihm auffiel, dass er eigentlich nicht vorgehabt hatte, diese Gedanken mit Aurora zu teilen, geschweige denn ihre Meinung dazu in seine Entscheidungen miteinzubeziehen. Er schüttelte über sich selbst den Kopf, während er seinen Glimmstängel im Aschenbecher ausdrückte und begab sich ebenfalls nach drinnen.

Er setzte sich zum Tisch in seinem Zimmer und schrieb Notizen in sein kleines Büchlein. Vor lauter Aufregung der letzten Tage war er bisher noch gar nicht dazugekommen. Er glaubte den Grund dafür, dass er Aurora gegenüber zuvor so freigiebig erzählt hatte, darin gefunden zu haben, dass er eben noch nichts in sein Notizbüchlein geschrieben hatte.

Üblicherweise teilte er mit diesem solche Gedanken, bevor sie sich verselbstständigen und in einem unbedachten Moment aus seinem Mund kommen konnten.

„Ich gehe jetzt nochmal eine Runde und am Nachmittag komme ich mit zu Mina. Treffen wir uns zu Mittag hier und gehen nach dem Essen gemeinsam hin?", verlautbarte Aurora ihre Pläne für den heutigen Tag, als sie nach der Dusche, einfach in sein Zimmer stürmte und ihn in seinem Schreiben vertieft vorfand. Sie hatte nicht geklopft.

„Ach, jetzt bin ich fast enttäuscht, ich habe mir etwas Spektakuläreres erwartet, wenn du schon Unannehmlichkeiten für dich ankündigst, wenn ich in dein Zimmer platze ...", wollte Aurora ihn anscheinend ein wenig aufziehen.

„Du weißt doch gar nicht, was ich gerade schreibe oder vielleicht sogar zeichne. Oder?", sagte er mit ernster Miene, wohl wissend, dass sie von der Tür aus nur seinen Rücken sehen konnte.

„Wer weiß, welche versteckten Geheimnisse das wohl sind ...", ergänzte er kryptisch.

„Neeeeiiiiiin ...", wurde Aurora hellhörig. „Sag nicht, dass das ein Tagebuch ist."

Er konnte ihre Neugierde fast schon schmecken, so intensiv erfüllte sie den Raum. „Vielleicht, vielleicht auch nicht ...", spannte er sie auf die Folter, während er das Büchlein zuschlug und sich umdrehte.

Es war schwer für ihn, eine ernste Miene beizubehalten, da er innerlich herzhaft lachen musste, als er Aurora wie angewurzelt in der Tür stehen sah. Ihr Mund stand offen und in ihren Augen schien ein kurzes Leuchten aufzublitzen, welches mit aller Kraft zu schreien schien 'Ich will es jetzt aber wissen'.

„Ich möchte über Mittag dort bei Mina bleiben und werde Jonathan fragen, ob das okay ist, aber ich denke das sollte kein Problem sein", versuchte er Aurora mit einem anderen Thema aus ihrer Erstarrung zu befreien.

Sein Vorhaben schien gelungen zu sein. Aurora brauchte einen Augenblick, um zu überlegen. „Okay. Dann komme ich auch schon zu Mittag dorthin. Ich esse einfach nicht so gerne allein."

„Klingt gut, dann sage ich das Jonathan auch", schlug er vor.

„Ja, bitte, tu das und danke. Vielleicht komme ich sogar schon ein bisschen früher ... Ich weiß noch nicht mal genau, wohin ich jetzt gehe und vielleicht

lasse ich es dann einfach, wenn mir die Lust ver-
geht."

„Gut, dann starte ich mal los", kündigte sie an,
nachdem sie sein Nicken wahrgenommen hatte.

„Perfekt, dann kann ich noch eine halbe Stunde etwas in mein Tage..., äh, in mein Büchlein schreiben", konnte er sich eine letzte kleine Stichelei
nicht verkneifen.

Sie gab ihm mit einem ernsten Blick, der von einem
Lachen begleitet wurde, zu verstehen, dass sie
durchaus verstanden hatte, dass dieser vorge-
täuschte Versprecher nichts anderes als eine be-
wusste Provokation war, verließ den Raum und
schloss die Tür hinter sich.

Er öffnete wieder sein Büchlein, nahm den Stift und
begann zu schreiben, wobei er sich dabei ertappte,
wie er schmunzeln musste, als er an Auroras von
Neugierde gezeichnetes Gesicht zurückdachte.
Durch einen kurzen Schreck wurde er wieder in die
Realität geholt. Schnell und hastig kritzelte er mit
dem Stift Striche über das zuletzt Geschriebene
und legte das Büchlein bei Seite. Er beschloss los-
zugehen, doch nachdem er aufgestanden und bereits die ersten Schritte gegangen war, kehrte er
um, öffnete nochmal das Büchlein und riss die
letzte Seite heraus, auf der sein Stift Spuren hinterlassen hatte. Unter Strichen verborgen, konnte

man schwer aber doch erkennen, was dort geschrieben stand.

„Ich mag sie irgendwie unglaublich gerne" waren die Worte, die er nochmals las, bevor er die herausgerissene Seite in dutzende kleine Einzelteile zerriss, im Mülleimer verschwinden ließ und losging.

„Ich darf mich nicht in etwas hineinziehen lassen", dachte er sich immer und immer wieder, als er auf dem Weg zu Mina war, und flüchtete sich wieder einmal in Durchhalteparolen. *„Noch ein Tag und ab jetzt bleibe ich bei mir und vermeide so gut es geht den Kontakt zu Aurora."*

Er war froh, dass sie das Mittagessen gemeinsam mit Mina zu sich nehmen würden, denn das ersparte ihm einen der Momente, in denen es nur schwer möglich gewesen wäre, der Zweisamkeit mit Aurora aus dem Weg zu gehen. Je länger er unterwegs war, desto weniger kreisten seine Gedanken um Aurora und desto mehr um die kleine Mina.

„Noch ein letzter Tag, an dem sie wirklich sie selbst sein kann", begann nun ein anderer Gedankenkreis, der ihm nicht neu war. *„Wie oft denke ich mir eigentlich diese gleichen Sachen? Langsam kommt es mir so vor, als würde mein Kopf nur noch aus Wiederholungen und Dauerschleifen bestehen"*, ärgerte er sich über sich selbst.

Im Unterschied zu Aurora war Mina noch ein Kind und vor allem war sie an diesem Ort gefangen und würde diesen nicht am Tag darauf gemütlich in einem Auto sitzend verlassen können. Deshalb brachte er es nicht übers Herz, seinen Plan für den Tag zu ändern, sondern beschloss diesen genauso durchzuziehen, wie er es vorgehabt hatte. Und das, obwohl er überzeugt davon war, dass es klüger gewesen wäre, einfach den ganzen Tag in seinem Zimmer zu bleiben und diesen mitsamt dem dazugehörigen Abend auszusitzen, bis Captain endlich eintreffen und ihn erlösen würde.

„Ich könnte sagen, dass ich mich krank fühle", hatte er kurz mit dem Gedanken gespielt, einfach zu lügen, doch das Mitleid und die Vorstellung von Minas traurigem Gesicht, wenn er nicht auftauchte, hielten ihn davon ab.

Der Tag selbst würde ihm keine Probleme bereiten. Im Grunde waren es, mit der Unterbrechung durch die Mittagspause, zwei gestrige Nachmittage. Mehr Sorgen machte ihm da schon der Abend vor dem Einschlafen und die weiteren Tage, wenn er wieder zurück in seiner Wohnung war.

Er sehnte sich danach. Denn dort hätte er jetzt allein sein und sich in eines seiner 'richtigen' Bücher flüchten können. Der Moment von zuvor, als er einmal kurz nicht aufgepasst und sich diese Worte wie von selbst in sein Notizbüchlein geschrieben hatten, erinnerte ihn daran, wie schnell es gehen konnte, sich zu etwas hinreißen zu lassen. Und er hatte die Befürchtung, dass ihm diese Unüberlegtheiten am Ende weitere solche Anfälle wie vorgestern bescheren könnten. Trotzdem war er bereit das für Mina und ihren gemeinsamen Tag in Kauf zu nehmen.

„Durch den einen Tag werde ich eine Woche länger an sie denken müssen", rechnete er sich schon die für ihn negativen Folgen aus, die er im Nachgang zu bewältigen haben würde.

Als er beim großen Haus ankam, in dem dann irgendwann die Kinder leben sollten, war Mina nirgends zu sehen. Stattdessen stand Jonathan mit etwas in den Händen da, was an einen Bauplan erinnerte.

„Hey Jonathan", begrüßte er diesen. „Ist Mina bei dem schönen Wetter schon unterwegs?"

„Ach, Hallo", wirkte Jonathan so, als wäre er aus seiner Konzentration gerissen worden und hob überrascht den Kopf.

„Nein, sie ist drinnen und wartet schon auf dich", antwortete der Butler und widmete sich augenblicklich wieder dem Zettel in seiner Hand.

„Gut, dann möchte ich dich nicht weiter aufhalten", erwiderte er und war ein wenig verwundert, da er eine andere Antwort erwartet hatte.

Er ging an Jonathan vorbei und überlegte kurz, ob er ihn fragen sollte, in was er denn so vertieft sei, beschloss aber, dass es keinen Sinn machte, seinen Kopf mit etwaigen zusätzlichen Informationen zu belasten, die er gar nicht hören wollte.

„Ach ja, jetzt muss ich dich doch kurz stören ...", fiel ihm ein, als er bereits die Tür in der Hand hielt. „Ich würde heute hier mit Mina mittagessen, wenn das passt. Aurora würde sich dann auch dazu gesellen. Ist das in Ordnung?"

„Ja, natürlich, ich kümmere mich darum, dass es für euch etwas gibt", antwortete Jonathan, ohne aufzublicken.

„Danke." Er war froh, dass dieses Thema so schnell und unkompliziert erledigt war, und schritt durch die Tür.

„Und danach kümmere ich mich um das hier", hörte er Jonathan noch in sich hinein murmeln, während die Tür zufiel.

Er ging geradewegs ins Klassenzimmer und fand Mina am selben Platz beim Lehrerpult vor, an dem sie bereits am Vortag gesessen war. Erneut war sie in ein Blatt Papier vertieft.

„Hallo, Mina", sagte er mit behutsamer Stimme, um sie nicht zu erschrecken, und setzte sich zu ihr. „Zeichnest du wieder etwas?"

„Ja!", antwortete Mina bestimmt und blieb auf ihre Zeichnung fokussiert. „Ich bin aber gleich fertig."

„Okay, lass dir ruhig Zeit." Er versuchte über ihre kleine Schulter einen Blick auf das Blatt Papier zu erhaschen.

„Hey, nicht gucken!", war Mina scheinbar erbost, als sie ihn dabei erwischte, und rutschte mit ihrem Körper ein Stück nach links, um ihm damit die Sicht zu verdecken.

„*Sie ist schlau*", bemerkte er nicht zum ersten Mal, als er geduldig wartete, bis sie mit ihrem Bild fertig war.

„So, jetzt bin ich fertig!", rief sie nach ein paar Minuten freudig und schob stolz das Bild in seine Richtung.

„Zeig mal her ..." Er konnte einen Mann und ein Mädchen erkennen, die gemeinsam auf einem liegenden Baumstamm saßen.

„Das sind ja wir zwei", lachte er sie an und schaute in zwei vor Stolz strahlende Augen, weil er es richtig erkannt hatte.

„Ja, das sind wir", begann Mina zu erklären. „Ich kann Menschen nicht so gut zeichnen, aber Aurora hat gesagt, ich muss einfach nur üben. Deshalb übe ich das jetzt jeden Tag."

„Es sieht wirklich toll aus", teilte er zunächst ihre Begeisterung, bevor ihm noch etwas dazu einfiel. „Ich habe da eine Idee … Darf ich?"

Nachdem Mina ihm mit ihrer Mimik zu verstehen gab, dass es in Ordnung war, griff er nach dem Stift und begann die Zeichnung etwas zu ergänzen.

„Nicht gucken", rief er zwischendurch und drehte seinen Rücken in das Blickfeld der kleinen Mina.

Mit ihrem Gelächter in den Ohren zeichnete er dem Mann und dem Mädchen zwei Sonnenbrillen ins Gesicht und am Himmel neben der Sonne ließ er noch ein paar flauschige und gemütlich ausse-hende Wolken erscheinen.

„Was sagst du dazu?", wollte er wissen, als er damit fertig war. Er war sogar selbst ein bisschen stolz, dass es überraschenderweise gar nicht so schlecht aussah, denn normalerweise war Zeichnen nicht gerade seine große Stärke.

„Ich weiß, eigentlich hast du es gezeichnet, aber ich habe mir gedacht, das gehört noch dazu", erklärte er Mina seine Beweggründe, während sie das Bild mit kritischem Blick begutachtete.

„Das sieht so toll aus", war Minas erfreuliches Fazit, als sie es lange genug betrachtet hatte.

Plötzlich wirkte sie enttäuscht. „Aber jetzt gehört das Bild dir, weil du es ja fertig gezeichnet hast."

„Nein, tut es nicht, weil ich es dir schenke, Mina", erwiderte er und bekam als Antwort eine feste Umarmung, die allerdings auch von ein paar Tränen begleitet wurde.

„Ist alles gut? Warum weinst du denn, Mina?", machte er sich ein wenig Sorgen.

„Weil ich mich so darüber freue." Die tapfere kleine Mina setzte ein Lächeln auf und wischte sich die Tränen aus dem Gesicht.

„Na, dann ist ja alles gut", lächelte er zurück und suchte gleichzeitig einen Weg, der Emotionalität zu entfliehen. „Wollen wir draußen etwas spielen?"

„Jaaaa", war das Mädchen sofort Feuer und Flamme. „Ich bringe das Bild nur schnell in mein Zimmer und verstecke es unter der Matratze bei meinen Fäden."

„Gut, ich warte dann draußen auf dich", war er einverstanden und schaute ihr hinterher, wie sie losstürmte.

„Und pass auf", entkam es ihm noch, als sie vor lauter Aufregung fast hingefallen wäre.

Er hatte vermutet, dass er beim Warten vor der Tür einige Worte mit Jonathan wechseln müsste, doch der war dort nicht mehr anzutreffen. Er vertrieb sich die Zeit, indem er Richtung Himmel blickte, auf dem er nur Blau mitsamt strahlendem Sonnenschein entdecken konnte. Die Luft war angenehm warm und weniger trocken und heiß, als es der Anblick des Himmels vermuten ließ. Dadurch, dass der ganze Boden der Kuppel aus Erde und Asphalt bestand, konnten die Sonne und die Trockenheit mit Sicherheit zum Problem werden.

Er fragte sich, ob sich das ändern würde, wenn aus der Erde Pflanzen wuchsen, bevor ihm einfiel, dass das sowieso egal war, wenn sich die Kuppel endgültig schloss. Nun fragte er sich, wie es sich dann anfühlen würde, wenn zwar immer noch einzig Erde und Asphalt am Boden wären, aber dieses Monstrum eine Einstellung wählen würde wie etwa pralle Sonne und dennoch hohe Luftfeuchtigkeit.

„Es würde sich wohl ganz einfach nicht echt anfühlen, so ganz ohne Pflanzen", war der Schluss, den er aus seinem Gedankenspiel zog.

In diesem Moment kam auch schon Mina angelaufen. Nachdem er ihr erzählt hatte, dass Aurora später zum Mittagessen kommen und ihnen am Nachmittag Gesellschaft leisten wollte, war sie außer sich vor Freude. Zum Glück hatte sie hier im Freien genug Platz und dank ihrer Fantasie auch genug Möglichkeiten, um sich auszutoben, und sie machten da weiter, wo sie am Vortag aufgehört hatten.

Fast die gesamte Zeit bis zum Mittagessen verbrachten sie mit einem Spiel, welches sie gemeinsam erfanden oder besser gesagt war es Mina, die die Ideen lieferte, und er versuchte, diese in irgendeiner Form umzusetzen. Sie zeichneten große Vierecke in den Boden, die am Ende eine Art Parcours ergaben. Wer es schaffte, ohne Fehler durchzukommen, also indem man nur die Vierecke und nichts außerhalb mit den Füßen berührte, hatte gewonnen. Erschwert wurde das Ganze durch einige Hindernisse, wobei die meisten davon, wie zum Beispiel der Wassergraben voller Haie oder ein riesiger Ameisenhügel, rein imaginärer Natur waren.

Er hatte erwartet, mit Leichtigkeit zu gewinnen, aber hatte dabei nicht mit Mina gerechnet, die darauf bestand, dass es für ihn einen eigenen Parcours geben müsste, da er ja einen ziemlichen Größenvorteil hatte. Allein die Diskussionen bei jedem einzelnen Viereck auf seinem Parcours, wie weit es vom vorigen entfernt sein musste, dauerten den halben Vormittag und stets war es Mina, die sich mit ihrer Meinung durchsetzte. Die Folge war, dass er dreimal hintereinander verlor. Deshalb war er sogar ein bisschen froh, als es Zeit für das Mittagessen wurde.

„Meine Vierecke waren einfach zu weit voneinander entfernt", suchte er nach einer Ausrede, als sie gemeinsam zum halbfertigen Haus zurück spazierten, in dem das Essen auf sie wartete. „Da hätte ja niemand eine Chance, der nicht zwei Meter lange Beine hat", jammerte er weiter.

„Ach, das würde lustig aussehen, wenn du so lange Beine hättest, hihi", musste Mina kichern, bevor sie jemanden erblickte und wieder einmal losstürmte.

„AAAuuurooooraaaa!", rief sie wohl auch noch von der Überschwänglichkeit ihres Triumphs beim Spielen angetrieben.

„Auch schon da", begrüßte er Aurora nicht gerade herzlich, nachdem er die verlorenen Meter mit gemächlichen Schritten aufgeholt hatte.

„Na klar", ließ sich diese nicht aus der Ruhe bringen. „Und das Essen ist auch schon vorbereitet. Jonathan ist gerade weg, weil er noch etwas erledigen muss, aber das hat er mir noch gesagt, bevor er gestartet ist."

Was Aurora nicht erwähnte, war, dass sie im Klassenzimmer essen mussten. Als sie Mina und ihn dort hinführte, er das Gedeck auf drei Einzeltischen aufgeteilt sah und er Aurora daraufhin etwas irritiert anblickte, flüsterte sie ihm zu: „Ich habe keine Ahnung, warum wir hier essen müssen, aber ich denke nicht, dass das Jonathans Idee war, deshalb habe ich nicht nachgefragt. Außerdem möchte ich auch keine Unruhe reinbringen und damit Mina verunsichern. Sie sieht so glücklich aus."

Er nickte kurz und hatte nichts an ihrer Äußerung zu beanstanden, weil er es ähnlich beurteilte und gleich gehandelt hätte, wenn er an ihrer Stelle gewesen wäre.

„So geht das aber nicht!", tadelte Aurora plötzlich laut die Person, die für das Gedeck verantwortlich war, nachdem sie Mina die Verwirrung darüber, wo sie sich denn bloß hinsetzen sollte angesehen hatte.

„Hilf mir mal", befahl sie ihm und schnappte sich einen Tisch. Einige Minuten später waren die Tische mit den Gedecken zusammengeschoben und alle drei saßen an dem soeben in der Eile selbst zusammengestöpselten Esstisch.

„Schon besser!", seufzte Aurora zufrieden. „Na dann, Mahlzeit!"

Mina kicherte über Auroras Anpackqualitäten, war sichtlich zufrieden mit dem improvisierten Speisesaal und legte, ohne groß zu warten, mit dem Essen los. Ihr dezentes und trotzdem gut hörbares Schmatzen zeigte, dass ihr die Spaghetti mit Tomatensauce schmeckten. Bereits nach den ersten Bissen war erkennbar, dass ein guter Teil der Sauce nicht den Weg ihn ihren Mund finden, sondern überall in ihrem Gesicht verteilt bleiben würde. Weder Aurora noch er gaben einen Kommentar dazu ab und begannen ebenfalls zu speisen.

„Darf ich noch mehr haben?", erkundigte sich Mina, nachdem sie den Teller aufgegessen hatte. Sie zeigte auf den Topf, in dem sich Spaghetti zum Nachholen befanden. „So leckeres Essen gibt es normal nie und auch nicht so einen Topf mit mehr davon", klang Minas Stimme ein wenig so, als wäre sie im Schlaraffenland.

„Na klar darfst du das", bejahte er ihre Frage, füllte ihren Teller auf und wurde dennoch nachdenklich. Ihr zweiter Satz hatte ihn stutzig gemacht und befeuerte die bereits vorhandene Skepsis darüber, weshalb sie hier in diesem Raum essen mussten. Außerdem war es, neben der Toilette, der einzige Raum, den sie bis jetzt in diesem Haus gesehen hatten.

„*Vielleicht ist es an der Zeit, sich einmal hier umzusehen ...*", dachte er sich und hatte sich schon einen Plan zurechtgelegt.

„Entschuldigt mich bitte, ich muss aufs Klo", teilte er einen Grund mit, weshalb er den Raum verlassen musste, und begab sich ins Stiegenhaus.

Allerdings steuerte er nicht wie angedeutet das WC an, das sich direkt gegenüber dem Klassenraum befand, sondern nahm die Treppen nach oben. Bis jetzt hatte er von unten immer nur den Zwischenstock gesehen, den er nun passierte. Er ging weiter nach oben. Weit ging es allerdings nicht, da das Ende der Treppe von einer massiven Tür versperrt war.

„*Verschlossen*", bemerkte er, als er versuchte, diese zu öffnen. „*Sonst gibt es hier bei keinen Türen Schlösser und in diesem Haus schon.*"

Auch wenn er bereits von dem Abendessen mit den Eltern gewusst hatte, dass es in diesem Haus das für die Unterbringung der Kinder vorgesehen war, versperrbare Türen gab und er diese Tatsache prinzipiell gut fand, damit diese zumindest ein wenig geschützt waren, ärgerte es ihn in diesem Moment. Es gab ihm das Gefühl, dass ihnen etwas vorenthalten wurde.

„Was für ein Zufall, dass ausgerechnet eine der wenigen Sachen, die ich als gut für das Wohl der Kinder ansehe, jetzt wieder so wirkt, als ob es eigentlich nur für ihren eigenen Vorteil gedacht ist", ging es ihm durch den Kopf, als er die Treppen zurück nach unten stieg.

„Dann ist es jetzt an der Zeit, dein Gesicht zu waschen", hörte er Aurora sagen, als er in den Speisesaal, der normalerweise ein Klassenraum war, zurückkehrte. Sie und Mina hatten fertig gegessen und die Tomatensauce um Minas Mund konnte er bereits von der Tür aus erkennen.

„Brauchst du dabei Hilfe?", fragte Aurora Mina und nahm ihre Hand, als diese nickte.

Er glaubte nicht, dass Mina tatsächlich Hilfe brauchte, um sich ihr Gesicht zu waschen, doch es war augenscheinlich, dass sie jede Sekunde, in der jemand für sie da war, ihr bei etwas half oder schlicht nur anwesend war, genoss.

„Wo ist denn das Badezimmer, in dem du dich immer wäschst?", wollte Aurora von Mina wissen.

„Oben", antwortete sie. „Aber wir müssen zum Klo draußen. Oben ist immer zugesperrt, wenn Jonathan weg ist."

„Echt? Und was ist dann mit dir, wenn da zuge-sperrt wird?", war Aurora sichtlich geschockt über diese so selbstverständliche Aussage Minas.

„Er fragt mich immer, ob ich dann lieber drinnen bleiben oder rausgehen will. Ich gehe dann fast immer raus, weil, wenn es regnet, kann ich im Notfall in das Klassenzimmer. Das ist immer offen", erklärte Mina, wie es in so einer Situation ablief.

„Da hätte ich nicht extra hochgehen müssen, sondern hätte nur sitzen bleiben müssen und wäre jetzt genauso schlau", dachte er und bemerkte, dass ihm in der Zwischenzeit der Appetit vergangen war.

„Hey, ihr zwei, ich werde euch mal für ungefähr zwei Stunden alleine lassen", hatte er nach kurzem Überlegen einen neuen Plan geschmiedet. „Das passt doch für euch, oder?"

„Klar", hatte Aurora kein Problem damit, doch Minas Gesichtsausdruck sagte etwas anderes.

„Du kannst Aurora in der Zwischenzeit unseren Parcours zeigen, Mina. Dann kann sie noch ein bisschen üben, damit sie eine Chance gegen mich hat, wenn ich zurückkomme. Ich treffe euch dann dort ... Und du musst ihr natürlich noch die Regeln erklären", versuchte er Mina zu überzeugen, was ihm augenscheinlich auch gelang.

Dass Aurora in den nächsten Minuten zu Wort kommen würde, bezweifelte er, denn als er seinen Satz beendet hatte, begann Mina sofort damit, sie über den Parcours und die Regeln, die für diesen galten, aufzuklären.

„Was?", hörte er Aurora ungläubig und verdächtig laut sagen, als die beiden bereits am Weg waren, um Minas Gesicht von der Tomatensauce zu befreien. „Er hat echt kein einziges Mal gewonnen?"

Als er vor die Tür trat, schaute er sich um und überlegte, in welche Richtung er jetzt gehen sollte.

„Ich habe zwei Stunden und ich muss mit Jonathan sprechen", führte er sich sein Vorhaben vor Augen, als er Fußabdrücke in der Erde erspähte, die weder von ihm noch Aurora oder Mina stammen konnten und begann diesen zu folgen.

Er war bereits eine Weile unterwegs und aus den Fußabdrücken waren schon längst Reifenspuren geworden. Langsam kamen ihm Zweifel, ob er es denn wirklich schaffen könnte, nur zwei Stunden fort zu sein. Um ihn herum war nichts als Einöde und es wurde zunehmend heißer, was daran lag, dass hier bereits die Sonnenstrahlen durch das Plexiglas aufgeheizt wurden. Selbst andere Menschen, die normalerweise immer wieder mal auftauchten und ihm nicht zu nahe kommen wollten, hatte er seit geraumer Zeit nicht mehr gesichtet.

„*Wie eine Erdwüste*", fühlte er sich beinahe wie in einem Science-Fiction-Film und überlegte seine weitere Vorgehensweise. „*Noch zehn Minuten, sonst drehe ich um, dann müsste ich ungefähr eine Stunde unterwegs sein.*"

Er musste sich auf sein Gefühl verlassen, denn sein Handy hatte er bei Aurora zurückgelassen. Wie aus dem Nichts konnte er in einiger Entfernung plötzlich etwas Glänzendes erkennen. Als er näherkam, entdeckte er ein ihm nicht unbekanntes Gefährt, dessen Lack durch die darauf reflektierten Sonnenstrahlen glänzte. Jonathan saß hinter dem Lenkrad des silbernen Buggys und war wie schon am Vormittag in ein Stück Papier vertieft.

„Hallo, Jonathan", begrüßte er ihn und versuchte ungezwungen ins Gespräch zu kommen. „Mit was beschäftigst du dich denn da? Also nur, falls du darüber sprechen darfst oder möchtest?"

„Oh", war Jonathan verständlicherweise etwas überrascht ihn hier anzutreffen. „Was machst du denn hier draußen?"

„Ähm", fiel ihm jetzt erst auf, dass es ein wenig sonderbar wirken musste, wenn er plötzlich mitten in der Pampa daher spazierte und so tat, als würden sie zufällig an einem belebten Ort aufeinandertreffen.

„Um ehrlich zu sein, habe ich dich gesucht ... Aurora hat gemeint, du bist weg und wir fahren morgen schon, deshalb habe ich mir gedacht, ich suche dich lieber, bevor sich nicht mehr die Gelegenheit ergibt, mit dir zu sprechen", erklärte er sich sogleich.

„Ach so ...", war Jonathans knappe Antwort, an der zu erahnen war, dass die Verwunderung, wenn überhaupt, nur minimal kleiner wurde. Deshalb schien es so, als würde der Butler einfach das machen, was er ohnehin vorgehabt hatte, und erhob sich von seinem Sitz, kletterte von dem Buggy und lehnte sich an das Gefährt. Jonathans visuelle Aufmerksamkeit war weiterhin auf den Zettel gerichtet, der bei genauerem Hinsehen an eine Art Skizze erinnerte.

„Aber ich will dich nicht stören, also mach ruhig zuerst mal das fertig, was auch immer du da tust", wollte er die Situation noch irgendwie retten und lehnte sich ebenfalls an den Buggy.

„Ob das dann heute noch was wird ...", war der Butler wenig optimistisch. „Ich bin schon eine ganze Weile hier und ich kapiere es immer noch nicht."

Jonathan deutete mit dem Zeigefinger ins Nichts und dann auf den Zettel, in seinen Händen. „Da vorne soll die zweite Siedlung entstehen und hier ist die neue Skizze dafür, aber das passt nicht zusammen ... Ich war davor dort und da sind am Boden in der Erde Markierungen für viel mehr Unterkünfte als hier in der Skizze eingezeichnet sind. Trotzdem bleibt die Zahl der Personen, die untergebracht werden sollen, gleich ... Das ist mir am Vormittag, als ich den neuen Plan zum ersten Mal gesehen habe, schon komisch vorgekommen. Deshalb bin ich hier rausgefahren, um es mir nochmal anzusehen. Es passt einfach nicht zusammen."

„Darf ich mal schauen?" Er hatte schon eine Idee, um was es sich handeln könnte, und begutachtete die Skizze. Seine Idee schien sich nach genauem Hinsehen zu bestätigen. „Meine Vermutung ist, dass Platz gespart werden soll ... Also, dass mehr in die Höhe gebaut werden soll. Die Blaupausen der Schuppen und Häuser schauen ein wenig höher aus als die, die ich bis jetzt gesehen habe."

„Das habe ich mir auch schon gedacht", konnte der Butler seiner Theorie etwas abgewinnen und war dennoch nicht damit zufrieden. „Aber erstens würden höhere Holzschuppen nichts bringen, weil es keine Stockwerke gibt und zweitens gibt es nur die gleiche Menge an Baumaterial wie in der anderen Siedlung. Das würde sich also gar nicht ausgehen ..."

„Was steht da?", fragte er und deutete auf etwas, das klein und per Hand im rechten unteren Eck des Plans dazu notiert wurde.

„Das habe ich gar nicht gesehen ...", ging Jonathan ein Licht auf. „Ich war so darauf versteift, dass irgendetwas mit der Skizze nicht stimmt, dass ich da gar nicht genau hingeschaut habe. Da steht 'Belegung der einzelnen Häuser wird optimiert. Doppel- statt Einzelzimmer in Bauernhäusern und in Schuppen vierstöckige Stockbetten statt zweistöckige'."

„Also doch zum Platzsparen", kommentierte er trocken und mit Zynismus in der Stimme.

„Was soll das jetzt bitte heißen?", reagierte Jonathan genervt und durchaus gereizt.

„Das ist nur eine Feststellung." Er versuchte die Situation zu beruhigen. „Und die ist ganz wertfrei. Gleich viel Personen in weniger Unterkünften bedeutet einfach mehr Fläche, die zum Anbau genutzt werden kann. Das ist reine Mathematik ... Was der Sinn dahinter ist oder ob das was Gutes oder Schlechtes ist, bewerte ich nicht, weil ich erstens die Hintergründe dazu nicht kenne und es zweitens auch nicht meine Sache ist."

„Aber", konnte er nach einer kurzen Pause auch nicht gar nichts dazu sagen. „Ich habe die zweistöckigen Betten gesehen und wenn ich mir vorstelle, wie da vierstöckige reinpassen sollen, dann darf man nicht klaustrophobisch sein und sollte beim Im-Schlaf-Umdrehen oder Aufstehen nicht den

Kopf heben ... Also wäre für die Menschen, die da drin leben müssen, wenigstens etwas höher nicht das Schlechteste."

„Ich bin für die andere Siedlung zuständig", klang es so, als würde Jonathan etwas suchen, um es für sich selbst zu rechtfertigen. „Wenn die hier fertig gebaut ist, habe ich nichts mehr damit zu tun. Ich führe nur aus."

Diese Worte klangen sehr vertraut in seinen Ohren und er wusste, dass Ablenkung das beste Mittel dagegen war.

„Darf ich hier rauchen?", fragte er und stupste den Butler mit dem Ellbogen an. „Möchtest du auch eine?"

„Hier steht ja noch nichts, das du anzünden könntest, also darfst du. Und warum nicht ...", nahm Jonathan sein Angebot an.

Er drehte schnell zwei Zigaretten, zündete sie beide in seinem Mund an und reichte eine weiter.

„Du hast mich gesucht, um mit mir zu sprechen?", wollte Jonathan nun erfahren, weshalb er den doch recht mühsamen Weg auf sich genommen hatte. „Also, was möchtest du denn von mir wissen?"

„Es geht nicht nur um Wissen, sondern auch um eine Bitte", antwortete er, denn er hatte, bereits als er losgegangen war, beschlossen, relativ offen zu sprechen. Trotzdem wollte er vorsichtig in seinen Aussagen und Fragen bleiben.

Bei Jonathan hatte er das Gefühl, dass dieser ihn zumindest nicht ohne einen triftigen Grund ins offene Messer laufen lassen würde, sobald er darin einen Vorteil für sich selbst sah. Außerdem schien das Verhältnis zu ihm wie von selbst auf eine andere Ebene gelangt zu sein. Vielleicht war Mina der Grund dafür, aber es zeigte sich jedenfalls darin, dass sie in ihren Gesprächen irgendwann von selbst die Höflichkeitsform bei Seite gelegt hatten, ohne dass jemals einer darum gebeten hatte. Der Haus- und Hofbutler, den er am ersten Tag getroffen hatte, war kaum wiederzuerkennen, bis auf seine, trotz der sichtbar gewonnenen Lockerheit, weiterhin in gewissen Maß eigentümlich anmutenden Bewegungen und Aussprache.

„Es geht um Mina", wusste Jonathan sofort Bescheid, ohne mehr hören zu müssen, und lächelte während er weitersprach: „Ich mag sie und ohne sie wäre es hier ganz schön langweilig. Nur weiß ich leider auch nicht, wie es sein wird, wenn hier der Betrieb startet. Mina war das erste Kind, das hier ankam und deshalb werde ich immer ein besonderes Verhältnis zu ihr und ein Auge auf sie haben ... Allerdings geht das nur, wenn sie sich an die Regeln hält und sich einfügt, sobald es hier richtig losgeht. Ich habe aber schon Vorarbeit geleistet und Mutter und Vater erklärt, dass es eine Zeit dauern kann, bis das funktioniert, weil sie es jetzt anders kennengelernt hat und gewohnt ist. Eine kleine Schonfrist habe ich erwirken können, aber was ich dann noch für Möglichkeiten habe, weiß ich nicht. Sie sehen es nicht besonders gerne, wenn ich mich zu viel mit ihr beschäftige."

„Du redest ziemlich offen", lösten diese ehrlichen Worte ein Staunen, aber auch Erleichterung in ihm aus.

Jonathan konnte sich ein kurzes Auflachen nicht verkneifen und erläuterte ihm, warum er das tat: „Hehe … ich habe dich mit Mina gesehen und ich glaube kaum, dass du einer von diesen Regierungshardlinern bist – also so wie du dich verhältst, wenn du mit ihr spielst. Wenn du so einer wärst, und verzeih mir bitte die Ausdrucksweise, dann würdest du mit Nummer eins oder Nummer zwei spielen. Und glaube mir, ich habe das mitbekommen. Sie tun mir leid, die beiden, aber sie haben es sich ausgesucht und gewusst, wie mit ihnen umgegangen werden wird. 'Das ist der Preis der Freiheit' haben sie gesagt und sie waren bereit, ihn zu zahlen. Sobald hier alles zu laufen beginnt, dürfen die beiden von hier weg." Die Stimme des Butlers wurde zunehmend schwermütiger. „Manchmal frage ich mich, ob es dann noch dieselben Personen sind, die sich dazu entschieden haben, diesen Preis zu bezahlen oder zwei neue ... Ich meine alleine ihr Aussehen ... Es hat geheißen, sie werden intensiv eingeschult, deshalb sieht man sie zwei Wochen nicht, und auf einmal stehen zwei fremde Personen vor dir, bei denen sie sogar ihr Äußeres optimiert haben. Es ist komisch, ich habe sogar schon ihre richtigen Namen vergessen."

Er hörte zu und wusste nicht, was er dazu sagen sollte. Jonathan sprach zwar von 'komisch', aber es war viel eher eine Tragik, die dieser mit seinen Worten und auch seiner Stimmlage vermittelte. Nach einer kurzen Pause sprach der Butler weiter: „Was ich eigentlich sagen wollte. Selbst wenn du einer von diesen Typen wärst, würde dein Wort gegen meines stehen – und davor fürchte ich mich nicht."

Es folgte ein etwas seltsames Schweigen, bis Jonathan laut loslachte. „Hehehe, schade", war dieser belustigt und ließ ihn unvermittelt wissen: „Ich habe jetzt fast ein bisschen gehofft, dass du doch so einer bist und stolz dein Handy aus der Hosentasche ziehst. Dann hätte ich dir sagen können, dass die Dinger hier nicht funktionieren. Wir sind hier schon zu weit im geschlossenen Bereich der Kuppel, da gibt es deshalb irgendeine Störung bei den Mobiltelefonen. Das hat sie anfangs ganz schön gestresst, bis ihnen wieder eingefallen ist, dass diese ganze Käseglocke bekanntlich ein einziges Überwachungssystem sein wird und es deshalb überhaupt keine Handys brauchen wird. Trotzdem haben sie vorsorglich noch Unmengen an Überwachungsequipment für die Innenräume besorgt."

„Dann hätte ich mein Handy ja doch mitnehmen können", antwortete er humorlos und nahm einen tiefen Zug von seiner Zigarette.

„Jedenfalls", war Jonathan noch nicht fertig und wurde nahezu kryptisch, „hätte ich dich, falls du so einer wärst, auch noch darauf hingewiesen, dass ich Mutter und Vater sagen könnte, dass du und deine Kollegin so wirken, als würdet ihr überall herumschnüffeln und ich dich deshalb zur Rede gestellt habe. Und aus Panik behauptest du jetzt solche Sachen. Dann würden sie sich euer ganzes Zeug, das ihr so mitgebracht habt, genauer anschauen und was würden sie dann wohl alles finden?"

„Gut, dass ich nicht so einer bin", war er in der Zwischenzeit fast ein wenig genervt, obwohl er verstehen konnte, dass sich der Butler in alle Richtungen absichern wollte.

„Aber bevor du zu viel Zeit in Interpretationen steckst ... Ich bin auch nicht das Gegenteil davon, ich bin einfach jemand, der einen Job hat und wegen diesem hierherkommen musste. Finde ich dieses Experiment hier fantastisch und denke, dass es für Ziele wie die Resozialisierung von Menschen oder die Vorbereitung auf das Leben für Kinder Sinn macht? Nein, das tue ich bei Weitem nicht und ich finde es alles andere als angebracht, aber wie ich es davor gesagt habe, steht es mir nicht zu, das zu bewerten. Wenn es in Zukunft solche Projekte geben soll und das hier das Erste von ihnen ist, dann ist das nun mal so. Ich bin weder auf der einen noch auf der anderen Seite.", stellte er klar.

„Ein Teil der Schweigenden also", fasste Jonathan seine Ausführung kurz und knapp auf seine eigene Art zusammen. „Ist auch das Gescheiteste, wenn du mich fragst. Wir sind uns wohl ähnlicher als gedacht."

„Und wegen Mina", sprach er den Butler nochmal wegen dem Mädchen an. „Die Bitte muss ich nicht mehr formulieren, nachdem was du gesagt hast. Aber Fragen habe ich schon noch. Warum ist sie als einziges Kind bereits jetzt hier? Woher kommt sie? Und warum wird die Tür zu den Wohnstockwerken verschlossen, wenn noch niemand hier ist?"

„Interessante Fragen hast du." Jonathan überlegte kurz. „Selbst, wenn ich dir darauf antworten wollte, könnte ich es nicht, weil ich es selbst nicht weiß. Ich habe mir Teile dieser Fragen schon selbst gestellt. Mina war auf einmal hier und es hat geheißen, sie ist das erste Kind und die restlichen kommen, wenn alles fertig ist. Ob das mit Absicht so geplant war, um ein Kind zu haben, mit dem ausgetestet werden kann, wie etwas bei Kindern ankommt oder funktioniert, weiß ich nicht, aber dafür wirkt es für mich oft zu wenig durchdacht. Von ihrem Hintergrund habe ich keine Ahnung, aber das ist nicht weiter verwunderlich, weil ich das bei niemandem haben werde. Ich soll solche Sachen nicht wissen. Bei Nummer eins und Nummer zwei beispielsweise weiß ich auch nicht, woher sie gekommen sind und weshalb sie hier sind ...“

Es war zu erkennen, dass die Erwähnung der beiden persönlichen Bediensteten der Eltern etwas in dem Butler auslöste, doch darüber schien dieser nicht sprechen zu wollen und ging stattdessen auf die letzte Frage ein: „Und das mit dem Zusperren ist ganz einfach eine Anordnung von oben, die ich ausführe. Was der Sinn dahinter ist, verstehe ich aber selbst nicht. Natürlich ist der Stock kein Luxushotel, viel zu klein und nichts, wo man unbedingt Kinder unterbringen sollte. Aber zu verstecken gibt es im Grunde genommen nichts. Ich denke mir, es könnte darum gehen, dass ich mir so früh wie möglich angewöhne immer zuzusperren, damit das dann ein Automatismus wird. Ein Zwischenfall, bei dem einem Kind etwas passiert, wäre natürlich alles andere als förderlich für das ganze Projekt.“

„Das könnte sein.“ Es war ihm klar, dass manchmal und wahrscheinlich sogar öfter, als er es selbst glaubte, die simpelste Antwort die richtige war.

Trotzdem gab es etwas in ihm, das ihm sagte, dass es nicht der einzige Grund sein konnte.

„Und warum bist du eigentlich hier?", wollte er nun von Jonathan wissen.

„Hehehe", lachte der Butler erneut, womit er in den paar Minuten, die sie hier miteinander redeten, schon mehr gelacht hatte als in allen Tagen zuvor. „Das hätte ich vielleicht als Erstes erzählen sollen. Ich bin jedenfalls aus freien Stücken hier und verdiene dabei Geld, falls du wissen willst, ob ich ein Verrückter, Obdachloser oder Sträfling bin. Jugendlich bin ich auch nicht mehr, wie man an meinen kaum vorhandenen Haaren sehen kann. Naja, ein bisschen verrückt bin ich vielleicht doch, sonst hätte ich schon bei deiner ersten Frage aufgehört etwas dazu zu sagen. Der größte Teil der Menschen, die bereits hier sind, ist aber nicht freiwillig hier. Die sind im Grunde die Versuchskaninchen aus irgendwelchen Einrichtungen, so wie Nummer eins und Nummer zwei ..."

Wieder wirkte es so, als hätte die Erwähnung der beiden Bediensteten etwas in Jonathan ausgelöst und neuerlich brachte es diesen dazu über etwas anderes weiterzusprechen: „Für mich ist es einfach ein Job und sobald alles läuft, bin ich noch für drei Monate als Zuständiger für die erste Siedlung angestellt mit Option auf weitere drei Monate. Die Option können natürlich nur sie ziehen und nicht ich, weil sie hoffen, dass so schnell wie möglich alles automatisiert abläuft und es dann keine bezahlten Zuständigen mehr braucht. Ich denke auch, dass das recht schnell funktionieren wird, aber drei Monate sind schon relativ knapp. Deshalb rechne ich damit, noch die zusätzlichen drei Monate hier zu bleiben. Spätestens dann ist es hier für mich aber vorbei."

Der Butler warf die Zigarette, die schon seit einiger Zeit nicht mehr brannte, auf die Erde, überdeckte sie damit und wirkte nachdenklich. „Vielleicht tue ich mich deswegen so leicht, hier mit dir zu stehen, gescheit zu reden und darüber zu philosophieren, wie andere Menschen vom Preis der Freiheit sprechen ... Ich weiß halt nicht, wie es ist und wie ich an ihrer Stelle handeln würde. Für mich ist es ein Job mit Ablaufdatum, das ich vor Augen habe, und nicht ein Weg mit Zwischenstationen, die ich mir noch dazu durch übertrieben harte Arbeit oder Erniedrigung erkaufen muss ...", sprach Jonathan schließlich doch noch aus, was ihn schon zuvor beschäftigt zu haben schien und erklärte anschließend: „Wie gesagt werde ich ein Auge auf Mina haben, soweit mir das möglich ist und solange es geht. Nur habe ich wie jeder andere auch Grenzen, über die ich nicht hinausgehen kann. Ansonsten komme ich zu Schaden. Es geht nie gut aus, wenn Menschen nicht wissen, wo die ihnen auferlegten Grenzen liegen. Deshalb habe ich davor gesagt, dass sich Mina einfügen und an die Regeln halten muss ... Aber keine Sorge, sie ist ein kluges Kind. In der Anfangsphase bin ich noch da und danach wird sie es alleine schaffen."

„Das ist sie", sagte er laut, klopfte Jonathan aufmunternd auf die Schulter und dachte sich: *„Und deshalb wird sie nicht mehr so sein können, wie sie eigentlich ist."*

„Ich denke, du musst auch zurück und vielleicht kannst du mich mitnehmen?" Er hatte alles gefragt, was er fragen wollte. Zudem war ihm eingefallen, dass er jemandem versprochen hatte, nur ungefähr zwei Stunden weg zu sein. „Ich habe keine Lust, den ganzen Weg durch die Prärie zu laufen, und außerdem komme ich sonst zu spät zurück und bekomme Probleme mit Aurora und Mina", brachte er Argumente vor, um seine Bitte zu untermauern.

„Hehehe", schien Jonathan nicht mehr mit dem Lachen aufhören zu können oder zu wollen, nachdem er es anscheinend gerade für sich entdeckt hatte. „Das wäre doch ein Spaß, wenn ich dich einfach zu Fuß laufen lassen würde, aber ich möchte mich auch nicht unbedingt mit den beiden anlegen."

Die Fahrt zurück verging beinahe zu schnell, was unter anderem daran lag, dass Jonathan seine Freude daran hatte, ohne Tempolimit über Erde und Asphalt zu rasen. Das Ergebnis war, dass sie sogar zu früh bei der halbfertigen zukünftigen

Unterkunft der Kinder ankamen. Er verabschiedete sich von Jonathan, dessen Lachen wieder verstummt war, sobald sie ihr Ziel erreicht hatten, und begab sich zum Parcours, den er am Vormittag gemeinsam mit Mina in die Erde gezeichnet hatte.

Mina war gerade dabei, von einem Viereck ins nächste zu springen und jedes Mal, wenn sie das geschafft hatte, ertönten Applaus und Anfeuerungsrufe von Aurora.

„Bravo", stimmte er zurückhaltend mit ein, als die beiden mit einem einstudiert wirkenden Jubellauf fertig waren, nachdem Mina das letzte Viereck erreicht hatte.

„Hast du wieder gewonnen?", fragte er Mina mit großen Augen.

„Nein, habe ich nicht", antwortete Mina zu seiner Überraschung. „Unentschieden ... Aurora hat ihren Parcours auch geschafft und das obwohl ihre Beine nicht zwei Meter lang sind."

„Natürlich hat sie das", war ihm klar, dass er das nicht zum letzten Mal gehört haben würde. Wie zum Beweis für diese Annahme, streckte ihm Aurora ihre Zunge entgegen und zwinkerte ihm dabei zu.

„Na dann, muss ich es wohl auch nochmal versuchen", hatte Auroras nicht ernst gemeintes Verhalten allerdings seinen Ehrgeiz geweckt.

Fünf Versuche später hatte er es dann endlich geschafft und bedankte sich bei seiner kleinen Trainerin für ihre Hilfe und Anfeuerung. Mina war ihm mit Rat und Tat zu Seite gestanden, auch wenn ihn manche ihrer Tipps wie „Stell dir vor, du bist ein Frosch" oder „Benutze deine Arme als Flügel" nicht unbedingt viel geholfen hatten.

Am Ende war es eine Frage des Timings und selbst wenn er es ihr gegenüber nicht zugegeben hätte, war es Aurora, die ihn auf die richtige Fährte gebracht hatte. Für einen Moment hatte er sogar Gefallen daran gefunden, als sie mit ihm in einem der Vierecke gestanden war, und ihm dabei Tipps gab, die auch mit zaghaften Berührungen einhergingen. Da hatte er begriffen, dass sie ihm wirklich helfen wollte und es ihr ein Anliegen zu sein schien, dass er diesen kleinen, eigentlich bedeutungslosen und dennoch für ihn nicht unwichtigen Erfolg für sich verbuchen konnte.

„Sie freut sich ehrlich und aufrichtig mit mir. Ich sehe es in ihren bezaubernden Augen ...", dachte er sich, nachdem er Aurora euphorisch umarmt und ihr dabei in die Augen gesehen hatte, als er es endlich geschafft hatte. Hastig beendete er die Umarmung, als er realisierte, was ihm gerade durch den Kopf

gegangen war, und versuchte die Situation mit einer nahezu übertrieben gezwungenen Lässigkeit zu überspielen. Umgehend wendete er sich wieder Mina zu.

„Wie ein Frosch!", beglückwünschte diese nicht nur ihn, sondern auf gewisse Weise auch sich selbst. „Hab ich doch gesagt!"

„Das hast du", waren Aurora und er sich über die faktische Richtigkeit ihrer Aussage einig, ohne darauf einzugehen, wie viel diese zum Erfolg beigetragen hatte.

Nachdem die Euphorie verflogen war und der Nachmittag immer weiter fortschritt, mischte sich zunehmend Melancholie in seine Stimmung. Es war im Grunde genau das, was er bereits am Vormittag befürchtet hatte, als er aus dem Haus gegangen war. Von Minute zu Minute nahm das Gefühl zu, dass er Mina alleine und irgendwie im Stich lassen würde. Doch er hatte sich bewusst darauf eingelassen und er wusste, wie er damit umzugehen hatte.

„Ich muss irgendwie den Nachmittag hinter mich bringen und dann einfach nicht mehr daran denken", war dieser besagte Umgang, von dem er zumindest glaubte, dass er ihn mittlerweile beherrschte. „Spätestens morgen Nachmittag, wenn ich wieder zu Hause bin, wird es funktionieren."

Irgendwann hatte er den Nachmittag hinter sich gebracht, wobei 'hinter sich bringen' eine seltsame Beschreibung für einen Zeitraum war, der bis auf die Anflüge von Melancholie mit Ausgelassenheit, Gelächter und Freude gefüllt war. Als Jonathan kam, um Mina mitzuteilen, dass das Abendessen auf sie wartete, war es an der Zeit, sich zu verabschieden. Es grauste ihn vor diesem Moment, denn er war weder gut darin noch fühlte er sich wohl, wenn es um solche Situationen wie Abschiede ging.

Erstaunlicher- und für ihn glücklicherweise war es überhaupt kein großes Drama, denn Mina verabschiedete sich mit einem einfachen, unspektakulären „Tschüss" und folgte Jonathan, während Aurora und er sich ein letztes Mal auf den Rückweg zu ihrer Unterkunft machten. Dort angekommen aßen sie gemeinsam zu Abend, wobei die belegten Brötchen nicht zum ersten Mal eher an eine Jause erinnerten. Währenddessen gingen sie den Zeitplan für den morgigen Tag durch.

„Die Mutter und der Vater kommen um neun Uhr, um uns die restlichen Unterlagen zu geben und ein abschließendes Gespräch zu führen", klärte ihn Aurora auf, die nach seinem vorzeitigen Abgang beim letzten Aufeinandertreffen mit den Eltern die Kommunikation mit diesen übernommen hatte.

„Da kommt Freude auf ...", antwortete er zynisch und war im Prinzip erleichtert, dass die letzten

Personen, die er hier zu Gesicht bekommen sollte jene waren, die ihm den Abschied nicht schwerfallen ließen und ihn von hier wegfahren lassen würden, ohne dass auch nur ein Hauch von Wehmut mitschwingen würde.

„Ach, komm schon", schien Aurora ihm nicht alles gesagt zu haben. „Sieh es positiv. Die haben nicht so viel Zeit, weil sie dann irgendwo anders hinmüssen und dann bleibt uns genug Zeit, um uns von Mina und Jonathan zu verabschieden. Ich habe das heute Mittag mit Jonathan besprochen, als ich ihn getroffen habe und Mina auch schon davon erzählt. Sie werden uns gemeinsam zum Parkplatz bringen, wo wir abgeholt werden."

Er hustete lautstark, denn er hatte sich vor lauter Schreck an seinem Brötchen verschluckt.

„Das war so klar, dass so etwas kommt. Immer wenn einmal etwas gut gelaufen wäre, ist doch wieder irgendetwas", dachte er sich angestrengt, während sein Husten weniger wurde, bis er schließlich verstummte.

„Geht es dir gut?", war Aurora besorgt, weil er sich immer noch räuspern musste.

„Warum machst du so etwas aus, ohne es mit mir zu besprechen?", ging er mit giftigem und vom vorigen Hustenanfall noch leicht kratzigem Ton gar nicht auf ihre Frage ein. „Ich halte das für keine gute Idee."

„Was? Wieso nicht?", war Aurora verwundert.

„Das wird doch nur eine Tortur für die arme Mina, wenn sie sieht, wie wir einfach mit dem Auto wegfahren und diesen Ort verlassen, während sie hier weiter gefangen bleibt. Was sollen wir ihr denn sagen?", schob er den Grund für seinen Widerstand auf das kleine Mädchen ab.

„Ernsthaft?", erwiderte Aurora fassungslos und gab ihm zu verstehen, dass sie seinen Einwand nicht nachvollziehen konnte. „Es ist wichtig, dass sie die Möglichkeit hat, sich richtig zu verabschieden. Das weißt du doch auch. Und wir sagen ihr einfach die Wahrheit, nämlich dass wir wegfahren, aber an sie denken werden, und sie sicher Freunde finden wird, wenn dann andere Kinder hier sind ... Und sie uns diese dann vorstellen kann, wenn wir irgendwann wieder hier herkommen."

„Die Wahrheit?", reagierte er süffisant und fast schon ein bisschen wütend. „Ist das dein Ernst, Aurora? Du weißt genau so gut wie ich, dass das nicht stimmt!"

„Ich hoffe es!", blieb Aurora trotzig und dennoch konnte er ein Feuer in ihren Augen erkennen, das ihm zeigte, dass sie es ernst meinte. „Und deswegen glaube ich daran."

„Die Wahrheit?", wiederholte er kopfschüttelnd ihre Aussage, stand auf und schwieg einen Moment, bis die eisige Stimmung das Feuer in Auroras Augen erlöschen ließ.

„Das ist nichts als eine falsche Hoffnung und das wird sie nur noch mehr leiden lassen, aber wenn du meinst", beendete er das Schweigen, nachdem er ihr schon den Rücken zugedreht hatte.

Er ging, ohne auf eine Antwort zu warten, in sein Zimmer.
Dort angekommen sah er auf sein Telefon und bemerkte, dass er eine Nachricht von Captain erhalten hatte.

„Jetzt muss ich nochmal mit ihr reden", war er verärgert, nachdem er die Nachricht gelesen hatte und das, obwohl ihn der Inhalt positiv stimmte. Trotzdem wollte er noch etwas runterkommen und ging deshalb auf den Balkon. Er ließ sich mit seiner Kippe alle Zeit der Welt und wartete danach bis nicht nur der Rauch der Zigarette, sondern auch jener in seinem Kopf verschwunden war.

Es musste ungefähr eine halbe Stunde vergangen sein, seit er die Küche verlassen und Aurora dort einfach sitzen gelassen hatte. Er ging direkt durch sein Zimmer auf den Gang, blieb vor Auroras Zimmer stehen und atmete noch einmal tief durch. Bevor er, ohne auf eine Antwort zu warten, eintrat, klopfte er an die Holztüre.

Aurora saß ruhig auf dem Stuhl neben dem eigentlich zu kleinen Bett und wirkte beschäftigt. Trotzdem konnte sie sich eine Bemerkung wegen seines jetzigen Verhaltens und wohl auch wegen dem zuvor nicht verkneifen.

„Also höflich geht anders", ließ sie ihn wissen, ohne sich von ihrer Beschäftigung ablenken zu lassen.

Er reagierte nicht auf ihre Aussage, näherte sich und konnte erkennen, dass sie damit beschäftigt war, sorgfältig Fäden übereinander zu legen und sie anschließend zusammenzuknüpfen.

„Was machst du da?", fragte er sie mit ernster Miene.

„Nach was sieht es denn aus?", stellte sie ihm die rhetorische Gegenfrage. „Ich mache dir ein Armband. Mina wollte sich bedanken und wusste nicht wie. Ich habe ihr gesagt, dass du früher immer solche Stoffarmbänder getragen hast und dich sicher über eines freuen würdest. Sie war ganz nervös und hat es heute nicht selbst hinbekommen, als sie es versucht hat. Deshalb habe ich ihr versprochen, dass ich es für dich knüpfe. Sie hat die Farben selbst ausgesucht. 'Blau und weiß wie der Himmel und die Wolken' hat sie zu mir gesagt. Weißt du, was sie damit gemeint hat?"

„Nein, keine Ahnung", log er sie einfach an, um sich weitere lästige Fragen in diese Richtung zu ersparen.

Er setzte sich auf das Bett und beobachtete, wie Aurora mit Leichtigkeit und Fingerfertigkeit werkte und das Armband Form annahm. Sie hatte recht, früher hatte er einige dieser Armbänder um seine Handgelenke getragen. Jedes einzelne stand für etwas oder jemand Bestimmtes.

Sie hatten ihn an seine Ziele und Werte erinnert. Und daran, für was und für wen er diese erreichen wollte. Sie hatten ihm die Kraft dazu gegeben, immer weiter zu machen und nicht aufzuhören, auch wenn es noch so aussichtslos erschienen war. Doch mit der Zeit wurde daraus das Gegenteil.

Die Armbänder begannen ihm die Kraft, die sie ihm zuvor gegeben hatten, zu rauben. In seinem Kopf wurden sie zur Last und er bekam das Gefühl, dass sie von Tag zu Tag schwerer wurden, bis sie schlussendlich so schwer für ihn wurden, dass er kaum mehr seine Arme heben konnte. Die Stellen, an denen sie saßen, begannen zu schmerzen und sie fühlten sich an wie Ketten, die aus heißem Stahl bestanden und sich an jenen Stellen in das Fleisch brannten, an denen er sie angelegt hatte. Irgendwann konnte er dieses Gefühl und ihren Anblick nicht mehr ertragen und so musste in einer durchzechten Nacht eine Schere herhalten, um ihn davon und damit auch von den Symbolen seiner Träume, zu befreien.

„Ich weiß nicht, warum du keine mehr trägst, aber ich habe Mina die Idee vorgeschlagen, weil sie über eine ganze Sammlung von Fäden verfügt und sie so die Möglichkeit hat, dir ohne große Umstände ein Geschenk zu machen. Deshalb bitte ich dich, behalte es wenigstens, bis wir uns morgen von ihr verabschiedet haben", bat ihn Aurora mit einer gewissen Eindringlichkeit.

In der Zwischenzeit war sie auch schon fertig geworden. Sie nahm seinen rechten Arm, legte das Band um sein Handgelenk und begann es vorsichtig zuzubinden.

„Ernsthaft", bekräftigte sie nochmals ihren Appell. „Das bedeutet Mina wirklich etwas, also wenn dir die Kleine zumindest ein klein wenig wichtig ist, dann lässt du es bis morgen auf dem Handgelenk."

Als er nicht reagierte, untermauerte sie das Gesagte mit einem ernsten, aber ebenso flehenden Blick.

„Ein Tag wird schon nicht weh tun ...", gab er schließlich ein wenig widerwillig nach.

„Sehr gut."

„Und ich habe mir echt Mühe gegeben, also wenn ich dir wichtig bin, dann trägst du es nach dem einen Tag noch weiterhin", ergänzte sie mit einem Augenzwinkern.

Er reagierte erst gar nicht darauf, sondern machte sie darauf aufmerksam, dass sie morgen eine Stunde früher als geplant abgeholt werden würden, was der ursprüngliche Grund für seinen Besuch in ihrem Zimmer gewesen war. Zum Abschied wanderten seine Augen nochmals auf das Armband. Er musste zugeben, dass es wirklich schön geworden war, doch er schaffte es nicht, sich zu bedanken, und brachte es lediglich zu Stande, kurz in ihre Richtung zu nicken. Das schien Aurora allerdings zu genügen und sie beantwortete sein Nicken mit einer überschwänglichen und herzlichen Umarmung.

„Eine Schande, dass ich das Armband bekomme", dachte er sich. *„Sie sollte es eigentlich tragen. Es würde wunderbar zu ihren Augen passen."*

Als er zurück in seinem Zimmer war, beschloss er früh schlafen zu gehen, denn der Schlaf würde die Zeit an diesem Ort etwas verkürzen. Die Verabschiedung von Mina würde er sich durch die kurzfristig früher angesetzte Abreise auch ersparen, was ihn seiner Einschätzung nach leichter schlafen lassen sollte. Als er das Licht ausmachte und sich in seinem Bett auf den Bauch drehte, wunderte er sich darüber, dass Aurora diese Information nicht zu stören schien.

„Wahrscheinlich hat sie in dem Moment noch nicht begriffen, dass es ihren Plan mit Jonathan und Mina auf den Kopf stellt“, hatte er eine logische Erklärung für ihre Reaktion gefunden, bevor er die Augen schloss.

✿

Da es nicht nötig war, stand er nicht allzu früh auf. Der Vorteil seiner Reiseangewohnheiten war, dass er nie wirklich packen musste, da bekanntlich alles, was nicht gerade in Gebrauch war, ohnehin schon in seinem Reiserucksack verstaut war. Als er ins Badezimmer ging, war er verwundert, dass Aurora noch zu schlafen schien.

Er konnte keine Geräusche wahrnehmen und aus der Küche strömte kein Duft von frischem Kaffee, was es normalerweise tun hätte sollen, da sie gewöhnlich genauso wie er mit dem Genuss eines solchen den Morgen begann. Nachdem er geduscht hatte, machte er den Kaffee und noch bevor er den ersten Schluck nehmen konnte, hörte er Schritte aus dem Stiegenhaus. Wenig später stand auch schon Aurora, die fast schon zur Abfahrt bereit schien, in der Küche und wollte ebenfalls eine Tasse Kaffee.

„Den brauche ich jetzt, ich bin noch gar nicht dazu gekommen", ließ sie ihn unmittelbar wissen und schenkte sich eine Tasse ein.

„Wir werden jetzt gleich zu den Eltern in die weiße Villa gebracht und dann direkt von dort zu dem Parkplatz. Sonst würde das alles zu knapp werden", informierte sie ihn sogleich über die geänderten Pläne der nächsten Stunden, bis Captain sie abholen kommen würde.

„Okay gut", nahm er den neuen Plan zur Kenntnis. „Gib mir fünf Minuten, dann bin ich bereit."

Am Ende waren es doch zehn Minuten, die er benötigte, bevor er zum Aufbruch bereit im Gang stand. Aurora brauchte nicht viel länger als er, um die letzten Sachen zusammenzupacken, und so ließen sie gemeinsam das Bauernhaus hinter sich, in dem sie die letzten Tage gewohnt hatten. Davor wartete bereits ein Auto auf sie, welches er bisher noch nicht an diesem Ort gesehen hatte, und brachte sie ohne Umwege zur weißen Villa.

Der Fahrer war eines der vielen unbekannten Gesichter, die hier so herumgeisterten, und er empfand es nicht als nötig, den sehr wahrscheinlich erfolglosen Versuch zu starten, sich mit diesem zu unterhalten, wenn sie sowieso bald weg wären. Zu seiner Verwunderung schien Aurora das genauso zu sehen, denn sie sagte nicht ein Wort zum Fahrer. Auch mit ihm sprach sie so gut wie nichts, außer dass sie ihn wissen ließ, dass sie nachher vom gleichen Fahrer zu Captains Auto gebracht werden würden.

„Sie ist erstaunlich ruhig", konnte er ihr Verhalten nicht so richtig einordnen. „Es *kann doch nicht sein, dass sie immer noch nicht realisiert hat, dass ihr ganzer Verabschiedungsplan ins Wasser fällt."*

Bei der weißen Villa angekommen, erwartete sie eine erfreuliche Überraschung, denn sie mussten kein zweites Mal in das Haus, das ihnen an jenem Abend vor ein paar Tagen gehörig Unbehagen bereitet hatte. Nachdem der Fahrer das Auto abgestellt hatte, geleitete sie dieser zu einem kleinen, aber prunkvoll wirkenden weißen Holzpavillon am Ufer des Schwimmteichs, in dem die Eltern bereits an einem Tisch sitzend auf sie warteten.

Bis auf einige blöde Kommentare der Mutter zu seinem Verhalten vor drei Tagen, die stets von einem penetranten Lachen des Vaters begleitet wurden, sowie der neuen für ihn gewählte Anrede der Mutter, die ihn scheinbar nur noch „Mein Charmeur" nennen wollte, war es im Grunde ein recht angenehmes Treffen. Das hatte zwei Gründe.

Erstens war die Zeit in der Tat relativ knapp bemessen, weshalb sie nach dem Überreichen der Unterlagen sowie zwei bis drei Nachfragen zu diesen und einer nochmaligen Klärung, was er mit Captain in Bezug auf die Lebenslaufprognosen zu besprechen hatte, bereits zu Ende war.

Zweitens standen Getränke und kleine Snacks am Tisch bereit, weshalb sie weder Nummer eins noch Nummer zwei zu Gesicht bekamen, was ihn erleichterte, da ihre Anwesenheit vermutlich für eine seltsam beklemmende Atmosphäre gesorgt hätte. Nachdem er von Jonathan seit gestern Teile ihrer Geschichte kannte, hätte sich diese Beklemmung mit Sicherheit noch um einiges intensiver gestaltet. Da er von Zeit zu Zeit doch noch körperliche Nachwehen seines Anfalls spürte, war er froh darüber, denn er wusste nicht, wie das geendet hätte.

„Zum Glück sind sie nicht da", fühlte er sich an diesem Morgen wie vom Glück verfolgt. *„Noch so einen Abgang wie am Mittwoch hätte ich mir kein zweites Mal leisten können und Ausrede hätte ich heute auch keine gehabt."*

Die Eltern verabschiedeten sich förmlich, nachdem alles besprochen war, und machten sich auf den Weg zu ihrem nächsten Termin. Aurora und er durften hingegen noch ein wenig alleine im Pavillon bleiben, bevor sie aufbrechen mussten. In diesem

Zeitraum fühlte sich alles an wie in einer anderen Welt.

Inmitten einer grünen Oase saßen sie da, genossen den Anblick des Teichs und spürten die warme Luft auf ihrer Haut, während sie durch den Schatten des Pavillons von den am heutigen Tag heißen Sonnenstrahlen geschützt wurden. Es war kaum vorstellbar, dass sich nur einige Meter entfernt eine Wüste aus Erde befand und dort kaum zum Wohnen geeignete Schuppen standen. Es führte ihm zum Abschluss nochmal all das vor Augen, was dieses ganze Projekt so bedenklich und unmenschlich machte.

Gut eine halbe Stunde später waren auch sie wieder Teil der Erdwüste, als sie durch diese hindurch zum Treffpunkt fuhren. Sie redeten nach wie vor kaum ein Wort und er glaubte mittlerweile, den Grund dafür erkannt zu haben. Aurora war wohl klar geworden, dass aus ihrem Vorhaben, sich von Jonathan und Mina zu verabschieden, nichts geworden war, weshalb sie so ungewohnt schweigsam war. Er hingegen war einfach nur froh darüber und begann noch während der Fahrt darüber nachzudenken, was er als Erstes tun würde, wenn er wieder zu Hause in seiner Wohnung war.

Nachdem sie eine Weile unterwegs waren, erkannte er ein vertrautes weißes Gefährt in der Ferne, an dem eine Person angelehnt stand, die ihm ebenso bekannt vorkam.

„Captain ist schon da", sagte er zu Aurora, die sich nicht dafür zu interessieren schien und stur auf der anderen Seite des Autos aus dem Fenster starrte.

Er schaute nun ebenfalls durch jenes Fenster und konnte anfangs nichts erkennen. Als sie stehen blieben, tauchte plötzlich eine Staubwolke in ihrem Sichtfeld auf und nachdem sie ausgestiegen waren und ihre Sachen aus dem Kofferraum geholt hatten, war die Staubwolke so nahe, dass ersichtlich wurde, dass diese von einem silbern glänzenden Fahrzeug hinterhergezogen wurde.

„*Echt jetzt!*", ärgerte er sich und setzte sich seine Sonnenbrille auf, als er auch schon Auroras Ellbogen an seinem Arm spürte.

„Jaaaa!", war sie begeistert. „Sie haben es geschafft! Ich bin extra früh aufgestanden, um Jonathan zu sagen, dass wir früher abgeholt werden, und er war sich nicht sicher, ob es sich ausgeht, aber ich habe so gehofft, dass sie es schaffen!"

Der silberne Buggy kam zwischen ihnen und Captains Auto zu stehen. Aurora lief mit ihrem großen Reiserucksack auf den Schultern und wohl von der Freude angestachelt einfach darauf zu. Bei dem silbernen Buggy hatte ein kleines Mädchen exakt das

Gleiche im Sinn wie Aurora und sprang ihr freudig entgegen.

Er ließ sich Zeit, schlenderte langsam in Richtung des Szenarios und sah sich alles nochmal an. Da war Aurora auf ihren Knien mit Mina in inniger Umarmung. Jonathan stand nur einen Katzensprung davon entfernt neben seinem Buggy und einige Meter weiter lehnte Captain an ihrem Auto, ohne eine Miene zu verziehen oder ein Wort zu sagen.

Als er Captain mit verschränkten Armen dastehen und ihren ernsten Gesichtsausdruck sah, war es, als ob sie ihn daran erinnern wollte, wie die Welt nun mal war und wie diese funktionierte.

„Ich habe mich von diesem Ort verrückt machen lassen. Es gibt nur eine Wahrheit", wurde ihm klar und augenblicklich wusste er wieder, wer er war und was er zu tun hatte. *„Und sobald ich in diesem Auto sitze, werde ich das wieder sein."*

Seine Mundpartie wurde ernst und seine Bewegungen abgeklärt und kontrolliert. Er ging auf Jonathan zu, schüttelte ihm von einem Nicken begleitet die Hand, ohne dabei ein Wort zu sagen, und wartete geduldig, bis sich Aurora von Mina verabschiedet hatte. Als Aurora sich auch noch von Jonathan verabschiedet hatte und bereits am Weg zu Captain war, holte er noch ein letztes Mal tief Luft und ging auf Mina zu.

„Du trägst ja das Armband!", rief das Mädchen begeistert und voller Freude. „Wow, es sieht so toll aus!"

„Ja, Mina, das tut es", sagte er mit ruhiger Stimme, aus der man keine Emotion heraushören konnte.

„Kommst du mich besuchen, wenn ...", versuchte Mina mit ihm ins Gespräch zu kommen und wollte dabei wohl ein letztes Mal die ausgelassene und unbeschwerte Stimmung der vergangenen zwei Tage erleben.

Er unterbrach sie, indem er in die Knie ging, sie umarmte und ihr sanft über den Kopf streichelte. Mina schaute ihn anschließend mit großen Augen an, denn sie spürte wohl, dass etwas nicht stimmte.

„Hör mir zu, Mina", begann er mit der gleichen emotionslosen Stimme wie zuvor zu sprechen. „Du musst jetzt stark sein ..."

Er hielt sie an den Schultern und flüsterte ihr etwas ins Ohr, das nur für sie bestimmt war und nur sie hören konnte. Augenblicklich flossen der kleinen Mina wie in Strömen die Tränen über die Wangen und wurden nur manchmal von einem herzzerreißenden Schluchzen gestoppt.

Er stand auf und ging, ohne sich noch einmal umzusehen, in Richtung des weißen Wagens. Am Weg dorthin kam er an Aurora vorbei, der das Entsetzen ins Gesicht geschrieben stand.

„Was stimmt nicht mit dir?! Was soll das?!?“, zischte sie ihn wütend an.

„Hallo, Captain“, ging er gar nicht erst auf Aurora ein, sondern wandte sich an seine Vorgesetzte. „Es ist an der Zeit, von hier abzuhauen.“

Er verstaute seinen Reiserucksack im Kofferraum und setzte sich auf den Rücksitz des Autos. Aurora verstaute ebenfalls ihr Gepäck, nur brachte sie mit jeder einzelnen Bewegung den Zorn zum Ausdruck, der auch in ihrer Mimik zu erkennen war, bis sie schließlich neben ihm auf der Rückbank des Autos Platz nahm.

„WAS IST MIT DIR?“, schrie sie ihn an, sobald die Autotüren geschlossen waren und sie sich sicher war, dass Mina es nicht mehr hören konnte. Sie wollte sie wohl nicht zusätzlich verunsichern. „DU BIST SO EIN ARSCH! Warum gönnst du ihr nicht diese eine kleine Freude, sondern bringst sie zum Weinen ...“, schrie Aurora weiter auf ihn ein.

Als er nicht reagierte, zog sie ihn an der Schulter und schrie noch lauter: „VERDAMMT NOCHMAL!!! WAS HAST DU ZU IHR GESAGT?!?“

„Was ich gesagt habe?", wiederholte er ruhig und weiterhin ohne jegliche emotionale Regung ihre Frage.

„Die Wahrheit ...", erklärte er ihr mit ernster Miene, schaute ein letztes Mal aus dem Fenster, bevor sie losfuhren, und sah nochmals zu dem Mädchen. Die tapfere kleine Mina setzte ein Lächeln auf und wischte sich die Tränen aus dem Gesicht.

„Ich habe ihr ganz einfach die Wahrheit gesagt", stellte er nochmal eindrücklich klar und schaute in Auroras erschrockenes Gesicht. „Das wolltest du doch, oder etwa nicht?"

Danksagung

Da es sich bei „#Glückskinder – I. Habgier" um den ersten Teil einer Romanreihe handelt und der zweite sowie der dritte Teil bereits geschrieben sind, möchte ich diese Danksagung – in der Hoffnung, dass du nach dem dritten Teil noch die längere Version der Danksagung lesen wirst – kurz halten. Ohne die Nennung der Menschen, die mir durch ihre Arbeit geholfen haben, diesem ersten Teil die Form zu geben, die er jetzt hat, komme ich aber nicht aus. Diesen Menschen möchte ich hier Danke sagen.

Das wäre zum einen die Künstlerin Esther Mair, die das Cover gemalt und gestaltet hat und für mich mit ihrer eisernen Regel gebrochen hat, genau so etwas nicht zu tun. Falls ihr euch für andere ihrer so wunderbaren Werke interessiert, findet ihr sie online unter www.esthetic-art.com oder www.instagram.com/esth.etic.art/.

Die zweite Person ist Katrin Hatzl-Dürnberger, die für mich das Lektorat sowie Korrektorat übernommen hat und mir auch bei anderen Fragen – und das sind bei einem Neuling auf dem Gebiet doch so einige – mit Rat und Tat zur Seite gestanden ist. Sie und Infos zu ihrer Arbeit findet ihr unter: www.buchstabenbuero.at.

Erwähnen möchte ich neben all den anderen Inspirationen, die ich in Literatur, Musik, Film, Fernsehen, der Natur, meiner Umgebung und sonst noch überall gefunden habe, und die ich sicherlich unbewusst einfließen habe lassen, noch die Schöpfungen, auf die ich in diesem Teil sehr bewusst und konkret angespielt habe, ohne sie namentlich zu nennen. Das wären das Lied „Die Flut" von Peter Joachim Witt und Peter Heppner, welches mich durch so einige schwere Momente meines Lebens begleitet hat, und der Manga „One Piece", den ich seit bald zwanzig Jahren bis heute lese. Er begeistert mich nach wie vor wie am ersten Tag und ich hoffe, für dessen Schöpfer Eichiro Oda ist es in Ordnung, dass ich Nico Robin den Namen eines Mitglieds der Strohhutpiratenbande gegeben habe. Wenn ich schon bei Inspirationen für Namen bin, möchte ich auch noch „Star Trek: Raumschiff Voyager" erwähnen, dessen Captain Kathryn Janeway die erste Frau in einer Führungsposition war, an die ich mich erinnern kann.

Ich hoffe von Herzen, der erste Teil von „Hashtag Glückskinder" hat dir gefallen. Wenn dem so ist, würde ich mich sehr darüber freuen, wenn du auch den zweiten Teil „#Glückskinder – II. Hochmut" lesen würdest. Wie den ersten Teil habe ich auch diesen über BoD - Books on Demand veröffentlicht.

Danke

Lupo Lito

Wenn du wissen willst, wie es weitergeht:

Lupo Lito

#Glückskinder

II. Hochmut

Roman

Der zweite Teil der „Hashtag Glückskinder"- Romanreihe rund um einen namenlosen Protagonisten.

Während er weiterhin gewillt ist, die Nichtverlängerung von Auroras Arbeitsverhältnis zu erwirken, beschließt er jemanden aufzusuchen, um mehr über die Kuppel und ihre Hintergründe zu erfahren. Dieser Besuch liefert ihm allerdings nicht nur Antworten, sondern konfrontiert ihn auch mit seiner Vergangenheit. Unerwünschte Erinnerungen kommen in ihm hoch und auch wenn er versucht diese wieder aus seinem Kopf zu verbannen, scheinen sie ihn nicht mehr loslassen zu wollen.

Über BoD – Books on Demand veröffentlicht und bereits erhältlich.

Über den Autor:

Lupo Lito wurde in Innsbruck geboren und maturierte an einem Gymnasium. Nach dem Zivildienst studierte er Erziehungswissenschaften an der Universität Innsbruck. Bereits während des Bachelorstudiums war er in verschiedenen sozialen und pädagogischen Berufsfeldern tätig. Nach Abschluss seines Studiums war er mehrere Jahre Leiter eines Projekts für Jugendliche. Aufgrund eines Burnouts mitsamt wiederkehrenden Angstzuständen und Panikattacken musste er diese Tätigkeit beenden. Er nahm sich eine von seinem Ersparten finanzierte berufliche Auszeit und schrieb während dieser die ersten drei Teile der Romanreihe „#Glückskinder". Diese Romanreihe ist die erste Veröffentlichung von Lupo Lito.

Folge Lupo Lito auf Instagram:

www.instagram.com/lupo_lito

Oder erreiche ihn per E-Mail:

lupo.lito@gmx.at

Hinweise zum Inhalt:

Dieses Buch enthält Elemente,
die triggern können. Zum Teil werden diese
detailliert dargestellt.

Es handelt sich um:
Alkohol, Suizidversuch, physische/psychi-
sche/sexualisierte Gewalt, Kontrollverlust, Angst-
zustände und Panikattacken, Dissoziation, etc.

Falls du dich dazu entschließt, das Buch zu lesen,
schau auf dich und sei achtsam beim Lesen.

Und scheue dich nicht über bestimmte Themen zu
sprechen, die dich beschäftigen oder belasten.
Egal ob du einer Vertrauensperson davon erzählst,
dir bei Beratungsstellen Unterstützung holst oder
dich entscheidest, eine Psychotherapie zu
beginnen.

Dass alle diese Schritte leichter gesagt als getan
sind, weiß ich aus eigener Erfahrung.
Aber sie helfen!